AtV

Der Mord am Ehe- oder Intimpartner ist, wie wir allen Grund haben anzunehmen, ein Verbrechen, so alt wie die Menschheit. Was Wunder, daß dieses Motiv auch in der Literatur immer wiederkehrt, bietet es doch Schriftstellern eine einzigartige Gelegenheit, jeweils auf ihre spezifische Weise in die Abgründe der menschlichen Natur vorzustoßen und deren geheimste Bereiche auszuloten.

Frustration, Überdruß, ein in langen Jahren gewachsener Haß, Geldgier, Eifersucht, tiefe Kränkungen – all das kann das Verlangen auslösen, sich des unerträglich gewordenen Partners so oder so zu entledigen. Die Morde werden vom Täter entweder raffiniert geplant, in der Hoffnung, unentdeckt zu bleiben und die Früchte seiner Untat in Frieden genießen zu können, oder sie erfolgen im Affekt, in einer blindwütigen Entladung aufgestauter Emotionen. Manche Morde geschehen nur in Gedanken – es bleibt offen, ob sie nicht eines Tages in die Tat umgesetzt werden.

Neben Altmeistern wie William Somerset Maugham, Daphne du Maurier, Patricia Highsmith und Ursula Curtiss, um nur einige zu nennen, haben auch Vertreter einer jüngeren Generation in spannenden, psychologisch ausgefeilten, unter die Haut gehenden Geschichten ihren literarischen Beitrag zu diesem Thema geliefert, das wohl jeden berührt.

Hochzeiten und andere Todesfälle

Mörderische Geschichten aus dem Eheleben

Zusammengestellt von Elga Abramowitz

Aufbau Taschenbuch Verlag

ISBN 3-7466-1574-7

2. Auflage 1999

Hinweise zu den Inhabern der Original- und Übersetzungsrechte
am Schluß des Bandes
Umschlaggestaltung Torsten Lemme
unter Verwendung der Illustration »American Gothic« von
Grant Wood, Art Institute of Chicago, Mauritius Bildagentur
Satz LVD GmbH, Berlin
Druck Elsnerdruck GmbH, Berlin
Printed in Germany

Inhalt

William Somerset Maugham
Vor der Party
7

Margery Allingham
Aller guten Dinge sind drei
40

Daphne du Maurier
Ostwind
50

Richard Deming
Die zweiten Flitterwochen
62

Hansjörg Martin
Der Tod in der Thermosflasche
69

Patricia Highsmith
Wein aus Schottland
101

Ursula Curtiss
Die alte Scheune am Weiher
119

Nedra Tyre
Rezept für eine glückliche Ehe
143

Christa Jankowiak
Kotelett-Karriere
163

Ruth Rendell
Der Fieberbaum
170

Donald E. Westlake
Häusliche Intrige
192

Helga Königsdorf
Bolero
204

Barbara Frischmuth
Baum des vergessenen Hundes
211

Sabine Deitmer
Durch dick und dünn
237

Gabriele Wolff
Ruhestörung
244

William Somerset Maugham
Vor der Party

Mrs. Skinner verspätete sich nicht gern. Sie war bereits angekleidet. Sie trug ein schwarzes Seidenkleid, wie es ihrem Alter und der Trauer um ihren Schwiegersohn entsprach. Sie war gerade dabei, ihren Baretthut aufzusetzen. Es war ihr nicht ganz wohl dabei, da seine Verzierung mit Reiherfedern möglicherweise bei einigen Bekannten, die sie sicher auf der Veranstaltung treffen würde, bissige Bemerkungen auslösen konnte. Es war natürlich scheußlich, solche schönen weißen Vögel nur wegen ihrer Federn abzuschießen und dazu noch in der Brutzeit, aber sie waren nun einmal an ihrem Hut und sahen so hübsch und stilvoll aus. Wie hätte sie die Federn auch zurückweisen können, wenn sie ihren Schwiegersohn nicht beleidigen wollte! Er hatte sie den ganzen weiten Weg von Borneo mitgebracht in der Annahme, ihr eine große Freude zu machen. Kathleen hatte sich damals über Gebühr entrüstet; vielleicht tat es ihr jetzt, nach dem, was inzwischen geschehen war, leid, aber Kathleen hatte Harold nie recht leiden mögen. Mrs. Skinner stand vor ihrem Ankleidetisch, rückte den Hut auf dem Kopf zurecht – es war schließlich der einzige nette Hut, den sie besaß – und steckte dann eine Nadel mit einem großen pechschwarzen Knopf hinein. Wenn jemand sie wegen der Reiherfedern zur Rede stellen sollte, hatte sie die Antwort schon bereit.

»Ich weiß, es ist schrecklich«, wollte sie sagen, »und ich würde sie natürlich niemals kaufen, aber mein armer Schwiegersohn hat sie mir mitgebracht, als er das letzte Mal auf Urlaub war.«

Dies würde zugleich als Erklärung und Entschuldigung dienen, warum sie diesen Federschmuck besaß und ihn trug. Alle waren ja so teilnahmsvoll gewesen. Mrs. Skinner nahm ein sauberes Taschentuch aus der Schublade und besprengte es mit ein paar Tropfen Eau de Cologne. Sie gebrauchte niemals Parfum, das nach ihrer Ansicht nur leichtfertige Frauen verwendeten, aber Eau de Cologne war so erfrischend. Sie war jetzt so ziemlich fertig, und ihre Blicke schweiften über den Spiegel hinweg durch das Fenster. Pastor Heywood hatte einen schönen Tag für seine Gartengesellschaft. Es war warm, der Himmel blau, die Bäume hatten ihr frisches Frühlingsgrün noch nicht verloren Sie lächelte, als sie ihre kleine Enkelin in dem Garten hinter dem Haus sah, wie sie eifrig ein kleines Blumenbeet harkte, das ihr ganz allein gehörte. Joan war allerdings zu blaß. Sie hätte nicht so lange in den Tropen bleiben dürfen. Sie war so ernst für ihr Alter; nie sah man sie umherrennen; sie vertiefte sich in Spiele, die sie selbst erfunden hatte, und begoß ihre Blumen. Mrs. Skinner strich mit ein paar Handbewegungen ihr Kleid glatt, nahm ihre Handschuhe und ging nach unten.

Kathleen saß am Schreibtisch und arbeitete an den Listen, die sie aufstellen mußte, denn sie war ehrenamtliche Sekretärin des Damengolfklubs, und wenn Wettspiele waren, hatte sie eine Menge zu tun. Aber auch sie hatte sich bereits für die Party zurechtgemacht.

»Du hast also doch deinen Jumper angezogen«, sagte Mrs. Skinner.

Sie hatten schon beim Essen erörtert, ob Kathleen ihren Jumper oder ihr schwarzes Seidenkleid anziehen sollte. Der Jumper war schwarz und weiß, und Kathleen hielt ihn für sehr schick, wenn er auch nicht eigentlich als Trauerkleidung gelten konnte. Millicent jedoch hatte nichts dagegen einzuwenden gehabt.

»Es ist gar kein Grund vorhanden, warum wir alle so aussehen sollten, als kämen wir gerade von einem Begräbnis«, hatte sie gesagt. »Harold ist immerhin schon acht Monate tot.«

Mrs. Skinner hatte diese Bemerkung sehr unpassend gefunden. Seit ihrer Rückkehr von Borneo war Millicent etwas sonderbar.

»Du willst doch wohl deine Witwentrauer noch nicht ablegen, Liebste?« hatte ihre Mutter gefragt.

Millicent gab keine direkte Antwort.

»Man nimmt es heute mit der Trauerkleidung nicht mehr so genau wie früher«, meinte sie, und als sie nach einer kleinen Pause fortfuhr, war etwas in ihrer Stimme, das ihrer Mutter sehr eigentümlich vorkam. Kathleen war es auch aufgefallen, denn sie hatte ihre Schwester erstaunt angesehen.

»Ich bin überzeugt«, hatte Millicent gesagt, »Harold wäre der letzte gewesen, der verlangt hätte, daß ich auf unbegrenzte Zeit um ihn trauere.«

»Ich habe mich schon früh angezogen, weil ich Millicent etwas sagen wollte«, erwiderte Kathleen auf die Bemerkung ihrer Mutter.

»So?«

Kathleen erklärte ihre Worte nicht näher. Aber sie legte ihre Listen beiseite und las mit zusammengezogenen Augenbrauen zum zweitenmal den Brief einer Dame, die sich bitter beklagte, daß der Ausschuß höchst ungerechterweise ihr Handikap von vierundzwanzig auf achtzehn herabgesetzt hatte. Die ehrenamtliche Sekretärin eines Damengolfklubs muß über sehr viel Takt verfügen.

Mrs. Skinner begann ihre neuen Handschuhe anzuziehen. Die heruntergelassenen Jalousien hielten das Zimmer kühl und dunkel. Mrs. Skinner blickte auf den großen hölzernen buntbemalten Nashornvogel, den ihr Harold zur Aufbewahrung hinterlassen hatte. Ihr kam er ein wenig sonderbar und barbarisch vor, aber Harold hatte ihm großen Wert beigemessen. Er war irgendein religiöses Symbol, und auf Pastor Heywood hatte er starken Eindruck gemacht. An der Wand über dem Sofa hingen malaiische Waffen, deren Namen sie vergessen hatte, und hier und da standen auf kleinen Tischen Silber- und Bronzegefäße, die Harold ab und zu geschickt hatte. Sie hatte Harold gern gehabt, und unwillkürlich suchten ihre Augen sein Bild, das neben den Photographien ihrer beiden Töchter, ihres Enkelkindes, ihrer Schwester und ihrer Neffen auf dem Klavier stand.

»Wo ist denn Harolds Bild, Kathleen?« fragte sie.

Kathleen sah sich um. Das Bild stand nicht mehr auf dem gewohnten Platz.

»Irgend jemand hat es fortgenommen«, sagte Kathleen.

Überrascht und verwundert stand sie auf und ging zum Piano. Die Photos waren neu geordnet worden, so daß keine Lücke sichtbar war.

»Vielleicht wollte Millicent es in ihrem Zimmer haben«, sagte Mrs. Skinner.

»Da hätte ich es bemerkt. Überdies hat Millicent mehrere Bilder von Harold, aber sie hält sie unter Verschluß.«

Mrs. Skinner konnte nicht verstehen, daß ihre Tochter keine Bilder Harolds in ihrem Zimmer hatte. Sie hatte mit ihr schon einmal darüber gesprochen, aber Millicent hatte nichts darauf erwidert. Sie war sonderbar schweigsam, seitdem sie von Borneo zurück war. Sie hatte das Mitgefühl, das ihre Mutter ihr so gern gezeigt hätte, nicht gerade zurückgewiesen, aber auch nicht danach verlangt. Sie schien nicht bereit zu sein, von ihrem großen Verlust zu sprechen. Der Kummer äußerte sich bei verschiedenen Menschen auf verschiedene Weise. Ihr Mann hatte gesagt, das beste sei, man ließe Millicent in Ruhe. Da Mrs. Skinner gerade an ihren Mann dachte, kehrten ihre Gedanken wieder zu der Gesellschaft zurück, zu der sie eingeladen waren.

»Vater fragte mich, ob er einen Zylinder aufsetzen sollte. Ich riet ihm dazu, da gegen einen Zylinder niemand etwas einwenden kann.«

Der Pastor wollte die Einladung offenbar in großem Stil aufziehen. Die Konditorei Boddy sollte Stachelbeer- und Vanilleeis liefern, aber den Eiskaffee wollten die Heywoods zu Hause herstellen. Es würde eine große Gesellschaft werden. Die Gäste sollten den Bischof von Hongkong kennenlernen, der bei dem Pastor zu Besuch war. Er war ein alter Schulfreund von Heywood. Der Bischof wollte einen Vortrag über die Missionen in China halten. Mrs. Skinner, deren Tochter acht Jahre lang im Fernen Osten gelebt und deren Schwiegersohn einen Distrikt in Borneo verwaltet hatte, zeigte sich brennend interessiert. Natürlich würde sie einen solchen Vortrag ganz anders würdigen können als Leute, die nie etwas mit den Kolonien und der Welt da draußen zu tun gehabt hatten.

»Was kann einer von England wissen, der nur England kennt?« wie Mr. Skinner sich ausdrückte.

Er kam in diesem Augenblick ins Zimmer. Er war Rechtsanwalt, wie vor ihm schon sein Vater, und hatte seine Amtsräume in Lincoln's Inn Fields. Er fuhr jeden Morgen nach London und kam am Abend zurück. Er konnte seine Frau und seine Töchter nur zu der Gartengesellschaft des Pastors begleiten, weil dieser vernünftigerweise einen Samstag dafür ausgesucht hatte. Mr. Skinner sah in seinem Gehrock und seiner grauschwarzen Hose sehr gut aus. Er war nicht besonders auffällig, aber sehr adrett angezogen. Er sah aus wie ein ehrenwerter Familienanwalt, und das war er ja auch. Seine Firma übernahm keinen Prozeß, der nicht ganz sauber war, und wenn sich jemand von ihm vertreten lassen wollte, der keine ganz reine Weste hatte, machte Mr. Skinner ein sehr ernstes Gesicht.

»Ich glaube, Ihr Anliegen gehört nicht zu den Fällen, auf deren Übernahme wir Wert legen«, sagte er dann. »Ich halte es für besser, daß Sie zu einer anderen Firma gehen.«

Darauf zog er seinen Notizblock zu sich heran und kritzelte einen Namen und eine Adresse darauf, riß das Blatt Papier ab und reichte es dem Kunden.

»Wenn ich an Ihrer Stelle wäre, würde ich, glaube ich, mich an diese Firma wenden. Sie brauchen nur meinen Namen zu erwähnen, dann wird sie sicher alles für Sie tun, was ihr möglich ist.«

Mr. Skinner war glattrasiert und hatte einen völlig kahlen Kopf. Seine bleichen, schmalen Lippen waren fest zusammengepreßt, aber seine blauen Augen blickten schüchtern drein. Seine Wangen waren farblos, sein Gesicht voll feiner Runzeln.

»Du hast deine neue Hose angezogen, wie ich sehe«, sagte seine Frau.

»Man findet selten eine so gute Gelegenheit. Ich habe mir überlegt, ob ich eine Blume im Knopfloch tragen soll.«

»Das würde ich nicht tun«, sagte Kathleen. »Das scheint mir nicht sehr fein zu sein.«

»Aber viele Gäste werden so erscheinen«, entgegnete Mrs. Skinner.

»Nur Angestellten und ähnlichen Leuten gefällt so etwas«, erklärte Kathleen. »Die Heywoods haben alle möglichen Leute einladen müssen, und übrigens sind wir in Trauer.«

»Ich bin gespannt, ob nach der Ansprache des Bischofs gesammelt wird«, sagte Mr. Skinner.

»Das glaube ich kaum«, bemerkte seine Frau.

»Ich hielte das für ziemlich geschmacklos«, meinte Kathleen.

»Es ist besser, man macht sich darauf gefaßt«, sagte Mr. Skinner. »Ich werde für uns alle geben. Ob zehn Schilling genügen – oder muß ich etwa ein Pfund opfern?«

»Wenn du überhaupt was gibst, Vater, solltest du ein Pfund geben«, sagte Kathleen.

»Wenn eine Sammlung stattfindet, will ich nicht weniger als andere beitragen, aber andererseits sehe ich nicht ein, warum ich mehr herausrücken soll, als ich muß.«

Kathleen legte ihre Papiere in die Schublade des Schreibtisches und erhob sich. Sie warf einen Blick auf ihre Armbanduhr.

»Ist Millicent fertig?« fragte ihre Mutter.

»Es ist noch Zeit genug. Wir sind erst um vier Uhr gebeten. Ich denke, wir sollten nicht viel vor halb fünf eintreffen. Ich habe Davis gesagt, er soll um Viertel nach vier vorfahren.«

Gewöhnlich fuhr Kathleen das Auto; aber bei großen Gelegenheiten wie dieser zog der Gärtner Davis seine Livree an und spielte Chauffeur. Es sah besser aus, wenn man so vorfuhr, und Kathleen wollte auch deshalb nicht fahren, weil sie ihren neuen Jumper anhatte. Sie sah, wie ihre Mutter Finger für Finger in die neuen Handschuhe zwängte, und das erinnerte sie daran, daß auch sie ihre Handschuhe anziehen mußte. Sie roch an ihnen, denn sie waren gerade gereinigt worden, und sie wollte feststellen, ob es noch zu merken war. Der Geruch war sehr schwach. Sie glaubte nicht, daß jemand ihn bemerken würde.

Schließlich ging die Tür auf, und Millicent kam herein. Sie trug ihre Witwentrauer. Ihre Mutter konnte sich nicht daran gewöhnen, aber sie wußte natürlich daß Millicent sie ein Jahr lang tragen mußte. Es war schade, denn sie stand ihr nicht. Merkwürdig, anderen stand sie gut. Sie hatte einmal versuchsweise Millicents Hut mit dem weißen Band und dem langen Schleier aufgesetzt und gefunden, daß sie sehr gut darin aussah. Sie hoffte natürlich, ihr lieber Alfred würde sie überleben, aber wenn das nicht sein sollte, würde sie, wie Königin Viktoria, die Trauer nie mehr ablegen. Bei Millicent war das anders. Sie war im Vergleich zu ihr noch jung, erst sechsunddreißig. Es war sehr traurig, wenn man in diesem Alter schon Witwe war. Es bestand auch keine große Aussicht auf Wiederverheiratung. Kathleen, die fünfunddreißig war, dachte anscheinend schon nicht mehr ans Heiraten. Als Millicent und Harold das letzte Mal da waren, hatte sie den Vorschlag gemacht, sie sollten Kathleen mitnehmen. Harold war nicht abgeneigt gewesen, ihrer Anregung zuzustimmen, aber Millicent hatte sich dagegen gesträubt. Mrs. Skinner wußte nicht, was sie dagegen einzuwenden hatte. Kathleen hätte dadurch vielleicht Aussichten gehabt. Man wollte sie natürlich nicht lossein, aber ein Mädchen sollte heiraten, und alle Männer, die sie in ihrer Heimat kannte, waren bereits verheiratet. Millicent hatte als Entschuldigung für ihre ablehnende Haltung das Klima angeführt. Sie sah schlecht aus, das war richtig. Niemand würde denken, daß Millicent die hübschere von beiden gewesen war. Kathleens Aussehen hatte sich im Laufe der Jahre verfeinert. Viele hielten sie allerdings für zu mager, aber jetzt, da sie ihr Haar geschnitten und rote Wangen hatte, weil sie bei jedem Wetter Golf spielte, kam sie Mrs. Skinner hübsch vor. Von der armen Millicent konnte man das nicht sagen. Sie hatte ihre Figur verloren. Groß war sie nie gewesen, aber jetzt, da sie dicker geworden war, sah sie plump aus. Sie hatte zu viel Fett angesetzt. Mrs. Skinner führte das auf die tropische Hitze zurück, die Millicent davon abgehalten hatte, sich Bewegung zu verschaffen. Ihre Haut war wachsbleich und unrein. Ihre blauen Augen, die ihr so viel Anziehungskraft verliehen hatten, waren matt geworden.

Sie muß etwas für ihre Halspartie tun, dachte ihre Mutter. Sie bekommt da eine richtige Wamme. Sie hatte schon ein paarmal mit ihrem Mann darüber gesprochen. Er hatte gemeint, Millicent sei eben nicht mehr so jung wie früher. Das mochte sein, aber sie brauchte sich deshalb nicht so völlig gehen zu lassen. Mrs. Skinner nahm sich vor, mit ihrer Tochter gelegentlich ein ernstes Wort darüber zu sprechen, aber sie mußte natürlich ihre Trauer respektieren und würde daher warten, bis das Jahr um war. Sie war übrigens heilfroh, einen Grund zu haben, diese Auseinandersetzung, die sie schon im voraus nervös machte, hinauszuschieben, denn Millicent hatte sich sehr verändert. Es lag etwas Verdrossenes und Mürrisches in ihrem Gesicht, das ihrer Mutter gar nicht behagte. Mrs. Skinner sagte gern alles laut heraus, was ihr durch den Kopf ging, aber Millicent hatte, wenn man eine Bemerkung machte (nur um etwas zu sagen, wohlverstanden), die scheußliche Gewohnheit, keine Antwort zu geben, so daß man sich fragte, ob sie überhaupt zugehört hatte. Manchmal fand ihre Mutter diese Haltung so aufreizend, daß sie sich, um Millicent keinen Verweis zu erteilen, daran erinnern mußte, daß der arme Harold erst acht Monate tot war.

Vom Fenster her fiel das Licht auf das stumpfe Gesicht der Witwe, als sie schweigend ins Zimmer kam, aber Kathleen hatte das Licht im Rücken. Sie sah ihre Schwester einen Augenblick an.

»Millicent, ich muß dir etwas sagen«, begann sie. »Ich habe heute morgen mit Gladys Heywood Golf gespielt.«

»Hast du gewonnen?«

Gladys Heywood war die einzige unverheiratete Tochter des Pastors.

»Sie hat etwas über dich gesagt, was du meiner Ansicht nach erfahren solltest.«

Millicent blickte über ihre Schwester hinweg auf das kleine Mädchen, das im Garten Blumen begoß.

»Hast du Annie gesagt, Mutter, sie soll Joan ihren Nachmittagstee in der Küche geben?« erkundigte sie sich.

»Ja, sie wird ihn gleichzeitig mit dem Personal bekommen.«

Kathleen maß ihre Schwester mit einem kühlen Blick.

»Der Bischof hat auf der Heimreise einige Tage in Singapur zugebracht«, fuhr sie fort. »Er reist sehr gern. Er war auch in Borneo, und er kennt dort einige Leute, mit denen du auch bekannt bist.«

»Da wird er sich freuen, dich zu sehen«, sagte Mrs. Skinner. »Hat er den armen Harold gekannt?«

»Ja, er hat ihn einmal in Kuala Solor getroffen. Er erinnert sich sehr gut an ihn. Er sei entsetzt gewesen, als er die Nachricht von Harolds Tod vernommen habe.«

Millicent setzte sich und zog langsam ihre schwarzen Handschuhe an. Es erschien ihrer Mutter sonderbar, daß sie alle diese Bemerkungen mit völligem Schweigen hinnahm.

»Was mir gerade einfällt, Millicent«, sagte sie. »Harolds Photo ist verschwunden. Hast du es weggenommen?«

»Ja, ich habe es entfernt.«

»Ich hätte mir eigentlich denken können, daß du es für dich haben wolltest.«

Wieder antwortete Millicent nichts. Diese Angewohnheit war wirklich scheußlich.

Kathleen veränderte leicht ihre Stellung, um Millicent besser ins Auge fassen zu können.

»Millicent, warum hast du uns erzählt, Harold sei am Fieber gestorben?«

Die Witwe rührte sich nicht. Sie richtete ihren Blick fest auf Kathleen, und ihre bleiche Haut rötete sich plötzlich, aber sie gab keine Antwort.

»Was willst du damit sagen?« fragte Mrs. Skinner überrascht.

»Der Bischof sagt, Harold habe Selbstmord begangen.«

Mrs. Skinner stieß einen Schrei aus, aber ihr Mann machte eine besänftigende Geste mit der Hand.

»Ist das wahr, Millicent?«

»Ja.«

»Aber warum hast du uns das nicht gesagt?«

Millicent schwieg eine Weile. Sie spielte leicht mit einer bronzenen Schale aus Borneo, die neben ihr auf dem Tisch stand. Auch diese war ein Geschenk Harolds.

»Ich dachte mir, es wäre besser für Joan, wenn die Leute annähmen, ihr Vater sei am Fieber gestorben. Sie sollte die Wahrheit nicht erfahren.«

»Du hast uns in eine äußerst peinliche Lage gebracht«, sagte Kathleen mit gerunzelter Stirn. »Gladys Heywood machte mir Vorwürfe, weil ich ihr nicht die Wahrheit gesagt hätte. Ich hatte die größte Schwierigkeit, ihr beizubringen, daß ich nicht die geringste Ahnung davon hatte. Ihr Vater, sagte sie, sei hierüber ziemlich betroffen. Da wir doch so viele Jahre miteinander bekannt seien und er dich getraut habe, hätten wir Vertrauen zu ihm haben können, meint er. Wenn wir ihm schon nicht die Wahrheit gesagt hätten, wäre es jedenfalls nicht nötig gewesen, ihn anzulügen.«

»Ich muß sagen, darin kann ich ihm nur zustimmen«, bemerkte Mr. Skinner bitter.

»Ich habe Gladys natürlich versichert, daß uns keine Schuld trifft. Wir haben ja nur berichtet, was du uns erzählt hast.«

»Hoffentlich habe ich dich nicht um dein Spiel gebracht«, meinte Millicent.

»Aber wirklich, Kind, das ist eine höchst unpassende Bemerkung!« rief ihr Vater.

Er erhob sich vom Stuhl, ging zu dem leeren Kamin hinüber und blieb, der Macht der Gewohnheit gehorchend, mit geteilten Rockschößen davor stehen.

»Es war allein meine Angelegenheit«, sagte Millicent, »und wenn ich sie für mich behalten wollte, sehe ich nicht ein, warum ich es nicht hätte tun sollen.«

»Du scheinst überhaupt keine Liebe zu deiner Mutter zu haben, wenn du dich nicht einmal ihr anvertraut hast!« rief Mrs. Skinner.

Millicent zuckte die Schultern.

»Du hättest wissen können, daß es einmal herauskommen würde«, sagte Kathleen.

»Warum? Daß zwei alte Tratschtanten nichts Besseres zu tun hatten, als über mich zu sprechen, konnte ich nicht voraussehen.«

»Wenn der Bischof sagte, er sei in Borneo gewesen, so war es nur natürlich, daß die Heywoods fragten, ob er dich und Harold kannte.«

»Das ist alles müßiges Gerede«, sagte Mr. Skinner. »Ich meine, du hättest uns die Wahrheit sagen sollen. Dann hätten wir uns entscheiden können, wie wir uns verhalten sollten. Als Rechtsanwalt kann ich dir sagen, daß man eine Sache nur schlimmer macht, wenn man versucht, sie zu verbergen.«

»Der arme Harold!« jammerte Mrs. Skinner. Tränen flossen ihr über die rotgeschminkten Wangen. »Es ist schrecklich. Mir war er immer ein guter Schwiegersohn. Was hat ihn nur dazu gebracht, etwas so Furchtbares zu tun?«

»Das Klima.«

»Du solltest uns lieber alles erzählen, Millicent«, sagte ihr Vater.

»Das kann Kathleen besser.«

Kathleen zögerte. Es war einfach nicht zu verstehen, daß so gräßliche Dinge in einer Familie wie der ihrigen vorkommen konnten.

»Der Bischof sagt, Harold habe sich die Kehle durchgeschnitten.«

Mrs. Skinner schnappte nach Luft. Sie ging impulsiv auf ihre verwitwete Tochter zu, um sie in die Arme zu schließen.

»Mein armes Kind!« schluchzte sie.

Aber Millicent entzog sich ihr.

»Bitte laß mich in Ruhe. Ich kann ein solches Getue einfach nicht ertragen.«

»Aber wirklich, Millicent« sagte Mr. Skinner und zog mißbilligend die Augenbrauen zusammen.

Mrs. Skinner tupfte sich vorsichtig mit dem Taschentuch die Tränen ab und kehrte mit einem Seufzer und einem leichten Kopfschütteln zu ihrem Stuhl zurück. Kathleen spielte nervös mit der langen Kette, die sie um den Hals trug.

»Ist es nicht geradezu lächerlich, daß ich die Einzelheiten über den Tod meines Schwagers von einer Freundin erfahren muß? Man kommt sich so dumm dabei vor. Der Bischof möchte dich gerne sehen, Millicent. Er möchte dir sagen, wie sehr er mit dir fühlt.« Sie machte eine Pause, aber Millicent gab keine Antwort. Der sagt, Millicent sei mit Joan fortgewesen und habe bei ihrer Rückkehr den armen Harold tot auf dem Bett gefunden.«

»Es muß entsetzlich gewesen sein!« sagte Mr. Skinner.

Mrs. Skinner begann wieder zu weinen, aber Kathleen legte ihr die Hand auf die Schulter.

»Weine nicht, Mutter«, sagte sie. »Du bekommst sonst rotgeränderte Augen, und die Leute werden das komisch finden.«

Alle schwiegen, während Mrs. Skinner sich die Augen trocknete und einen erfolgreichen Versuch machte, sich zusammenzunehmen. Es kam ihr sehr sonderbar vor, daß sie gerade in diesem Augenblick die Reiherfedern auf dem Hut trug, die Harold ihr geschenkt hatte.

»Ich muß euch auch noch eine andere Mitteilung machen«, sagte Kathleen.

Millicent richtete ihren Blick wieder auf ihre Schwester. Sie tat es ohne Hast, aber mit einem Ausdruck gespannter Erwartung. Sie sah aus wie jemand, der auf ein Geräusch wartet, das er ja nicht überhören darf.

»Ich will dir nicht wehtun, liebe Schwester«, fuhr Kathleen fort, »aber ich meine, du müßtest es unbedingt wissen und dazu Stellung nehmen. Der Bischof hat auch gesagt, Harold habe getrunken.«

»Oh, wie schrecklich!« rief Mrs. Skinner. Wie kann man nur so etwas Furchtbares behaupten! Hast du das von Gladys Heywood? Was hast du darauf erwidert?«

»Ich habe gesagt, es sei gänzlich unwahr.«

»Das kommt davon, wenn man etwas verbergen will«, sagte Mr. Skinner gereizt. »Es ist immer dasselbe. Wenn man etwas vertuschen will, entstehen allerlei Gerüchte, die schlimmer sind als die Wahrheit.«

»Man hat dem Bischof in Singapur erzählt, Harold habe sich im Zustand des Delirium tremens das Leben genommen. Ich denke, Millicent, du wirst uns allen einen Dienst erweisen, indem du das energisch bestreitest.«

»Wie kann man nur so etwas Schreckliches von einem Toten sagen!« rief Mrs. Skinner. »Wenn Joan heranwächst, könnte es ihr zu Ohren kommen und ihr schaden.«

»Aber worauf beruht denn diese Behauptung, Millicent?« fragte Mr. Skinner. »Harold war doch sehr enthaltsam.«

»Hier«, sagte die Witwe.

»Hat er wirklich getrunken?«

»Wie ein Fisch.«

Die Antwort kam so unerwartet, und der Ton war so sarkastisch, daß alle drei auffuhren.

»Millicent, wie kannst du so von deinem toten Gatten sprechen!« rief ihre Mutter und schlug ihre hübsch behandschuhten Hände zusammen. »Ich kann dich nicht verstehen. Du bist so sonderbar, seitdem du wieder hier bist. Ich hätte nie geglaubt, daß eine meiner Töchter den Tod ihres Mannes so hinnehmen könnte.«

»Laß das jetzt«, sagte Mr. Skinner. »Wir können später darüber sprechen.«

Er ging zum Fenster und sah in den sonnigen kleinen Garten hinaus, dann kam er wieder zurück. Er nahm seinen Kneifer aus der Tasche und putzte ihn mit dem Taschentuch, obwohl er gar nicht die Absicht hatte, ihn aufzusetzen. Millicent sah ihn an, und ihr Blick war unmißverständlich ironisch, wenn nicht sogar zynisch. Mr. Skinner war ärgerlich.

Er hatte seine Wochenarbeit hinter sich und war bis Montagmorgen ein freier Mann. Er hatte zwar seiner Frau gesagt, die Einladung passe ihm durchaus nicht in den Kram und er würde viel lieber seinen Tee ruhig im eigenen Garten trinken, aber innerlich hatte er sich doch darauf gefreut. An chinesischen Missionen lag ihm nichts, aber die Begegnung mit dem Bischof würde sicher interessant sein. Und jetzt dies! Er liebte es nicht, in solch unerfreuliche Sachen hineingezogen zu werden. Es war wahrhaftig nicht angenehm, plötzlich von einem Schwiegersohn zu hören, der ein Trunkenbold und Selbstmörder war. Millicent strich sorgfältig ihre weißen Manschetten glatt. Ihre Gelassenheit reizte ihn, aber anstatt sich an sie zu wenden, wandte er sich an seine jüngere Tochter.

»Warum setzt du dich denn nicht hin, Kathleen? Ich meine, es sind doch genug Stühle im Zimmer.«

Kathleen zog einen Stuhl heran und setzte sich, ohne ein Wort zu erwidern. Mr. Skinner blieb vor Millicent stehen und sah sie an.

»Ich begreife natürlich, warum du uns gesagt hast, Harold sei am Fieber gestorben. Ich halte es aber für einen Fehler, weil solche Dinge früher oder später doch herauskommen. Ich weiß nicht, inwieweit das, was der Bischof den Heywoods erzählt hat, den Tatsachen entspricht, aber wenn ich dir einen Rat geben darf, so erzähle uns alles so genau wie möglich; dann können wir weiter sehen. Wir können nicht hoffen, daß diese Unglücksbotschaft auf den engen Kreis, der jetzt von ihr Kenntnis hat, beschränkt bleiben wird. In einem so kleinen Ort können die Leute kein Geheimnis bewahren. Es wird leichter für uns alle sein, wenn wir die volle Wahrheit wissen.«

Mrs. Skinner und Kathleen hielten die Form seiner Ansprache für ganz vorzüglich. Sie warteten auf Millicents Antwort. Diese hatte mit unbewegter Miene zugehört. Die plötzlich aufgetretene Röte war wieder aus ihrem Gesicht gewichen, und es war wie gewöhnlich teigig und blaßgelb.

»Ich glaube, wenn ich euch die Wahrheit sage, wird sie euch nicht sehr gefallen«, sagte Millicent.

»Du wirst hoffentlich wissen, daß du auf unser Mitgefühl und Verständnis rechnen kannst«, erwiderte Kathleen ernst.

Millicent warf ihr einen Blick zu, und der Schatten eines Lächelns schwebte um ihren fest geschlossenen Mund. Sie sah alle drei nacheinander an. Mrs. Skinner hatte den unangenehmen Eindruck, daß ihre Tochter sie alle anblicke, als seien sie Mannequins auf einer Modenschau. Sie schien in einer anderen Welt zu leben und keine Verbindung mit ihnen zu haben.

»Wie ihr vielleicht wißt, liebte ich Harold nicht, als ich ihn heiratete«, begann sie nachdenklich.

Mrs. Skinner wollte gerade eine Bemerkung dazu machen, als eine schnelle, kaum sichtbare, aber nach so vielen Ehejahren ganz eindeutige Kopfbewegung ihres Mannes sie davon abhielt. Millicent sprach weiter, langsam, ohne die Stimme zu erheben und in kaum wechselndem Tonfall.

»Ich war siebenundzwanzig, und kein anderer war in Sicht, den ich hätte heiraten können. Er war zwar vierundvierzig und kam mir ziemlich alt vor, aber er hatte eine gute Stellung, nicht wahr? Eine bessere Partie würde sich kaum bieten.«

Mrs. Skinner war wieder nach Weinen zumute, aber sie dachte an die Party.

»Jetzt weiß ich natürlich, warum du sein Bild weggenommen hast«, sagte sie traurig.

»Still, Mutter!« ermahnte Kathleen sie.

Es war eine Aufnahme aus ihrer Verlobungszeit und ein sehr gutes Bild von Harold. Mrs. Skinner hatte ihn immer für einen tadellosen Mann gehalten. Er war groß und stark, vielleicht ein wenig zu dick, aber er hielt sich gut, er wirkte achtunggebietend. Schon damals neigte er zur Kahlköpfigkeit, aber Männer werden heutzutage eben leicht kahl, und Harold hatte seiner Schwiegermutter erklärt, die Topis, die Sonnenhelme, seien schädlich für den Haarwuchs. Er hatte einen kleinen schwarzen Schnurrbart, und sein Gesicht war tief von der Sonne gebräunt. Am besten wirkten seine Augen, die braun und groß waren. Joan hatte sie von ihm geerbt. Er konnte interessant erzählen. Nach Kathleens Meinung war er eingebildet und gespreizt, aber Mrs. Skinner konnte einen Mann nicht verurteilen, der selbstbewußt auftrat. Sie sah bald, daß Millicent Eindruck auf ihn machte, und von da an gewann sie ihn Tag für Tag lieber. Er war immer sehr aufmerksam zu Mrs. Skinner, und wenn er von seinem Verwaltungsdistrikt sprach und von dem Großwild, das er erlegt hatte, hörte sie zu, als sei sie wirklich interessiert. Nach Kathleens Ansicht hatte er eine ziemlich hohe Meinung von sich, aber Mrs. Skinner gehörte einer Generation an, die das für richtig und ganz in Ordnung hielt. Millicent sah sehr bald, woher der Wind wehte. Sie sagte nichts zu ihrer Mutter, aber diese wußte, daß ihre Tochter nicht nein sagen würde, wenn Harold ihr einen Antrag machte.

Harold war zu Besuch bei Bekannten, die dreißig Jahre in Borneo gewesen waren und das Land über alles rühmten. Es war nicht einzusehen, warum eine Frau dort nicht behaglich leben können sollte. Die Kinder mußten natürlich heimgeschickt werden, wenn sie sieben Jahre alt waren, aber so weit vorauszudenken hielt Mrs. Skinner für unnötig. Sie bat Harold zum Essen und sagte ihm, sie seien immer zur Teezeit zu Hause. Er schien nicht zu wissen, was er mit sich anfangen sollte, und als der Besuch bei seinen alten Freunden sich dem Ende näherte, erklärte sie ihm, sie würden sich alle freuen, wenn er zwei Wochen bei ihnen verbringen könnte. Nach Ablauf dieser Zeit verlobten sich Harold und Millicent. Die Hochzeit war großartig. Das junge Paar verbrachte die Flitterwochen in Venedig und reiste dann nach dem Fernen Osten. Millicent schrieb aus verschiedenen Häfen, die das Schiff anlief. Sie schien glücklich zu sein.

»In Kuala Solor waren alle sehr nett zu mir«, sagte Millicent. Kuala Solor war die Hauptstadt des Staates Sembulu. »Wir wohnten bei dem Gouverneur und wurden überall zum Essen eingeladen. Ein paarmal hörte ich, wie Männer Harold etwas zu trinken anboten, aber er lehnte ab. Er sagte, mit der Ehe habe für ihn ein neues Kapitel begonnen. Ich hatte keine Ahnung, warum sie lachten. Mrs. Gray, die Frau des Gouverneurs, sagte mir, sie seien alle sehr froh, daß Harold sich verheiratet habe. Für einen Junggesellen sei es auf einer Außenstation entsetzlich einsam. Als wir Kuala Solor verließen, verabschiedete sich Mrs. Gray so sonderbar von mir, daß ich ganz überrascht war. Es war, als lege sie mir Harold feierlich ans Herz.«

Sie hörten sie schweigend an. Kathleens Augen ruhten die ganze Zeit auf dem unbewegten Gesicht ihrer Schwester, aber Mr. Skinner starrte geradeaus auf die malaiischen Waffen, die Krise und Parangs, an der Wand über dem Sofa, auf dem seine Frau saß.

»Erst als ich anderthalb Jahre später nach Kuala Solor zurückkam, entdeckte ich, warum sich alle so sonderbar verhalten hatten.« Millicent gab einen Laut von sich, der wie das Echo eines verächtlichen Lachens klang. »Ich wußte damals bereits etwas mehr als zuvor. Harold war nach England gekommen, um zu heiraten. Erinnerst du dich noch, Mutter, wie wir uns anstrengten, ihn zu kapern? Wir hätten uns nicht soviel Mühe zu geben brauchen.«

»Ich weiß nicht, was du damit sagen willst«, entgegnete Mrs. Skinner nicht ohne Bitterkeit, denn das Wort »kapern« war eine Unterstellung, die ihr nicht gefiel. »Ich sah, daß du Eindruck auf ihn machtest.«

Millicent zuckte ihre schweren Schultern.

»Er war ein richtiger Säufer. Er ging jeden Abend mit einer Flasche Whisky zu Bett, und am Morgen war sie leer. Der erste Sekretär des Gouverneurs sagte ihm, er müsse sein Amt niederlegen, wenn er nicht aufhöre zu trinken. Es sei dies die letzte Warnung, aber er wolle ihm noch einmal eine Chance geben. Er konnte seinen Urlaub nehmen und nach England fahren. Es wurde ihm der Rat gegeben zu heiraten, damit er nach seiner Rückkehr jemand hätte, der auf ihn aufpaßte. Harold hat mich geheiratet, weil er eine Wärterin brauchte. In Kuala Solor schloß man Wetten ab, wie lange ich ihn nüchtern halten würde.«

»Aber er war in dich verliebt«, unterbrach ihre Mutter sie. »Du weißt nicht, wie gut er immer von dir gesprochen hat, und als du damals nach Kuala Solor gingst, um Joan zur Welt zu bringen, schrieb er mir einen so reizenden Brief über dich.«

Millicent blickte wieder zu ihrer Mutter hinüber, und eine tiefe Röte färbte ihre blasse Haut. Ihre Hände, die ruhig in ihrem Schoß lagen, begannen ein wenig zu zittern. Sie dachte an jene ersten Monate ihrer Ehe. Die Regierungsbarkasse brachte sie bis zur Flußmündung. Sie verbrachten die Nacht in dem Bungalow, den Harold scherzend seine Seeresidenz nannte. Am nächsten Tage fuhren sie in einem Prahu stromaufwärts. Nach den Romanen, die sie gelesen hatte, besaß sie eine ganz andere Vorstellung von den Flüssen Borneos. Sie sollten dunkel und unheimlich sein, aber der Himmel war blau, mit weißen Wölkchen getüpfelt, und das Grün der vom Wasser bespülten Mangroven und Nipahs glitzerte in der Sonne. Zu beiden Seiten erstreckte sich der pfadlose Dschungel, und in der Ferne sah sie als Silhouette gegen den Himmel die zackigen Umrisse eines Berges. Die Luft am frühen Morgen war erfrischend und klar. Sie schien in ein freundliches, fruchtbares Land zu kommen und hatte ein Gefühl grenzenloser Freiheit. Auf den Zweigen der dicht verschlungenen Bäume saßen Affen, und einmal zeigte Harold auf etwas, das wie ein Baumstamm aussah, und sagte, das sei ein Krokodil. Harolds Stellvertreter, im weißen Anzug und Topi, war am Landungssteg und begrüßte sie, und ein Dutzend schmucker kleiner Soldaten präsentierte das Gewehr vor ihnen. Harold stellte ihr Mr. Simpson, seinen Mitarbeiter, vor.

»Wahrhaftig, Sir«, sagte er zu Harold, »ich bin froh, daß Sie wieder da sind. Ohne Sie ist es hier verteufelt einsam.«

Der Regierungsbungalow war von einem Garten umgeben, in dem alle Arten bunter Blumen wild wuchsen. Das Haus lag auf einem niedrigen Hügel. Es sah ein wenig schäbig aus und war nur spärlich möbliert, aber die Zimmer waren kühl und sehr geräumig.

Harold streckte die Hand aus. »Das Eingeborenendorf liegt dort unten.«

Ihre Augen folgten seiner Gebärde. Zwischen Kokospalmen stieg der Klang eines Gongs auf. Es gab ihr tief im Herzen einen seltsamen kleinen Stich.

Obschon sie nicht viel zu tun hatte, vergingen die Tage ziemlich rasch. Wenn der Morgen dämmerte, brachte ihnen ein Boy ihren Tee. Sie nahmen ihn draußen auf der Veranda ein und genossen die duftige Frische der Frühe (Harold im Trikothemd und Sarong, sie im Morgenrock), bis es Zeit wurde, sich für das Frühstück anzukleiden. Dann ging Harold in sein Büro, und sie lernte ein bis zwei Stunden Malaiisch.

Nach dem Tiffin kehrte Harold zu seiner Arbeit zurück, während sie schlief. Später erfrischte eine Tasse Tee sie beide wieder, und dann machten sie einen Spaziergang oder spielten Golf. Unterhalb des Bungalows hatte Harold ein ebenes Stück Dschungel roden lassen und auf ihm einen Golfplatz mit neun Löchern angelegt. Um sechs wurde es dunkel. Dann kam gewöhnlich Mr. Simpson herüber. Sie plauderten bis zum Abendessen, und manchmal spielten Harold und Simpson Schach. Die balsamischen Abende waren herrlich. Die Glühwürmchen verwandelten die Büsche unter der

Veranda in kalt funkelnde, zitternde Leuchtfeuer; blühende Bäume würzten die Luft mit süßem Duft. Nach dem Essen lasen sie die Zeitungen, die vor sechs Wochen in London erschienen waren, und gingen dann zu Bett. Millicent genoß das Gefühl, jung verheiratet zu sein. Die einheimischen Diener in ihren bunten Sarongs, die barfüßig, still, aber freundlich im Hause umhergingen, gefielen ihr. Sie hatte das angenehme Gefühl, als Frau des ersten Regierungsbeamten eine wichtige Rolle zu spielen. Harold imponierte ihr durch seine völlige Beherrschung der Eingeborenensprache, durch sein herrenhaftes Auftreten und durch seine Würde. Dann und wann ging sie ins Amtshaus, wo er als Richter die Streitigkeiten der Einheimischen entschied. Die Vielfältigkeit seiner Aufgaben und die geschickte Art, mit der er sie erledigte, nötigten ihr Achtung ab. Wie Mr. Simpson sagte, wurde Harold mit den Eingeborenen besser fertig als andere. Festigkeit, Takt und gute Laune wirkten bei ihm zusammen, und das war wesentlich im Umgang mit dieser furchtsamen, rachsüchtigen und argwöhnischen Rasse. Millicent begann eine gewisse Bewunderung für ihren Mann zu fühlen.

Sie waren ein Jahr verheiratet, als zwei englische Naturforscher auf ihrem Wege ins Innere für einige Tage bei ihnen haltmachten. Sie brachten eine dringliche Empfehlung vom Gouverneur mit, und Harold wollte sich nicht lumpen lassen. Ihre Ankunft war eine angenehme Abwechslung. Millicent lud Mr. Simpson zum Essen ein (er wohnte im Fort und aß nur an Sonntagabenden bei ihnen). Nach dem Essen setzten sich die Männer auf die Veranda, um Bridge zu spielen. Millicent ließ sie allein und ging bald zu Bett, aber die Spieler machten einen solchen Lärm, daß sie eine Zeitlang keinen Schlaf finden konnte. Wie spät es war, als Harold ins Zimmer schwankte, wußte sie nicht. Sie verhielt sich still. Er entschloß sich offenbar, noch ein Bad zu nehmen, bevor er zu Bett ging. Der Baderaum war direkt unter ihrem Schlafzimmer. Er stieg die Treppe hinab. Offenbar glitt er aus, denn es gab ein gewaltiges Getöse, und sie hörte ihn fluchen. Dann erbrach er sich heftig. Sie hörte, wie er Kübel Wasser über sich schüttete, und kurze Zeit darauf kam er, diesmal sehr vorsichtig, wieder nach oben und schlüpfte ins Bett. Millicent tat so, als schliefe sie. Sie war entsetzt. Harold war betrunken. Sie nahm sich vor, ihn deshalb am Morgen zur Rede zu stellen. Was würden die zwei Naturforscher von ihnen denken! Aber am Morgen trat Harold mit solcher Würde auf, daß sie nicht den Mut hatte, auf die Sache zu sprechen zu kommen. Um acht Uhr setzten sich Harold und sie mit den beiden Gästen zum Frühstück. Harold warf einen Blick auf den Tisch.

»Hafergrütze«, sagte er. »Millicent, ich glaube, meine Gäste möchten gern ein bißchen Worcestersauce zum Frühstück. Nach mehr werden sie kaum Verlangen haben. Ich persönlich werde mich mit Whisky und Soda begnügen.«

Die beiden lachten beschämt.

»Ihr Mann ist ein furchtbarer Mensch«, sagte der eine.

»Ich würde glauben, die Gebote der Gastfreundschaft nicht richtig erfüllt zu haben, wenn ich Sie am ersten Abend Ihres Besuches nüchtern ins Bett geschickt hätte«, sagte Harold in der offenherzigen und etwas pompösen Art, in der er sich manchmal ausdrückte.

Millicent lächelte säuerlich, tröstete sich aber mit dem Gedanken, daß die Gäste ebenso betrunken gewesen waren wie ihr Mann. An diesem Abend blieb sie bei ihnen, und man begab sich zu einer vernünftigen Stunde zu Bett. Sie war froh, als die Fremden Abschied nahmen. Das Leben floß wieder ruhig dahin. Einige Monate später machte Harold eine Inspektionsreise durch seinen Distrikt und kam mit einem schlimmen Malariaanfall zurück. Zum erstenmal sah sie nun die Krankheit, von der sie schon so viel gehört hatte. Als Harold sich langsam erholte, fiel es ihr nicht weiter auf, daß er sehr schwach war; sie fand jedoch sein Verhalten sonderbar. Wenn er vom Amt zurückkam, starrte er sie mit glasigen Augen an. Er stand auf der Veranda und schwankte leicht, aber doch würdevoll, und hielt lange Reden über die politische Lage in England. Dann verlor er den Faden und sah sie mit schalkhafter Durchtriebenheit an. Da er sonst immer so ernst und gemessen war, wußte sie nicht, was sie davon halten sollte.

»Sie zwingt einen in die Knie, diese verfluchte Malaria. Ach, liebes Frauchen, du hast keine Ahnung, wie anstrengend es ist, am Aufbau des Empire mitzuwirken.«

Mr. Simpson sah manchmal, wie ihr vorkam, besorgt aus, und wenn sie allein waren, schien er etwas sagen zu wollen; aber aus Schüchternheit unterließ er es dann im letzten Augenblick. Dieses Gefühl wurde so stark, daß es sie nervös machte, und eines Abends, als Harold, sie wußte nicht warum, länger als üblich im Büro blieb, konnte sie nicht mehr an sich halten.

»Was haben Sie mir zu sagen, Mr. Simpson?« platzte sie heraus.

Er wurde rot und zögerte.

»Nichts. Was veranlaßt Sie zu der Annahme, ich hätte Ihnen etwas Besonderes zu sagen?«

Mr Simpson war ein magerer, hochaufgeschossener junger Mann von vierundzwanzig, der sich große Mühe gab, seinen mächtigen welligen Haarschopf glatt und fest anliegend zu halten. Seine Handgelenke waren von Moskitostichen geschwollen und fleckig. Millicent sah ihn fest an.

»Glauben Sie nicht, es wäre besser, Sie sagten es mir, wenn es etwas mit Harold zu tun hat?«

Er wurde jetzt krebsrot. Er rückte unruhig auf dem Stuhl hin und her. Sie drang weiter in ihn.

»Ich fürchte, Sie werden mich für frech halten«, begann er schließlich. »Es ist scheußlich von mir, hinter seinem Rücken etwas über meinen Chef zu sagen. Malaria ist eine schlimme Sache, und wenn man einen Anfall gehabt hat, fühlt man sich ganz erledigt.«

Er zögerte wieder und zog die Mundwinkel nach unten, als wolle er weinen. Millicent kam er wie ein kleiner Junge vor.

»Ich werde schweigen«, sagte sie lächelnd. Sie versuchte ihre Unruhe zu verbergen. »Erzählen Sie es mir doch.«

»Dann muß ich Ihnen leider sagen, daß Ihr Mann immer eine Flasche Whisky in seinen Arbeitsräumen hat. Es ist ein Jammer. Er nimmt nämlich dort oft einen Schluck mehr, als er es sonst tun würde.«

Mr. Simpson bekam vor Aufregung eine heisere Stimme. Millicent fühlte, wie sie ein kalter Schauer durchfuhr. Sie nahm sich zusammen, denn sie wußte, sie durfte dem jungen Mann keine Angst machen, wenn sie alles aus ihm herausholen wollte. Er scheute sich, mit der Sprache herauszukommen. Sie drängte ihn, bat ihn, appellierte an sein Pflichtgefühl und brach schließlich in Tränen aus. Dann sagte er ihr, Harold sei in den letzten zwei Wochen immer mehr oder weniger betrunken gewesen. Die Eingeborenen sprächen bereits darüber und sagten, es würde mit ihm bald wieder so schlimm sein wie vor seiner Verheiratung. Er habe damals regelmäßig zuviel getrunken. Trotz aller ihrer Versuche, Näheres über jene Zeit von ihm in Erfahrung zu bringen, lehnte es Mr. Simpson ab, ihr Einzelheiten zu berichten.

»Meinen Sie, daß er jetzt drüben geblieben ist, um zu trinken?«

»Das weiß ich nicht.«

Millicent glühte plötzlich vor Scham und Zorn. Das Fort, wie es genannt wurde, weil man dort die Gewehre und die Munition aufbewahrte, diente auch als Gerichtssaal. Es lag dem Bungalow gegenüber, umgeben von einem Garten. Die Sonne war gerade am Untergehen, und so brauchte sie keinen Hut. Sie eilte hinüber. Sie fand Harold in dem Büro hinter der großen Halle, in der er die Gerichtssitzungen abhielt. Vor ihm stand eine angebrochene Flasche Whisky. Er rauchte und sprach mit einigen Malaien, die ihm mit unterwürfigem und gleichzeitig verächtlichem Lächeln zuhörten. Sein Gesicht war hochrot. Die Eingeborenen verschwanden sofort aus dem Zimmer.

»Ich bin hergekommen, um zu sehen, was du tust«, sagte sie.

Er stand auf, denn er behandelte sie stets mit ausgesuchter Höflichkeit, und kam schwankend auf sie zu. Da er sich unsicher auf den Beinen fühlte, richtete er sich hoch auf.

»Setz dich, meine liebe Millicent, setz dich, nimm Platz. Ich hatte noch dringend zu tun. Deshalb konnte ich nicht eher kommen.«

Sie sah ihn mit zornfunkelnden Augen an.

»Du bist betrunken«, sagte sie. Er starrte sie an, seine Augen traten etwas hervor, und sein breites, fleischiges Gesicht bekam einen hochmütigen Ausdruck.

»Ich verstehe nicht im geringsten, was du damit sagen willst.«

Sie hatte sich vorgenommen, ihm heftige Vorhaltungen zu machen, brach aber plötzlich in Tränen aus, sank auf einen Stuhl und bedeckte ihr Gesicht mit den Händen. Harold blickte sie eine Weile an, dann kollerten auch ihm die Tränen über die Wangen. Mit ausgestreckten Armen ging er auf sie zu und fiel schwer vor ihr auf die Knie. Schluchzend zog er sie an sich.

»Verzeih mir, verzeih mir«, stammelte er. »Ich verspreche dir, es soll nicht wieder vorkommen. Es war diese verdammte Malaria. Sie hat mich dazu gebracht.«

»Es ist so erniedrigend«, stöhnte sie.

Er weinte wie ein Kind. In der Selbsterniedrigung dieses großen, gesetzten Mannes lag etwas Rührendes. Millicent nahm die Hände vom Gesicht. Mit flehendem und zerknirschtem Ausdruck schaute er zu ihr auf.

»Willst du mir dein Ehrenwort geben, daß du nie wieder Alkohol anrührst?«

»Ja, ja. Ich hasse ihn.«

Da sagte sie ihm, sie erwarte ein Kind. Er war überglücklich.

»Darauf habe ich mich schon lange gefreut. Das wird mir Kraft geben.«

Sie gingen zum Bungalow zurück. Harold badete und schlief dann ein wenig. Nach dem Essen hatten sie eine lange und ruhige Aussprache. Er gab zu, er habe vor seiner Verheiratung gelegentlich mehr getrunken, als gut für ihn war. Wenn man von der Welt abgeschnitten sei, könne man leicht einem solchen Laster verfallen. Er willigte in alles ein, was Millicent von ihm verlangte. Es waren noch einige Monate, bevor Millicent sich zur Entbindung nach Kuala Solor begeben mußte, und in dieser Zeit war Harold ein ausgezeichneter Gatte, aufmerksam, untadelig und liebevoll. Als die Barkasse sie abholte und sie ihn für sechs Wochen allein lassen mußte, versprach er feierlich, während ihrer Abwesenheit keinen Alkohol anzurühren. Er legte ihr die Hände auf die Schultern.

»Ich breche niemals ein Versprechen«, sagte er in seiner würdevollen Art. »Aber selbst wenn ich nichts verspräche, könntest du dir vorstellen, daß ich in der Zeit, in der du so viel durchmachen mußt, etwas täte, was dir Kummer bereiten könnte?«

Nach Joans Geburt wohnte Millicent im Hause des Gouverneurs, und Mrs. Gray, seine Frau, war sehr gut zu ihr. Die beiden Frauen hatten während der langen Stunden, in denen sie allein waren, nichts zu tun als zu reden, und so erfuhr Millicent mit der Zeit alles über die alkoholische Vergangenheit ihres Mannes. Am allerwenigsten konnte sie sich mit der Tatsache abfinden, daß Harold nur unter der Bedingung, sich zu verheiraten, seinen Posten hatte behalten dürfen. Das rief in ihr ein dunkles Rachegefühl hervor. Und als sie entdeckte, was für ein unverbesserlicher Trunkenbold er gewesen war, bekam sie starke Beklemmungen. Sie hatte entsetzliche Angst, er könnte während ihrer Abwesenheit wieder seiner Sucht nachgegeben haben. Sie fuhr mit ihrem Kind und einer Pflegerin zurück. Sie blieb eine Nacht in dem Bungalow an der Flußmündung und schickte einen Boten in einem Kanu voraus, der ihre Ankunft ankündigen sollte. Ängstlich blickte sie nach dem Landungssteg, als die Barkasse sich dem Ufer näherte. Dort standen Harold und Mr. Simpson. Die adretten Soldaten waren in einer Reihe aufmarschiert. Ihr stockte der Herzschlag, denn Harold schwankte leicht hin und her wie ein Mann, der versucht, auf einem rollenden Schiff sein Gleichgewicht zu behaupten. Sie sah, daß er betrunken war. Es war keine sehr angenehme Heimkehr.

Millicent hatte ihre Eltern und ihre Schwester, die ihr schweigend zuhörten, fast vergessen. Sie spürte jetzt wieder deren Gegenwart und richtete sich auf. Alles, was sie da erzählte, schien so weit weg zu sein.

»Da wußte ich, daß ich ihn haßte«, sagte sie. »Ich hätte ihn umbringen können.«

»Oh, Millicent, sag doch so was nicht!« rief ihre Mutter. »Vergiß nicht, daß der Arme tot ist.«

Millicent sah ihre Mutter an, und ihr Gesicht wurde plötzlich finster. Mr. Skinner wurde es unbehaglich zumute.

»Sprich weiter«, sagte Kathleen.

»Als er entdeckte, daß ich alles über ihn erfahren hatte, ließ er sich vollständig gehen. Nach einem Vierteljahr hatte er wieder einen Anfall von Delirium tremens.«

»Warum bist du nicht von ihm fortgegangen?« fragte Kathleen.

»Was hätte ich damit erreicht? Er wäre nach vierzehn Tagen entlassen worden. Wer sollte für mich und Joan sorgen? Ich mußte bleiben. Wenn er nüchtern war, konnte ich mich ja über nichts beklagen. Liebe fühlte er nicht für mich, aber er hatte mich gern. Ich hatte ihn ja auch nicht geheiratet, weil ich in ihn verliebt war, sondern weil ich verheiratet sein wollte. Ich tat alles, um den Alkohol von ihm fernzuhalten. Ich erreichte sogar, daß Mr. Gray die Übersendung von Whisky aus Kuala Solor verbot, aber Harold erhielt ihn von den Chinesen. Ich beobachtete ihn wie eine Katze eine Maus. Aber er war zu schlau für mich. Nach kurzer Zeit ging es von neuem los. Er vernachlässigte seine Amtspflichten. Ich hatte Angst, es könnten Beschwerden einlaufen. Wir waren zwei Tagereisen von Kuala Solor entfernt, und das war unser Glück, aber es mußte doch etwas durchgesickert sein, denn Mr. Gray schrieb mir einen privaten Warnungsbrief. Ich zeigte ihn Harold. Er tobte und fluchte, aber ich sah, daß er Angst bekam, und einige Monate lang blieb er ganz nüchtern. Dann begann es wieder. Und so ging es fort bis zu unserem Urlaub.

Bevor wir hierherkamen, flehte ich ihn an, sich ja in acht zu nehmen. Es sollte keiner von euch merken, was für einen Mann ich geheiratet hatte. Solange er in England war, ging alles gut. Bevor wir abfuhren, warnte ich ihn. Er hatte Joan sehr liebgewonnen und war stolz auf sie. Sie hing sehr an ihm, mehr als an mir. Ich fragte ihn, ob ihn sein Kind später als Trunkenbold ansehen sollte, und dabei merkte ich, womit ich Eindruck auf ihn machen konnte. Der Gedanke erschreckte ihn. Ich sagte ihm, ich würde es nicht zulassen, und wenn Joan ihn einmal betrunken sähe, würde ich sie ihm fortnehmen. Er wurde ganz bleich, als ich das sagte. In jener Nacht fiel ich auf die Knie und dankte Gott, weil er mir einen Weg gezeigt hatte, meinen Mann zu retten.

Er bat mich, ihm zur Seite zu stehen, dann wolle er einen neuen Versuch machen. Wir beschlossen, die Sucht zusammen zu bekämpfen. Und er gab sich redlich Mühe. Wenn er fühlte, daß das Verlangen ihn zu überwältigen drohte, kam er zu mir. Ihr wißt, daß er immer gern großtat, aber bei mir war er so klein und demütig wie ein Kind. Er verließ sich auf mich. Er liebte mich wohl nicht, als er mich heiratete, aber nun liebte er mich, mich und Joan. Ich hatte ihn gehaßt, weil er sich erniedrigt hatte, weil er, wenn er betrunken war, versuchte, sich würdevoll, überlegen und herablassend zu gebärden, was mich abstieß. Aber nun zog ein sonderbares Gefühl in mein Herz ein. Es war nicht Liebe, aber eine eigentümliche scheue Zärtlichkeit. Er war jetzt noch etwas mehr als mein Mann, er war wie ein Kind, das ich lange und ermüdende Monate hindurch unter dem Herzen getragen hatte. Er war so stolz auf mich, und ich war stolz auf ihn.

Seine langen Reden reizten mich nicht mehr, und sein gespreiztes Wesen erschien mir eher komisch. Schließlich besiegten wir den bösen Feind. Zwei Jahre lang trank er keinen Tropfen Alkohol mehr. Er war nicht mehr süchtig. Er konnte sogar darüber scherzen.

Mr. Simpson war nicht mehr bei uns, und wir hatten einen anderen jungen Mann namens Francis.

›Ich bin ein bekehrter Trinker‹, sagte Harold einmal zu ihm. ›Wenn meine Frau nicht gewesen wäre, hätte man mich längst an die Luft gesetzt. Ich habe die beste Frau, die es auf der Welt gibt, Francis.‹

Ihr wißt nicht, was solche Worte für mich bedeuteten … Alle meine Mühen und Sorgen hatten sich gelohnt. Ich war überglücklich.«

Sie schwieg. Sie dachte an den breiten gelben schlammigen Fluß, an dessen Ufer sie so lange gelebt hatte. Vor Sonnenuntergang flogen die Reiher weiß und glitzernd in der von Hitze zitternden Luft den Fluß hinab; sie flogen niedrig und schnell und entschwanden bald den Blicken. Sie waren wie ein Triller schneeiger Noten, süß und rein und frühlingshaft, ein göttlicher Akkord, den eine unsichtbare Hand auf einer unsichtbaren Harfe anschlug. Eingehüllt in Schatten des Abend flatterten sie zwischen den grünen Ufern dahin wie die glücklichen Gedanken eines zufriedenen Gemüts.

»Dann wurde Joan krank. Drei Wochen lang schwebten wir in Angst. Einen Arzt gab es nur in Kuala Solo, und wir mußten das Kind von einem eingeborenen Medizinmann behandeln lassen. Als Joan wieder gesund wurde, fuhr ich mit ihr an die Flußmündung, damit sie frische Meeresluft atmen konnte. Wir blieben eine Woche dort. Es war das erste Mal, daß ich mich von Harold trennte, seitdem ich wegen meiner Niederkunft in Kuala Solor war. In der Nähe war ein Fischerpfahldorf, aber in Wirklichkeit waren wir ganz allein. Mit großer Zärtlichkeit dachte ich immer an Harold, und auf einmal wußte ich, daß ich ihn liebte. Ich war so froh, als das Boot uns wieder abholte, denn ich wollte es

Harold ja sagen. Ich dachte, wie sehr er sich darüber freuen würde. Ich kann euch nicht beschreiben, wie glücklich ich war. Als wir stromaufwärts ruderten, erzählte mir der Bootsführer, daß Mr. Francis ins Landesinnere gegangen sei, um eine Frau zu verhaften, die ihren Mann ermordet hatte. Er sei schon ein paar Tage fort.

Ich war überrascht, daß Harold nicht am Landungssteg war, um mich abzuholen. Er war in dieser Beziehung sonst peinlich aufmerksam. Er sagte manchmal, Mann und Frau sollten zueinander so höflich sein, wie sie zu Bekannten wären. Ich konnte mir nicht vorstellen, welche Amtsgeschäfte ihn abgehalten hatten. Ich ging den Hügel hinauf, auf dem der Bungalow stand. Die Aja, die malaiische Kinderfrau, kam mit Joan hinter mir her. Es war sonderbar still in dem Bungalow. Ich sah auch keine Diener, und dies kam mir höchst seltsam vor. Vielleicht hatte Harold mich nicht so bald erwartet und war ausgegangen. Ich stieg die Treppe hinauf. Joan hatte Durst, und die Aja führte sie in die Küche, um ihr etwas zu trinken zu geben. Harold war nicht im Wohnzimmer. Ich rief seinen Namen, aber niemand antwortete. Ich war enttäuscht, weil ich ihn so gern dagehabt hätte. Ich ging in unser Schlafzimmer. Harold war doch nicht ausgegangen, er lag schlafend auf dem Bett. Diese Entdeckung machte mir Spaß, weil er immer behauptete, er schliefe nie am Nachmittag. Das war für ihn lediglich eine schlechte Gewohnheit, der nur Weiße huldigten. Ich trat leise ans Bett.

Ich wollte mir einen Scherz mit ihm machen, ihn kitzeln oder so etwas. Ich öffnete die Moskitovorhänge. Er lag auf dem Rücken und hatte nur einen Sarong an. Eine leere Whiskyflasche lag an seiner Seite. Er war betrunken. Es hatte wieder begonnen. Alle meine jahrelangen Kämpfe waren nutzlos gewesen. Mein Traum zerfloß in nichts. Es war alles hoffnungslos. Maßlose Wut ergriff mich.«

Millicents Gesicht wurde wieder dunkelrot. Sie umklammerte die Stuhllehne.

»Ich faßte ihn bei den Schultern und schüttelte ihn mit aller

Kraft. ›Du Biest!‹ schrie ich, ›Du Biest!‹ Ich war so wütend, daß ich nicht wußte, was ich tat und sagte. Ich schüttelte ihn immer wieder. Ihr könnt euch nicht vorstellen, wie häßlich er aussah, dieser große, dicke, halbnackte Mann. Er hatte sich tagelang nicht rasiert, und sein Gesicht war aufgedunsen und purpurrot. Er atmete schwer. Ich schrie ihn an – vergeblich. Ich versuchte ihn aus dem Bett zu ziehen, aber er war zu schwer. Er lag wie ein Baumstamm da. ›Mach die Augen auf!‹ schrie ich. Ich schüttelte ihn erneut. Ich haßte ihn. Ich haßte ihn um so mehr, als ich ihn eine ganze Woche von Herzen geliebt hatte. Er hatte mich verraten. Er hatte mich im Stich gelassen. Ich wollte ihm sagen, was für ein Schuft er war. Ich konnte ihn nicht wachbekommen. ›Du sollst die Augen aufmachen!‹ rief ich. Er sollte mich wenigstens ansehen.«

Die Witwe fuhr mit der Zunge über die trockenen Lippen. Ihr Atem ging schnell. Sie schwieg.

»Wenn er in einem solchen Zustand war, wäre es das beste gewesen, ihn schlafen zu lassen«, sagte Kathleen.

»An der Wand neben dem Bett hing ein Parang. Ihr wißt ja, welche Vorliebe Harold für solche exotischen Dinge hatte.«

»Was ist ein Parang?« fragte Mrs. Skinner.

»Stell dich nicht so dumm, Mutter«, sagte Mr. Skinner gereizt. »Gleich hinter dir ist einer an der Wand.«

Er zeigte auf das malaiische Schwert, auf dem aus irgendeinem Grunde sein Blick unbewußt geruht hatte. Mrs. Skinner zog sich mit ängstlicher Gebärde, wie wenn man sie auf eine Giftschlange aufmerksam gemacht hätte, in die Ecke des Sofas zurück.

»Plötzlich quoll Blut aus Harolds Kehle hervor. Er hatte eine große rote Wunde quer über dem Hals.«

»Millicent!« rief Kathleen, schnellte hoch und sprang mit einem Satz auf ihre Schwester zu. »Was um Gottes Willen willst du damit sagen?«

Mrs. Skinner starrte sie mit großen entsetzten Augen und offenem Mund an.

»Der Parang war nicht mehr an der Wand. Er lag auf dem

Bett. Da öffnete Harold die Augen. Sie waren von Joans Augen nicht zu unterscheiden«

»Das verstehe ich nicht«, sagte Mr. Skinner »Wie konnte er Selbstmord begehen, wenn er in dem von dir geschilderten Zustand war?«

Kathleen griff nach dem Arm Ihrer Schwester und schüttelte ihn heftig.

»Millicent, um Himmels willen, erklär uns doch ...«

Millicent machte sich von ihr frei.

»Wie ich euch schon gesagt habe, der Parang hing an der Wand. Ich weiß nicht, was geschah. Ich sah nur, wie das Blut floß und Harold die Augen öffnete. Er starb fast unmittelbar darauf. Er sagte kein Wort mehr, gab aber eine Art Keuchen von sich.«

Schließlich fand Mr. Skinner seine Stimme wieder:

»Aber es war Mord, du Elende!«

Millicent, deren Gesicht jetzt mit roten Flecken übersät war, warf ihm einen so haßerfüllten, zornigen Blick zu, daß er zurückwich.

Mrs. Skinner rief:

»Millicent, du hast es nicht getan – sag, daß du es nicht getan hast!«

Dann hatten sie alle das Gefühl, als ob ihnen das Blut in den Adern erstarrte, denn Millicent lachte laut auf.

»Wer sollte es sonst getan haben?« sagte sie.

»Mein Gott!« murmelte Mr. Skinner.

Kathleen hatte kerzengerade dagestanden, die Hände aufs Herz gedrückt, als klopfe es unerträglich stark.

»Und was geschah dann?« fragte sie.

»Ich schrie. Ich lief zum Fenster und riß es auf. Ich rief nach der Aja. Sie kam mit Joan angelaufen. ›Joan dalassen‹, rief ich. ›Ja nicht mit Joan kommen!‹ Sie rief den Koch und übergab ihm das Kind. ›Schnell, schnell!‹ Ich zeigte auf Harold. ›Der Tuan hat sich das Leben genommen!‹ schrie ich. Sie kreischte auf und lief aus dem Haus.

Niemand traute sich näher heran. Alle waren ganz fassungslos. Ich schrieb Mr. Francis einen Brief, berichtete ihm, was geschehen war, und bat ihn, sofort zurückzukommen.«

»Was hast du ihm denn berichtet?«

»Ich hätte bei meiner Rückkehr Harold mit durchschnittener Kehle aufgefunden. In den Tropen muß man die Menschen schnell beerdigen. Ich kaufte einen chinesischen Sarg, und die Soldaten schaufelten ein Grab hinter dem Fort. Als Mr. Francis kam, lag Harold schon zwei Tage in der Erde. Mr. Francis war noch ein dummer Junge. Ich konnte ihm einen Bären aufbinden, ohne daß er es merkte. Ich sagte ihm, ich hatte den Parang in Harolds Hand gefunden und es sei kein Zweifel, daß er sich in einem Anfall von Delirium tremens getötet habe. Ich zeigte ihm die leere Flasche. Die Diener bestätigten, er sei während meines Aufenthalts an der Küste dauernd betrunken gewesen. Dieselbe Geschichte erzählte ich in Kuala Solor. Alle waren sehr nett zu mir, und die Regierung gewährte mir eine Pension.«

Eine ganze Weile sagte niemand ein Wort. Schließlich riß sich Mr. Skinner zusammen.

»Ich bin Jurist. Ich bin Rechtsanwalt. Als solcher habe ich gewisse Pflichten. Wir haben immer eine sehr achtenswerte Praxis gehabt. Du hast mich in eine unmögliche Lage gebracht.«

Er versuchte die sich wirr in seinem Kopf jagenden Gedanken zu ordnen. Millicent sah ihn verächtlich an.

»Und was willst du in der Sache tun?«

»Es war Mord, das ist unbestreitbar. Meinst du, ich kann zu einem Mord schweigen?«

»Rede keinen Unsinn, Vater«, sagte Kathleen scharf. »Du kannst nicht deine eigene Tochter anzeigen.«

»Du hast mich in eine unmögliche Lage gebracht«, wiederholte Mr. Skinner.

Millicent zuckte die Schultern. »Ihr habt mich ja gedrängt, euch alles zu erzählen. Ich habe es lange genug allein getragen. Es wird Zeit, daß ihr mir alle dabei helft.«

In diesem Augenblick öffnete das Hausmädchen die Tür.

»Davis ist mit dem Auto vorgefahren.«

Kathleen hatte die Geistesgegenwart, etwas darauf zu sagen, und das Mädchen schloß die Tür wieder.

»Wir brechen besser gleich auf«, sagte Millicent.

»Ich kann doch jetzt nicht zu der Party gehen«, rief Mrs. Skinner entsetzt. »Ich bin ja fix und fertig. Wie können wir den Heywoods gegebenübertreten? Und der Bischof will dir sicher vorgestellt werden.« Millicent machte eine Gebärde, als ob ihr das völlig gleichgültig sei. Ihre Augen behielten den ironischen Ausdruck.

»Wir müssen gehen, Mutter«, drängte Kathleen. »Wie sieht es denn aus, wenn wir wegbleiben?« Sie wandte sich wütend an Millicent. »Oh, meiner Ansicht nach ist das alles schrecklich taktlos!«

Mrs. Skinner blickte hilflos ihren Mann an. Er ging zu ihr, reichte ihr die Hand und half ihr vom Sofa auf.

»Ich fürchte, wir müssen gehen«, sagte er.

»Und ich mit den Reiherfedern auf dem Hut, die Harold mir eigenhändig gegeben hat«, stöhnte sie.

Er führte sie aus dem Zimmer, Kathleen folgte ihnen dicht auf den Fersen, und einige Schritte hinter ihnen ging Millicent.

»Man gewöhnt sich daran«, sagte sie ruhig. »Zuerst habe ich an nichts anderes denken können, aber jetzt vergesse ich es manchmal zwei oder drei Tage vollständig. Es ist ja nicht so, als drohe einem Gefahr.«

Niemand antwortete ihr. Sie schritten durch die große Diele und zur Tür hinaus. Die drei Damen setzten sich hinten in den Wagen, und Mr. Skinner nahm neben dem Fahrer Platz. Es war ein alter Wagen, und Davis mußte erst den Anlasser anwerfen. Mr. Skinner drehte sich mürrisch zu Millicent um.

»Das hättest du mir nie erzählen sollen«, sagte er. »Es war sehr selbstsüchtig von dir.«

Davis setzte sich ans Steuer, und sie fuhren zum Gartenfest des Pastors.

Margery Allingham
Aller guten Dinge sind drei

An einem Septembernachmittag gegen fünf war Ronald Frederick Torbay mit den Vorbereitungen zu seinem dritten Mord beschäftigt. Er ließ dabei größte Vorsicht walten und zwang sich zur Langsamkeit, denn es war ihm völlig klar, welche Folgen Unvorsichtigkeit haben konnte.

Mit jedem neuen Mord wächst das Risiko. Das hatte er einmal, lange vor seiner ersten Heirat, in der Zeitung gelesen, und es hatte ihn stark beeindruckt. Aber er wußte auch, daß einem der Erfolg zu Kopf steigen konnte, deshalb ließ er sich niemals gehen. Er war überzeugt, daß er beträchtlich intelligenter war als die meisten Menschen; doch dachte er darüber nicht weiter nach. Wenn das Gefühl seiner Macht sich wieder einmal zu stark bemerkbar machte, drängte er es energisch zurück.

Einen Augenblick betrachtete er sich nachdenklich im Badezimmerspiegel des kleinen Hauses, das er kürzlich gemietet hatte.

Das Gesicht, das ihm entgegensah, war schmal und blaß. Sein dünnes dunkles Haar wich von der Stirn zurück, die Augen waren blau und ausdrucksvoll. Nur der Mund war wirklich ungewöhnlich: ein schmaler Strich, fast ohne Lippen, den er jetzt zu einem halben Lächeln verzog. Nicht einmal Ronald Torbay selbst gefiel dieser Mund.

Ein Geräusch drang aus der Küche. Torbay fuhr zusammen und richtete sich hastig auf. Wenn Edith schon mit dem Bügeln fertig war, würde sie gleich heraufkommen, um ihr vieldiskutiertes Schaumbad zu nehmen, bevor er es ihr hergerichtet hatte. Das wäre verhängnisvoll. Mit angehaltenem Atem blieb er stehen. Nein, alles in Ordnung: Die Hintertür fiel ins Schloß. Vom Fenster aus beobachtete er, wie Edith in dem kleinen viereckigen Hof verschwand, der genauso aussah wie all die anderen kleinen viereckigen Höfe in dieser langen Vorortstraße. Sie wollte die frischgebügelte Wäsche zum Lüften aufhängen, was ihn ärgerte, obgleich er dadurch die Zeit gewann, die er noch brauchte.

Von den drei hausbackenen Frauen mittleren Alters, die er bislang überredet hatte, ihn zu heiraten und anschließend als Alleinerben einzusetzen, mußte er sich über Edith mit Abstand am meisten ärgern. Hundertmal hatte er sie in den sechs Wochen ihrer Ehe gebeten, nicht so viel Zeit im Hof zu verbringen. Edith war schüchtern und zurückhaltend, aber nebenan waren gerade neue Leute eingezogen. Es bestand die Gefahr, daß sie sich mit den neuen Nachbarn anfreundete, und gerade das konnte er jetzt unter keinen Umständen brauchen.

Seine früheren Ehefrauen waren schüchtern gewesen – danach hatte er sie ausgesucht, denn ein großer Teil seines Erfolges hing von dieser Eigenschaft ab. Mary, seine erste Frau, war ganz unauffällig durch einen »Unfall« gestorben, in einem Bungalow, der große Ähnlichkeit mit dem hatte, den er diesmal gemietet hatte, nur daß das nicht im Süden, sondern im Norden von England gewesen war. Der Ort, in dem sie damals wohnten, war noch im Wachsen, der Coroner hatte es eilig gehabt und die Polizei auch. Die Nachbarn hatten sich kaum um den Fall gekümmert – bis auf einen jungen Reporter, der in der Lokalzeitung einen sentimentalen Bildartikel darüber schrieb. Dieser Bursche hatte sich darüber ausgelassen, wie nahe Glück und Unglück beieinander liegen. Der Artikel war mit einem Hochzeitsfoto von ihnen erschienen und trug die Überschrift »Tragödie in den Flitterwochen«.

Bei Dorothy war es etwas anders gewesen; auch hier hatte das Zusammenleben nicht lange gedauert und sehr plötzlich geendet. Dann gab es lästige Schwierigkeiten – nichts Ernsthaftes, aber immerhin: Sie hatte ihn belogen, als sie sagte, sie hätte keine Angehörigen. Nach der Beerdigung tauchte plötzlich ein Bruder auf, der allerhand unangenehme Fragen stellte. Es kam zu einem Prozeß, den Ronald glatt gewann, die Versicherung hatte anstandslos gezahlt.

Das alles lag vier Jahre zurück. Jetzt, unter anderem

Namen, mit einer neu erfundenen Familiengeschichte und einem neuen Betätigungsfeld, fühlte er sich völlig sicher.

Vom ersten Augenblick an, als er Edith in dem Speisesaal des kleinen Strandhotels sitzen sah, hatte er gewußt: Das war seine nächste Aufgabe. Er betrachtete alle seine Frauen als »Aufgaben«, das verlieh seinen Plänen eine gewisse wissenschaftliche Färbung, die ihm gefiel.

Edith wirkte sehr solide, ein bißchen steif und fast ein wenig streng; aber in ihrem Gesicht hatte er eine verborgene Zaghaftigkeit erkannt, und in ihren kurzsichtigen Augen lag ein unbefriedigter, halb ängstlicher Ausdruck, und einmal, als der Kellner ihr eine Nettigkeit sagte, war sie sehr verlegen geworden. Außerdem trug sie eine echte Diamantennadel, das hatte Ronald Torbay von seinem Tisch aus erkannt. Er hatte ein Auge für kostbare Steine.

Abends in der Hotelhalle sprach er sie an, holte sich eine Abfuhr, versuchte es noch einmal und brachte sie schließlich zum Reden. Danach ging dann alles so weiter, wie er es erwartet hatte. Seine Werbung war altmodisch und romantisch, und nach acht Tagen war Edith ihm hoffnungslos verfallen.

Sie paßte in Ronalds Pläne sogar noch besser, als er angenommen hatte. Sie war Lehrerin gewesen und dann, mit Anfang Dreißig, nach Hause zurückgekehrt, um ihren kranken Vater zu pflegen. Jetzt war sie dreiundvierzig, ziemlich wohlhabend und ohne Angehörige und dem Leben gegenüber so hilflos wie ein Schiff ohne Steuer. Ronald tat alles, um diesen Zustand zu erhalten, und genau fünf Wochen nach dem Tag ihres Kennenlernens heirateten sie in der kleinen Stadt, in der sie beide fremd waren. Am gleichen Nachmittag machte jeder sein Testament zugunsten des anderen, und sie bezogen das kleine Haus. Die Miete war nicht hoch, die Saison ging zu Ende.

Eigentlich war Edith die netteste Eroberung, die er gemacht hatte. Mary war launisch und hysterisch gewesen, Dorothy kleinlich und mißtrauisch. Edith dagegen war überraschenderweise fröhlich und vernünftig. Ein anderer Mann, überlegte Ronald behaglich, hätte vielleicht den Kardinalfehler begangen und sie bemitleidet, doch mit so etwas hielt er sich nicht auf. Er begann sehr bald, Pläne zu machen – Pläne für Ediths »Zukunft«, wie er es im stillen nannte.

Zwei Dinge besiegelten ihr Schicksal früher als geplant. Das eine war die hartnäckige Weigerung, ihm ihre Finanzen klarzulegen; das zweite war ihr peinliches Interesse an seinem Beruf.

Auf dem Standesamt hatte Ronald als Beruf »Vertreter« angegeben und Edith erklärt, er sei Teilhaber einer Kosmetikfirma und auf Urlaub. Edith stellte keine weiteren Fragen, nur hatte sie fast sofort angefangen, einen Besuch in seiner Firma zu planen, und sie sprach auch häufig davon, sich neue Kleider zu kaufen, damit sie ihm »keine Schande« mache.

Andererseits hielt sie ihre Bankauszüge und andere Papiere in einer alten Schreibmappe verschlossen und weigerte sich hartnäckig, mit ihm über das Thema Geld zu sprechen. Schließlich wurde es ihm zu bunt; er wollte sich nicht länger ärgern, sondern beschloß zu handeln.

Ronald wandte sich vom Fenster ab, zog sein Jackett aus und drehte den Wasserhahn auf. Das Wasser lief in die Badewanne, sein Herz schlug plötzlich laut und hart. Wie dumm! Er mußte jetzt ruhig und gelassen bleiben.

Das Bad war der einzige Raum, den sie frisch gestrichen hatten. Ronald hatte es selbst kurz nach ihrem Einzug getan. Über der Wanne hatte er ein kleines Regal angebracht, auf dem Badesalz und ein kleines altmodisches elektrisches Öfchen mit zwei Heizstäben standen; es war billig und weiß wie die Wände und fiel nicht weiter auf. Ronald beugte sich über die Wanne, schaltete das Öfchen ein und wartete, bis die Heizstäbe aufglühten. Dann wandte er sich ab und trat auf den Flur. Der Heizofen blieb eingeschaltet.

Der Sicherungskasten für das Haus befand sich neben dem Wäscheschrank. Der Schrank stand oben an der Treppe.

Ronald öffnete vorsichtig die Tür des Kastens, wobei er ein Taschentuch benutzte, um Fingerabdrücke zu vermeiden, und zog die Sicherung heraus. Im Badezimmer erloschen die beiden Heizstäbe. Zufrieden musterte er den kleinen Heizofen, hob ihn vom Regal und ließ ihn behutsam am Fußende der Wanne, wo er wenig Platz einnahm, ins Wasser gleiten. Die weiße Litze lief über den Badewannenrand an der Fußbodenleiste unter der Tür entlang bis zu einer Steckdose im Flur.

Edith hatte damals gegen die schlampige Installation protestiert, aber er hatte behauptet, Steckdosen im Badezimmer seien nicht erlaubt, da Wasser ein zu guter Stromleiter sei. Sie hatte sich dann damit zufriedengegeben, daß er die Leitung unter dem Linoleum entlangführte, wo man sie nicht sah.

Im Augenblick war der Heizofen in der Badewanne noch deutlich zu erkennen, als sei er versehentlich hineingefallen, aber selbstverständlich mußte ihn jeder sehen, der in die Wanne stieg. Ronald blieb einen Augenblick stehen. Seine Augen waren dunkel, sein häßlicher Mund noch schmaler als sonst. Die phantastische Einfachheit seiner Methode verursachte ihm jedesmal wieder ein starkes Gefühl der Spannung und Freude. Sie war so wirkungsvoll, so schnell und tödlich, und vor allem so völlig risikolos für ihn selbst. Er drehte den Wasserhahn zu und horchte.

Edith kam zurück. Sie schleppte irgend etwas über die Steinplatten vor dem Hintereingang. Ronald beugte sich vor und holte aus seinem an der Wand hängenden Jackett einen Plastikbeutel. Gerade als er zum drittenmal die Gebrauchsanweisung las, hörte er ein leises Geräusch. Er wandte den Kopf und erschrak. Keine zwei Meter von ihm entfernt tauchte der Kopf seiner Frau plötzlich über dem flachen Dach vor dem Badezimmerfenster auf. Sie säuberte die Dachrinne von welkem Laub und stand auf einer Leiter.

Es war charakteristisch für Ronald Torbay, daß er nicht den Kopf verlor, sondern zwischen die Badewanne und das

Fenster trat und ruhig mit ihr redete, wobei er den Plastikbeutel in der Hand behielt.

»Was soll denn das bloß, Darling?«

Beim Ton seiner Stimme fuhr Edith so heftig zusammen, daß sie fast von der Leiter gefallen wäre. Sie wurde rot.

»Oh, hast du mich erschreckt, Ron! Ich wollte das hier gerade noch saubermachen, bevor ich mich umziehe. Sonst regnet's womöglich wieder rein.«

»Wie klug von dir.« Ironie war das beste Mittel, um ihre Unsicherheit noch zu verstärken. »Aber nicht gerade jetzt, wo ich dir dein Schönheitsbad zurechtmache. Oder?«

Die ganz leichte Betonung des Wortes »Schönheit« war ihr nicht entgangen. Er sah, wie sie schluckte.

»Ja, da hast du recht«, sagte sie, ohne ihn anzublicken, »Lieb von dir, daß du dir soviel Mühe machst.«

»Aber wieso denn«, gab er mit genau der richtigen Dosis männlicher Gleichgültigkeit zurück. »Wenn wir heute abend ausgehen wollen, mußt du so hübsch wie – wie möglich aussehen, nicht wahr? Komm, mach schnell. Der Schaum hält sich nicht lange, das Zeug ist teuer. Wie all dieser kosmetische Firlefanz.«

»Schön, Ron. Ich komme.« Eilig stieg sie die Leiter hinunter, während er den Inhalt des Plastikbeutels in die Wanne streute. Die pfirsichfarbenen Kristalle, die stark nach Rosen dufteten, lösten sich, als er das Wasser mit starkem Strahl einlaufen ließ, in Tausende funkelnder Bläschen auf. Einen Augenblick überfiel ihn die Angst, daß das vielleicht als Tarnung nicht ausreichte. Er bückte sich und fuhr mit der Hand im Wasser hin und her, aber es war alles in Ordnung. Die rosige Wolke wuchs und breitete sich aus und wurde zu einer weichen duftenden Schaummasse; sie bedeckte die Wasserfläche, stieg an den Seiten hoch und floß über das Kabel, die Fliesen und die Bådematte. Tadellos – ganz einwandfrei.

Er schlüpfte in sein Jackett und öffnete die Tür. Gerade wollte er nach Edith rufen, da stand sie schon schmal und blaß in ihrem blauen Bademantel vor ihm. Das Haar hatte sie unter einer häßlichen Kappe verborgen.

»Aber Ronald!« Sie starrte mißbilligend auf die überfließende Schaummasse. »Mein Gott – muß denn das sein? Und alles auf den Fußboden!«

Der Zorn packte ihn, weil sie so lange zögerte.

»Das ist doch egal«, sagte er grob. »Jetzt geh endlich rein, solange das Zeug noch schäumt! Beeil dich! Ich ziehe mich inzwischen um. Du hast zehn Minuten Zeit. Leg dich rein! Wird dir hoffentlich guttun – bei deiner kalkigen Haut.«

Er ging hinaus und blieb horchend stehen. Ja, sie schloß die Tür ab, natürlich! Was man sein Leben lang getan hatte, gewöhnte man sich nicht plötzlich in der Ehe ab. Er zwang sich, langsam über den Flur zu gehen. Sechzig Sekunden wollte er ihr geben: dreißig zum Ausziehen und dreißig zum Einsteigen in den rosigen Schaum.

»Na, wie ist es?« rief er, als er vor dem Wäscheschrank stand. Sie antwortete nicht gleich. Feiner Schweiß stand ihm auf der Stirn. Dann hörte er ihre Stimme.

»Weiß noch nicht. Ich steige gerade rein. Es riecht herrlich.«

Das letzte Wort wartete er nicht mehr ab. Mit bösartiger Gelassenheit zählte er: »Eins – zwei – drei« und schaltete die Sicherung ein.

Aus der Steckdose hinter ihm schoß ein Blitz.

Dann war es so still, daß Ronald deutlich seinen eigenen Pulsschlag hörte. Er hörte auch das Ticken der Uhr unten an der Treppe und das müde Summen einer Fliege am Fenster.

Aus dem Nachbargarten drang jetzt das Geräusch eines Rasenmähers, den der kräftig gebaute Mann mit dem rosigen Gesicht, der erst kürzlich eingezogen war, bediente. Nur aus dem Badezimmer kam kein Laut.

Er wartete eine Weile, schlich dann zur Tür und klopfte.

»Edith?«

Keine Antwort. Totenstille.

»Edith?«

Tiefes Schweigen. Eine Minute verging. Ronald richtete sich auf und stieß einen tiefen Seufzer aus.

Und schon war er bereit für den zweiten Teil – den riskanteren Teil, wie er wohl wußte. Die Tote mußte gefunden werden, aber nicht zu schnell. Das war ein Fehler, den er bei Dorothys »Unfall« gemacht hatte, und der Polizeibeamte hatte ihn dann auch gefragt, warum er so rasch Verdacht geschöpft habe. Aber er hatte die Nerven nicht verloren, und der gefährliche Augenblick war vorübergegangen. Diesmal hatte er sich vorgenommen, eine halbe Stunde zu warten, bevor er an die Tür trommelte, einen Nachbarn holte und die Tür aufbrach. Inzwischen wollte er sich eine Abendzeitung kaufen gehen, und das wollte er Edith laut von der Tür aus zurufen, damit es Vorübergehende hören würden. Vorher war aber noch etwas anderes zu erledigen.

Ediths lederne Schreibmappe, in der sie ihre privaten Papiere aufbewahrte, lag in ihrer Hutschachtel. Liebe Zeit – sie hatte tatsächlich angenommen, er wisse nichts davon! Daß sie verschlossen war, hatte er gleich entdeckt, als er sie endlich gefunden hatte. Um keinen Verdacht zu erregen, hatte er die Finger davon gelassen. Das war jetzt nicht mehr nötig.

Leise schlich er ins Schlafzimmer und öffnete die Schranktür und die Hutschachtel. Die Mappe lag dick und vielversprechend noch genauso da wie beim letztenmal. Freudig wog er sie in der Hand. Das Schloß erwies sich als hartnäkkiger, als er gedacht hatte, aber schließlich bekam er es doch auf, und der sauber geordnete Inhalt der Mappe lag vor ihm. Auf den ersten Blick sah alles recht vielversprechend aus – viel besser als erwartet: mehrere Sparverträge, einige dicke, vermutlich von einem Notar rot versiegelte Umschläge und obenauf ein blaues flaches Buch: ihr Postsparbuch.

Mit zitternden Fingern öffnete er es und fing an zu blättern. Zweitausend Pfund. Zweitausendneunhundert. Dann hundert abgehoben – das schien die letzte Eintragung zu sein. Nein, doch nicht: Auf der nächsten Seite stand noch ein Eintrag; er war keine Woche alt. Ronald erinnerte sich daran, wie das Buch mit der Post gekommen war und für wie schlau sie sich gehalten hatte, als sie den Umschlag verschwinden ließ.

Er ließ die Augen müßig über die letzten Zeilen gleiten. Sein Herzschlag setzte aus. Mit hervorquellenden Augen starrte er auf das Buch: Sie hatte fast das gesamte Guthaben abgehoben.

Sein erster Gedanke war, daß das Geld noch da sein müßte, vielleicht in einem der Umschläge. Er vergaß alle Vorsicht und riß sie hastig auf; Briefe, Papiere flatterten zu Boden.

Erst als er den an ihn adressierten Brief sah, hielt er inne. In Ediths seltsam energischer Schrift stand da: Mr. Ronald Torbay.

Er riß den Brief auf, zog den Büttenbogen heraus und strich ihn glatt. Das Datum war von vorgestern.

Lieber Ronald,
dieser Brief wird wohl ein ziemlicher Schock für Dich sein. Ich hatte lange gehofft, daß er nicht notwendig sein würde, aber Dein Verhalten zwingt mich dazu. Ich fürchte, ich muß mit recht häßlichen Möglichkeiten rechnen.

In mancher Beziehung, mein lieber Ronald, bist Du ziemlich altmodisch. Du scheinst gar nicht auf den Gedanken gekommen zu sein, daß eine Frau in meinem Alter, die in solcher Eile einen völlig Fremden heiratet, schon bei der bloßen Erwähnung einer Badewanne aufhorchen muß, wenn sie nicht komplett schwachsinnig ist.

Zuerst wollte und wollte ich meinen Verdacht nicht wahrhaben. Ich habe ja eine ganze Weile geglaubt, daß ich Dich liebte; aber als Du mich überredet hast, an unserem Hochzeitstag mein Testament zu machen, kam mir das etwas seltsam vor. Und als Du Dich dann so viel in unserem Badezimmer zu schaffen gemacht hast, da fand ich es doch an der Zeit, etwas zu unternehmen, und zwar schnell. Da ich ebenfalls altmodisch bin, ging ich zur Polizei.

Vielleicht ist es Dir aufgefallen, daß die neuen Nachbarn von nebenan nie ein Gespräch mit Dir angefangen haben.

Wir hielten es für das beste, wenn ich nur gelegentlich über den Zaun mit der Frau redete; und sie hat mir dann auch die beiden alten Zeitungsausschnitte gezeigt, in denen von einer Frau berichtet wurde, die kurz nach ihrer Hochzeit einen tödlichen Unfall hatte – in einem Schaumbad. Beide Artikel brachten ein Foto des Witwers bei der Beerdigung. Die Bilder waren nicht sehr gut, aber als ich sie sah, wußte ich, es war meine Pflicht, auf die Vorschläge des Inspektors einzugehen, der seit drei Jahren nach dem Mann sucht, auf den die Beschreibung paßt. Die beiden Fotos hat ihm der Bruder Deiner zweiten Frau damals gebracht.

Dies also will ich Dir sagen, Ronald: Wenn ich eines Tages plötzlich verschwunden bin – ich meine aus dem Badezimmer –, dann weißt Du, ich bin über das Vordach gestiegen und sitze im Bademantel bei den Nachbarn in der Küche. Es war wirklich dumm von mir, Dich zu heiraten, aber ganz so dumm, wie Du geglaubt hast, bin ich nicht.

Edith

P. S. Beim Durchlesen sehe ich, daß ich aus lauter Nervosität vergessen habe zu erwähnen, daß die Nachbarn kein Ehepaar sind; der Mann ist Kriminalkommissar Batsford vom C. I. D., und sie ist seine Assistentin und heißt Richards. Die Polizei hat mir nämlich gesagt, es sei zu Deiner Verurteilung notwendig, daß Du die Tat noch einmal versuchst, sonst könnten sie Dich nicht überführen. Deshalb zwinge ich mich dazu, dies durchzustehen und meine Rolle zu Ende zu spielen, denn Deine anderen Frauen tun mir leid. Sie hatten Dich wahrscheinlich ebenso gern wie ich.«

Ronald Torbay verzog seinen schmalen Mund zu einem entsetzten »Oh« und sah mit gehetzten Blicken von dem Brief auf.

Im Haus war es totenstill, und selbst das Wimmern des Rasenmähers nebenan war verstummt. Dann durchbrach das plötzliche Krachen der aufgebrochenen Hintertür die Stille. Schwere Schritte eilten durch die Diele und die Treppe hinauf. Sie kamen immer näher.

Daphne du Maurier
Ostwind

Etwa hundert Meilen vor den Scilly-Inseln, weitab von der Hauptschiffahrtsroute, liegt die winzige Felseninsel Sankt Hilda, nur ein paar Quadratmeilen groß, karg und unfruchtbar. Ihre verwitterten Klippen ragen steil aus der Brandung; der schmale Strand ist selbst bei Ebbe nicht der Rede wert, und der enge, schwer zugängliche Hafen gleicht eher einer hohlen Gasse, die aus dem Felsen geschlagen worden ist. Das Ganze erhebt sich aus der See wie ein grober, ungestalter Klotz, der in grandioser Einsamkeit sein graues Antlitz den vier Winden preisgibt. Vielleicht ist er vor Jahrmillionen, in einem Augenblick kosmischer Umwälzungen, vom Grunde des Atlantiks emporgeschleudert worden, um fortan als zerklüftete kleine Insel den wütenden Elementen zu trotzen.

Noch vor hundert Jahren wußte kaum jemand von der Existenz Sankt Hildas, und sogar die vielen Seeleute, die ihre schroffe Silhouette am Horizont erblickten, hielten sie für nichts anderes als einen der Steilfelsen, die zuweilen mitten im Meer Schildwache halten.

Doch gab es dort eine Bevölkerung, die freilich nie mehr als siebzig Seelen betrug und aus Nachkommen der ersten Ansiedler von den Scilly-Inseln und Westirland bestand. Sie lebten ausschließlich vom Fischfang und ein wenig Ackerbau. Später änderte sich vieles: Einmal im Monat legte ein Küstendampfer an, und sogar eine Telegrafenstation wurde installiert; aber damals, um die Mitte des 19. Jahrhunderts, vergingen Jahre, ehe es zufällig mal zu Verbindungen mit der Außenwelt kam. Die Leute waren infolge der unvermeidlichen Inzucht fast alle zu schweigsamen, schwerfälligen Arbeitstieren degeneriert. Es gab keine Bücher, keine Zeitungen, und sogar die kleine Kapelle, die von den ersten Siedlern erbaut worden war, verfiel allmählich, weil niemand mehr etwas von der heiligen Hilda wußte.

Jahrein, jahraus blieb das Leben auf der Insel unverändert. Kein fremdes Gesicht, kein neuer Gedanke unterbrach den eintönigen Alltag. Nur ganz selten, wenn am Horizont der schwache Umriß eines Segelschiffes auftauchte, hielten die Leute in ihrer Arbeit inne, um ihm staunend nachzustarren, bis es sich wieder ins Unbekannte auflöste; und bald war der kleine Zwischenfall vergessen.

Im übrigen waren sie friedfertig, die Leute von Sankt Hilda, in ein geistig träges, körperlich arbeitsames, gleichförmiges Leben hineingeboren. Sie kannten nur den monotonen Wellenschlag ihrer Küsten; nie geschah etwas Aufregenderes als Geburt und Tod und der Wechsel der Jahreszeiten. Große Gefühle, großer Kummer, besondere Begierden waren ihnen fremd oder seit Generationen in ihren Seelen verkapselt. Sie lebten gedankenlos in den Tag hinein, lachten über Kleinigkeiten wie Kinder und waren froh, daß nichts diesen lebenserhaltenden Stumpfsinn störte. Ein uralter Instinkt flüsterte ihnen zu, daß Unwissenheit Sicherheit bedeutete und Glück nie aus wilden Triumphen, sondern nur aus Frieden und Stille erwuchs. Darum gingen sie am liebsten mit niedergeschlagenen Augen ihres Weges. Im Lauf der Jahrzehnte gewöhnten sie es sich sogar mehr und mehr ab, nach Schiffen auszuschauen, die doch nie kamen, oder den Wolken nachzusehen, deren Launen sie im voraus kannten.

Viele Sommer und Winter vergingen, Kinder wuchsen zu Männern und Frauen heran. Daraus bestand das Leben. Unendlich weit entfernt lag das sagenumwobene Festland, wo es riesige Menschenmassen geben sollte, die hart und böse waren und aus unerfindlichen Gründen ständig gegeneinander kämpften. Die Inselbewohner der letzten Jahrhundertmitte konnten darüber nie Genaueres erfahren. Zwar machte sich manchmal einer der Ihren auf den Weg in die weite Welt und versprach, bei seiner Rückkehr alle Neuigkeiten über die fremden Völker mitzubringen. Aber keiner dieser seltenen Abenteuerer kehrte je zurück. Entweder war er mit seinem kleinen Segler untergegangen oder von einem anderen Schiff an Bord genommen worden oder irgendwo im Ausland hängengeblieben ... Tatsache war, daß man ihn nicht wiedersah. Und auch die paar Schiffe, die im Laufe eines Jahrhunderts – aus Neugier oder in Seenot – den winzigen Hafen anliefen, kamen nur einmal und nie wieder.

Die Männer von Sankt Hilda warfen Tag für Tag ihre Netze aus, und abends schwatzten sie an der Hafenmauer über die Fangergebnisse, ohne je einen Gedanken an die sagenhaften Länder jenseits des Horizonts zu verschwenden. Sie fuhren in der Morgendämmerung aus, kehrten mit mehr oder weniger gefüllten Netzen heim und erklommen dann meistens noch die steilen Klippenpfade, um mit sturer Geduld ihre Äcker zu bestellen.

Die niedrigen Häuser, die das Dorf ausmachten, drängten sich auf einer Felsstufe oberhalb der Wasserfläche zusammen. Fast immer mußten zwei kleine Räume für die ganze Familie genügen. Hier standen die Hausfrauen am offenen Herd, kochten, wuschen, flickten, versorgten die Kinder und redeten friedlich miteinander, von früh bis spät.

Nur eine dieser Hütten stand, von den anderen abgesondert, hoch oben am Klippenrand. Heute steht dort das häßliche Telegrafenamt; aber vor etwa hundert Jahren wohnte dort Guthrie, der beste Fischer und, wenn man will, Bürgermeister von Sankt Hilda, mit seiner jungen Frau Jane. Ihr Eheleben war freundlich und ereignislos, wie man es auf der Insel seit Generationen nicht anders kannte. Sie waren zufrieden miteinander, und das genügte.

Guthrie stand im abendlichen Zwielicht auf seiner Klippe, um seine Welt zu überblicken. Unter ihm, in der engen Hafeneinfahrt, schwankten die angetäuten Fischerboote. Ein paar Männer lehnten plaudernd an der Kaimauer; ihre tiefen, bedächtigen Stimmen mischten sich mit dem schrillen Geschrei spielender Kinder. Die kleine Mole war jetzt, zur Ebbezeit, glitschig von Salzwasser, Blut und Fischschuppen. Aus den Schornsteinen der Häuser kräuselte sich dünner blauer Rauch.

Jane trat aus der Haustür, legte die Hand über die Augen und schaute nach ihrem Mann aus. »Nun komm schon endlich!« rief sie. »Das Essen wird kalt!«

Guthrie drehte sich um und winkte beruhigend, warf aber doch noch einen letzten Blick auf die Wolkenbildung am Horizont, die ihm nicht ganz geheuer war. Da zogen allzu schnell Lämmerflöckchen auf, und die glatte See schwoll unzeitig, wenn auch langsam, zur Dünung an. Schon überspülte sie die Felsbrocken an der östlichen Einfahrt. Es sauste leicht in seinen Ohren, und ein kühler Luftzug strich ihm durchs Haar. Schon stieg die Flut ... Guthrie rief seiner Frau etwas zu, lief ein paar Schritte in Richtung des Dorfes hinunter und schreckte die müßigen Fischer mit den laut gebrüllten Worten auf: »Kerls, seht ihr nicht, was los ist? Die Wolken ballen sich zusammen wie'n Walfisch, und die Brecher kommen schon über die Felsen! Vor Mitternacht kriegen wir einen Sturm, daß wir unsere Köpfe festhalten müssen. Bringt die Boote in Sicherheit!«

Die Hafenmündung war zwar ziemlich windgeschützt, aber die Männer sahen sofort, daß Guthrie recht hatte, und verankerten ihre Boote weiter innen zwischen den Klippen, damit sie nicht zerschellten.

Nachdem Guthrie sich überzeugt hatte, daß jede erdenkliche Vorsorge getroffen war, stieg er wieder hinauf und trat in sein Haus, um zusammen mit seiner jungen Frau das aufgewärmte Abendessen zu verzehren. Die Stille war bedrükkend. Später setzte er sich ans Feuer und versuchte sich mit Netzflicken zu beschäftigen, war aber so wenig bei der Sache, daß ihm das Garn immer wieder aus den Fingern glitt. Einmal hob er lauschend den Kopf: Ihm war, als käme ein langgezogener Schrei von weit draußen durch die Nacht ... Aber es war nichts. Was er hörte, war nur das dumpfe, regelmäßige Aufrauschen der Meeresbrandung tief unten. Er seufzte und starrte in die Herdglut, ohne zu wissen, warum ihm gerade heute das Herz so schwer war.

In der Schlafkammer nebenan stand Jane am Fenster.

Auch sie horchte auf Wind und Meer; ihr Herz klopfte lauter als sonst, und ihre Hände zitterten. Am liebsten hätte sie sich heimlich hinausgestohlen, um zum äußersten Rand der Klippen zu laufen und sich der ungebändigten Kraft des Windes zu stellen. Herrlicher Gedanke, wie er ihr über die Brust streichen und das Haar aus dem Gesicht fegen würde! Sie hörte ihn schon in ihren Ohren sausen und schmeckte den Salzgeschmack des Gischt auf den Lippen. Eine wilde Begierde überkam sie, in den Wind und die See hinaus zu singen, zu lachen, zu schreien, die Arme auszubreiten und sich der Dunkelheit hinzugeben, die sie einhüllte wie ein Mantel und sie vor dem Sturz von den Klippen bewahrte. Und schon betete sie, es möge Morgen werden, aber nicht so feuchtverhangen wie gewöhnlich, sondern mit brennender Sonne, die die Äcker versengte, und weißen Schaumkronen auf dem erregten Meer; und sie wollte dabei auf dem schmalen Sandstreifen unter den Klippen stehen, die kühle Feuchte an den Fußsohlen spüren und die erste zerstörerisch hohe Woge erwarten …

Die Kammertür öffnete sich knarrend, und Jane wandte sich mit einem leichten Erschauern vom Fenster ab. Ihr Mann kam herein, sah sie streng an und sagte kurz, sie solle das Fenster zumachen. Es sei zu windig.

Sie zogen sich schweigend im Dunkeln aus und legten sich nebeneinander in das schmale Bett, ohne ein Wort zu wechseln. Guthrie spürte die Wärme ihres Körpers, schenkte ihr sonst aber nicht die geringste Beachtung. Jane war längst daran gewöhnt. Sie schob lediglich seine kalte Hand von ihrer Schulter und ließ sich tiefer und tiefer in ihr eigenes Traumland treiben, zu dem er keinen Zugang hatte.

Als sie morgens erwachten, erwies es sich, daß Guthries Wettervoraussage zutreffend gewesen war. Die Sonne stand zwar noch tief, brannte aber schon jetzt aus einem leergefegten, drohend blauen Himmel, der den kümmerlichen Äckern schlecht bekommen würde. Die See ging hoch. Ein gewaltiger Brecher nach dem anderen schäumte über die Molen und

Felsmauern vor dem Hafen, und der Ostwind wirbelte den letzten Rest Sand auf, legte das Gras flach und riß an den spärlichen Bäumen, als seien alle Dämonen losgelassen.

Guthrie trat ans Kammerfenster und blickte hinaus. Eine Sekunde später schrie er auf, als traute er seinen Augen nicht, und rannte, wie er war, ins Freie. Jane folgte ihm. Auch die Leute unten im Dorf standen schon vor ihren Hütten, starrten in den Hafen hinunter, gestikulierten und schrien einander Sätze zu, die der Ostwind unverständlich machte.

In ihrem engen Hafenbecken lag, ein Riese unter den winzigen Fischerbooten, eine stattliche Brigg vor Anker.

Guthrie stand auf dem Kai, respektvoll von einem Halbkreis der Fischer umgeben, und hinter ihnen drängte sich die gesamte Bevölkerung von Sankt Hilda, um die Besatzung der Brigg zu begrüßen. Es waren hochgewachsene, dunkelhaarige Männer mit schwarzen Mandelaugen und blinkendweißen Zähnen, die sie beim Lachen zeigten. Leider sprachen sie eine wildfremde Sprache. Guthrie und sein engstes Gefolge versuchten sie auszufragen, während Frauen und Kinder mit offenen Mündern staunten und nur die Kleinsten sich erkühnten, ihre Kleidung verstohlen zu befühlen.

»Wie habt ihr nur in diesen Hafen gefunden?« brüllte Guthrie. »Bei dem Wetter? Sieht fast so aus, als ob euch der Satan selbst hergelotst hätte!«

Die Fremden lachten und schüttelten den Kopf. Sie verstanden Guthries Fragen so wenig wie er ihre höflichen Kontaktversuche. Aber ihre dunklen Augen gingen schon seit Minuten über ihn und seine Fischer hinweg zu den Frauen, und bei dieser und jener Entdeckung stießen sie sich an und flüsterten lächelnd untereinander.

Die Sonne war mittlerweile schon hoch gestiegen und brannte auf ihre Köpfe herab. Der Ostwind fauchte unentwegt wie heißer Höllenatem. Keiner der Männer fuhr heute zum Fischen aus; das wäre purer Selbstmord gewesen. Die Wellen donnerten bergehoch an beiden Seiten der schmalen, geschützten Bucht vorbei, wo die kleinen Boote fast lächerlich neben der fremden Brigg hüpften.

Das seltene Ereignis versetzte die Einwohnerschaft der Insel in eine frohe Aufregung, die an Tollheit grenzte. Die Netze, die sie eigentlich flicken wollten, lagen unbeachtet neben den Haustüren. Die Äcker, Gemüsereihen und Obstbäume, die es gerade besonders nötig gehabt hätten, blieben unversorgt. Keiner der Dörfler hatte etwas anderes im Sinn als die fremde Brigg. Da die Besatzung es ihnen nicht verwehrte, sondern sie sogar dazu ermunterte, kletterten sie fast alle an Bord, Junge und Alte, und spähten in jeden Winkel. Die fremden Seeleute lachten, wühlten in ihren Kisten, schenkten den Männern Zigaretten – etwas unerhört Neues auf Sankt Hilda – und suchten für die Frauen und Mädchen hübsche bunte Schals und Kopftücher heraus. Nach der Besichtigung führte Guthrie die Gäste selbst auf den Klippen herum, eine Zigarette im Mundwinkel, prahlerisch wie ein kleiner Junge. Alle Fischerfamilien rissen die Türen weit auf: Jeder wollte den anderen übertrumpfen, jeder die größte Gastfreundschaft erweisen. Sie merkten nicht, daß die Fremden ihre Insel reichlich öde und langweilig fanden. Bald standen sie wieder in müßigen Grüppchen an der Kaimauer herum, gähnten, rauchten und hofften auf einen baldigen Wetterwechsel. Das Nichtstun machte sie krank.

Aber der Ostwind blies mit unverminderter Kraft weiter. Was auf der Insel Erde und Pflanze war, dörrte aus, während ringsum die Brandung schäumte. Eine Woge nach der anderen bäumte sich auf wie etwas Lebendiges. Als die Sonne endlich am wolkenlosen Himmel sank, streckte sie zum Abschied ein paar grellorangefarbene Windfinger aus. Zwar kam die Nacht, doch auch sie brachte keine Ruhe. Es war zu warm, und eine Ebbe schien es diesmal überhaupt nicht zu geben. Die fremden Seeleute erklärten vermittels Zeichensprache, daß sie gern in der unbenutzten Kapelle am Ende des Dorfes kampieren würden, nachdem sie sich reichlich mit Tabak und Branntwein von der Brigg versorgt hatten.

Soweit die Inselbewohner, besonders Guthrie, mit den allgemeinen Seefahrtsvorschriften vertraut waren, gab es unter diesen Fremden weder eine bestimmte Rangordnung noch Disziplin. Nur zwei Männer wurden zur Bewachung der Brigg abkommandiert. Doch auch das fanden die Fischer nur neu und lobenswert; die Bekanntschaft mit den Leuten aus der großen, weiten Welt war so herrlich, daß sie alles an ihnen guthießen.

Natürlich folgten sie später der Gegeneinladung der Gäste in die Kapelle, und die meisten tranken zum erstenmal in ihrem Leben Branntwein. Bald hallten die Steilklippen von wüstem Gesang und Geschrei wider. Die ganze Insel hatte sich auf einen Schlag verändert; die schlichtesten Menschen gerieten dabei ins Phantasieren und Träumen. Auch Guthrie stand mittendrin, und seine sonst so kalten, nüchternen Augen funkelten vor närrischer Begeisterung. Er kippte den ungewohnten Brandy in langen, süchtigen Zügen und lachte schallend über jeden Satz, den die Fremden sagten. Was machte es schon aus, daß er kein Wort verstand? Die Kerzen und Windlichter schwankten vor seinen Augen, der Kapellenboden unter seinen Füßen schlug Wellen, und er fühlte sich wie aus dem Grab auferstanden. Mochte der Ostwind heulen und die See donnern – er hatte heute endlich den Ruf der großen Welt vernommen! Hinter seiner erbärmlichen Insel lag noch so viel unentdecktes Neuland, zum Beispiel die Heimat dieser zufällig hierher verschlagenen Seeleute. Wenn er mit ihnen zöge? Da draußen gab es Leben, Schönheit, märchenhafte Abenteuer. Nie mehr brauchte er den Rücken zu krümmen, um nach dem Fischfang auch noch seinen steinigen, nichtsnutzigen Acker zu bestellen. Der rohe Seemannschor, an dem er nach Kräften teilnahm, dröhnte in seinen Ohren; der Tabakqualm beizte die Lungen und vernebelte die Sicht. Der Brandy rann ihm feuriger durch die Adern, als es das eigene träge Blut je vermocht hatte.

Inzwischen tanzten die Frauen, die auch gekommen waren, mit den Fremden. Jemand hatte sogar eine Ziehharmonika und eine Fiedel mit drei Saiten aufgetrieben, und mißtönendes Gedudel zerriß die Luft. Die Frauen von Sankt Hilda hatten noch nie getanzt, aber sie begriffen es sofort und wirbelten nur so herum, bis ihre Röcke sich wie Kreisel blähten. Die Seeleute sangen und lachten und stampften mit den Füßen den Takt. Die Einheimischen lehnten stupidglücklich an den Wänden der Kapelle und betranken sich weiter.

Jane tanzte mit dem hübschesten der fremden Seeleute, von seinem bewundernden Lächeln geschmeichelt und erregt. Ab und zu legte er den Arm fest um ihre Taille und drückte sie an sich, so daß sie die Wärme seines Körpers an dem ihren und seinen heißen Atem auf ihrer Wange spürte. Als sie den Kopf hob und seinem Blick begegnete, sah sie sich nackt in seinen spiegelnden Pupillen, und er leckte sich anzüglich die Lippen. Sie lächelten wortlos; jeder las die Gedanken des anderen. Doch zugleich lief Jane ein halb wohliges, halb ängstliches Gruseln den Rücken hinunter, als ob eine eiskalte Hand sie berührte. Einen Moment wurden ihr die Knie weich. Sie senkte kurz die Lider, um ihre Begierde nicht zu deutlich zu verraten, und sah sich dann furchtsam nach Guthrie um. Zum erstenmal in ihrem Leben hatte sie Grund zu Schuldgefühlen.

Und der Ostwind heulte um die Kapelle, das Dach bebte, und die Brandung brach sich donnernd am Felsenstrand.

Wieder zog ein neuer Tag mit unerbittlicher Glut herauf. Der Wind ließ nicht nach. Drunten im Hafen hob und senkte sich die Brigg an ihren Ankerketten inmitten der tänzelnden Fischerboote. Einheimische und Fremde lehnten nebeneinander an der Kaimauer, rauchten und tranken gedankenlos, schlapp und schoben alles nur auf den Wind. Die Frauen vernachlässigten ihre Hausarbeit, zankten mit den Kindern oder standen müßig in der offenen Tür, mit neuen Schals und bunten Kopftüchern aufgeputzt, als ob sie auf etwas Unbestimmtes warteten …

So verging der Tag und noch eine Nacht und noch ein Tag.

Die Sonne brannte, die See wogte und krachte, der Wind blies. Ans Fischen war nicht zu denken; doch keiner schickte sich an, in dieser erzwungenen Mußezeit wenigstens nach den Äckern zu sehen. Auf den Klippen droben gab es keinen Schatten. Das Gras lag gelblich verdorrt am Boden, die Blätter der wenigen Bäume drehten sich welk im Wind oder flogen vorzeitig davon. Die Nacht brach ein, ohne daß auf einen Wetterwechsel zu hoffen war. Guthrie saß bei sich zu Hause am Küchentisch und preßte den leeren Kopf zwischen beiden Händen zusammen. Ihm war übel, und er fühlte sich erschöpft wie ein uralter Mann. Die Tageshitze und das ewige Windgebrause hatten seine Nerven aufgerieben. Hals und Lunge waren wie verdorrt. Er raffte sich taumelnd auf und stapfte den Klippenpfad hinab – zur Kapelle. Dort lagerten Fremde und Einheimische bereits in Gruppen auf dem Boden, und der Brandy – wenn nicht Schlimmeres – lief ihnen aus den offenen Mündern. Guthrie gesellte sich zu den wenigen, die noch saßen oder standen, und trank gierig mit, in der Hoffnung, diesen tückischen Wind und das Meer zu vergessen.

Jane schloß die Haustür hinter sich und lief zur obersten Felsplatte hinauf. Das harte Gras peitschte ihr die Knöchel, und das Haar flog ihr aufgelöst ums Gesicht. In *ihren* Ohren war der Wind ein Triumphgesang. Vereinzelte Gischtflocken wehten sogar bis hier herauf. Sie wußte, daß der Fremde die Saufkumpane verlassen und sie suchen würde. Den ganzen Tag über hatte er sie mit den Augen verfolgt, sobald sie sich am Hafen zeigte. Was wollte sie mehr? Guthrie war in der Kapelle, betrunken, eingeschlafen, aus dem Weg. Hier oben war sie unter den glitzernden Sternen allein. Der Ostwind blies.

Ein Schatten löste sich aus einer Gruppe windschiefer Bäume. Jane erschrak, aber nur für einen winzigen Moment.

»Ist da jemand?« rief sie zur Sicherheit, obwohl ihre Stimme in diesem Wind ohnehin nicht zu hören war.

Der fremde Seemann schlenderte auf sie zu. Noch während er sie umarmte, zog er sie mit unglaublicher Fingerfertigkeit aus. Sie verbarg unwillkürlich das Gesicht in den Händen. Er lachte nur und vergrub seinen heißen Mund in ihrem Haar. Ihr letzter Widerstand erlahmte. Sie stand nackt da, ohne sich zu schämen – wie ein weißes Phantom, das im Ostwind schwankte.

In der Kapelle ging es derweilen hoch her. Die Männer, soweit sie nicht sinnlos betrunken waren, brüllten und sangen und wurden allmählich aggressiv. Einer der Fischer schleuderte das Messer nach dem eigenen Bruder und nagelte dessen Arm an die Wand. Ein furchtbarer Schmerzensschrei übertönte den Lärm.

Guthrie raffte sich, plötzlich ernüchtert, auf und besann sich auf seine Autorität.

»Ruhe, ihr Hunde!« brüllte er. »Könnt ihr nicht mal friedlich miteinander trinken? Ist das eine Art, abzuwarten, daß der Wind sich dreht?«

Seine Ermahnung ging in Hallo und Gelächter unter. Einer seiner ältesten Freunde deutete mit zitterndem Zeigefinger auf ihn. »Aye, aye, Guthrie, du hast es gerade nötig, dich aufzuspielen, du Schlappschwanz! Paß lieber auf deine Frau auf, ehe du uns hier Frieden predigst. Na ja, ein Spritzer frisches Blut könnte unserer Insel nicht schaden ...«

Ein johlender Chor stimmte ein, und alle zeigten dabei auf ihn: »Hoho, Guthrie, paß lieber auf deine Frau auf!«

Er fuhr in die Höhe und schlug blindwütig in die feixenden Gesichter, aber sie waren in der Übermacht und warfen ihn kurzerhand hinaus. Er lag minutenlang auf dem harten Schotterweg, ehe er sich aufrichtete und sich wie ein Hund schüttelte. Was hatten die da drinnen gemeint? Jane war eine Hure? Jane hatte ihn betrogen? Er erinnerte sich plötzlich an ihren weißen jungen Leib. Ein nie gekanntes, wahnsinniges Gefühl von Haß und Begierde überkam ihn. Er stolperte hastig durchs Dunkel zu seinem Haus hinauf, aber da war alles ruhig. Kein Licht, kein Laut – aber auch keine Jane.

Die beiden engen Räume und die winzigen Anbauten waren leer.

»Jane!« schrie er. »Jane! Wo hast du dich mit deinem verdammten Kerl versteckt?«

Keine Antwort. Schluchzend und ächzend vor Wut riß er das Beil von der Wand, mit dem er normalerweise Feuerholz spaltete. »Jane!« brüllte er wieder und wieder. »Komm raus, verstanden?«

Es war sinnlos. Der Wind, der ums Haus fegte, verschluckte seine Stimme. Er hockte dicht an der Haustür nieder, das Beil in der Hand, benommen. Wie viele Stunden so vergingen, wußte er nicht.

Kurz vor Morgengrauen kam sie unsicheren Schrittes zurück, bleich wie ein verlorener Geist. Guthrie hörte sie trotz seines umnebelten Zustands schon von weitem. Ein dürrer Zweig knackte unter ihren Füßen. Er stand langsam auf und hob das Beil.

»Guthrie!« schrie Jane auf. »Was soll das? Laß mich!«

Sie stand nun vor ihm und hob flehend die Hände. Er achtete nicht darauf. Das Beil krachte fast ohne sein Zutun auf ihren Schädel nieder. Jane stürzte zu Boden, krümmte sich in einer letzten Zuckung zusammen und streckte sich dann wieder, gräßlich endgültig, unkenntlich.

Guthrie beugte sich schwer atmend über die Leiche. Seine blutunterlaufenen Augen, sein leerer Kopf und die Nebelschwaden, die vor ihm hinzogen, ließen ihn nichts mehr deutlich erkennen. Er ließ sich einfach über die Erschlagene fallen und schlief ein, das Gesicht, wie kaum je im Leben, an ihre Brust gebettet.

Als er schaurig ernüchtert erwachte, erkannte er die Leiche seiner Frau unter sich. Er starrte sie verständnislos an. Neben sich sah er das Beil liegen.

Lange Zeit blieb er reglos, von Angst und Übelkeit erfüllt, auf dem Boden liegen. Dann richtete er sich plötzlich auf dem Ellenbogen auf und horchte in die Ferne. Irgend etwas hatte sich verändert. Der Wind! Alles war still. Er hörte keinen Wind mehr.

Guthrie raffte sich stolpernd auf, um von seiner Höhe aus die Insel zu überblicken. Die Morgenluft war kühl. Eine leichte Südwestbrise hatte den Ostwind abgelöst. Die graue See hatte sich beruhigt. Am Horizont war eben noch der schattenhafte Umriß eines Schiffs zu erkennen. Die Brigg hatte im ersten Morgengrauen bei günstigem Wind die Anker gelichtet.

Richard Deming
Die zweiten Flitterwochen

Seine Nachbarn aus dem Nebenhaus arbeiteten draußen im Garten, als Herbert May von der Arbeit nach Hause kam. Er blieb stehen, um mit ihnen zu plaudern. Froh über diese Unterbrechung, legte John Henderson seine Gartenschere hin und zündete sich eine Pfeife an. Mrs. Henderson zog ihre Arbeitshandschuhe aus und tupfte sich das Gesicht mit einem Taschentuch ab. »Heiß«, meinte sie dabei.

Herbert May gab ihr recht. John Henderson nickte, als hätte seine Frau irgendeine inhaltsschwere Bemerkung gemacht. Er paffte weiter seine Pfeife und schien irgendwie erleichtert zu sein.

»In den letzten Wochen sehen Sie soviel besser aus, Mr. May«, sagte Mrs. Henderson.

Herbert blickte sie überrascht an. »Sie tun gerade so, als wäre ich schwerkrank gewesen, Mrs. Henderson. Ich war aber nicht krank.«

Der Frau schien etwas unbehaglich zu Mute zu sein. »Ich meine nur, daß Sie viel freundlicher und vergnügter aussehen. Sonst rannten Sie immer nur vorbei, nickten höchstens und hatten es immer eilig. Nicht daß wir geglaubt hätten, Sie wären kein guter Nachbar, Mr. May. Wir verstehen sehr gut, warum Sie sich immer so beeilten, um schnell nach Hause zu kommen.«

»Ach?« sagte Herbert.

»Wirklich, wir bewundern richtig, mit welcher Aufmerksamkeit Sie um Ihre Frau besorgt sind, Mr. May. Es muß schon schwer sein, jede Stunde vom Geschäft nach Hause zu laufen, um nach ihr zu sehen, und von dem Moment an, wo man wieder nach Hause gekommen ist, nicht von ihrer Seite weichen zu können, bis man am nächsten Morgen wieder zur Arbeit muß. Und dabei haben Sie nicht einmal geklagt.«

Herbert errötete. »Ich tue nur meine Pflicht. Für Miranda ist es sehr viel schwerer als für mich.«

»Genau das habe ich doch gemeint«, sagte Mrs. Henderson bewundernd. »Sie sind so selbstlos. Selbst in ihrem Zustand beneide ich Ihre Frau manchmal, wenn ich sehe, wie Sie sie jeden Abend auf die Veranda fahren, damit sie dort ihre abendliche Tasse Tee trinken kann.«

Mit gefurchter Stirn blickte sie ihren Mann an. »Manchmal überlege ich, wie viele Männer wohl ihr sonstiges Leben opfern würden, um ihrer gelähmten Frau jeden Wunsch zu erfüllen.«

Abwehrend sagte ihr Mann: »Daß du einmal gelähmt sein wirst, Liebling, ist äußerst unwahrscheinlich. Du weißt, daß du eine Roßnatur hast.«

Mrs. Henderson wandte Herbert wieder ihre ganze Aufmerksamkeit zu. »Jedenfalls ist es schön, daß Sie etwas fröhlicher aussehen, Mr. May. Geht es Ihrer Frau besser?«

»Seit einigen Wochen hat sie keine Schmerzen mehr – das kann ich glücklicherweise sagen. Genaugenommen hat sie in letzter Zeit überhaupt keine Beschwerden mehr gehabt.«

»Wie wunderbar! Geht es ihr schon so gut, daß sie Besuch empfangen kann?«

»Ach Gott – Sie wissen doch selbst, wie es bei ihr mit Besuchen ist«, erwiderte Herbert vorsichtig. »Mitleid kann sie einfach nicht ertragen, und sie glaubt, die Leute besuchten sie immer nur deshalb. Ich fürchte fast, daß jeder Besuch sie aufregen und gerade jetzt einen Rückfall auslösen könnte. Mir wäre es – ehrlich gesagt – lieber, wenn wir damit noch etwas warteten, bis sich herausgestellt hat, ob die Besserung auch von Dauer ist.«

»Aber natürlich, Mr. May. Sie müssen uns dann nur gleich Bescheid sagen, wenn Sie glauben, daß sie Besuch empfangen kann – ja?«

Mit dem Versprechen, es bestimmt zu tun, ging Herbert May weiter: ein kleiner rundlicher Mann mit einem kleinen rundlichen Bauch, der beim Gehen leicht schaukelte. Während Mrs. Henderson hinter ihm her blickte, bemerkte sie wiederum die auffällige Besserung seines Aussehens während der allerletzten Wochen. Sonst war er immer nach Hause gerannt, als müßte er einen Sprung ins kalte Wasser tun, überlegte sie, und hatte dabei den Ausdruck eines Menschen gehabt, der Angst hat. Heute dagegen geht er die Treppe zur vorderen Veranda hoch und ist dabei so vergnügt, als wäre er ein junger Bräutigam, der zu seiner jungen Braut nach Hause kommt.

Mrs. Henderson war sehr froh, daß es seiner Frau soviel besser ging.

Als Herbert im Hause war, sah er – wie immer – zuerst nach Miranda, bevor er etwas anderes tat. Sie lag auf dem Rücken, die Knie angewinkelt und in genau derselben Haltung, die sie gehabt hatte, als er vor eineinhalb Stunden vom Laden herübergerannt war, um nach ihr zu sehen. Ohne Hilfe konnte sie ihre Lage natürlich nicht verändern.

»Du liegst nicht bequem – nein, Liebling?« fragte er fürsorglich und schob sie etwas auf die Seite. »So. Ist es so besser?«

Noch vor wenigen Wochen hätte Miranda sich bitter darüber beklagt, daß jede Lage genauso wäre wie die andere. Aber auf Grund ihrer neuen und glücklicheren Beziehung belohnte sie jede kleine Aufmerksamkeit nicht mehr mit neuen Klagen.

»In den letzten Wochen ist es richtig wieder ein Vergnügen geworden, abends nach Hause zu kommen«, sagte er zärtlich zu ihr. »Weißt du eigentlich, was es für einen Mann bedeutet, daß man nicht dauernd an ihm herumnörgelt? Deine Krankheit hat mir eigentlich nie so viel ausgemacht – nur das ewige ›Herbert, mach dies‹ und ›Herbert, tu das‹ von dem Augenblick an, in dem ich das Haus betreten habe. Bist du nicht auch der Meinung, daß wir beide viel glücklicher sind, seit du aufgehört hast zu nörgeln?«

Miranda bestritt es nicht.

»Ich glaube, viel länger hätte ich es auch nicht ausgehalten«, sagte er. »Jeder Mann hat einen Punkt, wo ...« Er seufzte und ließ den Satz unvollendet. Miranda schien ihn zu verstehen, denn sie antwortete nicht mit einem einzigen Wort.

Mit der Methodik eines Mannes, der die gleichen Bewegungen seit so vielen Jahren ausgeführt hat, daß er sie mechanisch und ohne zu überlegen tut, begab sich Herbert an die tägliche Hausarbeit. Munter ging er durch das Haus, wobei er Staubtuch und Staubsauger benutzte.

Als er das Haus aufgeräumt hatte, war es bereits sechs vorbei. Und bis er das Abendbrot zubereitet, anschließend das Geschirr abgewaschen und alles wieder weggeräumt hatte, war es beinahe halb acht. Jetzt kam der angenehme Teil des Abends, den er mit Miranda zusammen verbrachte.

Obgleich Herbert kein ausgesprochen kräftiger Mann war, hob er Miranda mit Leichtigkeit in den Rollstuhl. Ihr magerer Körper wog keine hundert Pfund mehr, und hinzu kam die jahrelange Übung, sie hochzuheben. Fürsorglich legte er einen Schal um ihre knochigen Schultern, bevor er sie in die verglaste Veranda an der Vorderseite des Hauses schob.

Die Dämmerung war gerade angebrochen, aber trotzdem war noch deutlich zu erkennen, daß Mr. und Mrs. Henderson in der Veranda des Nachbarhauses saßen. Mrs. Henderson winkte herüber, und Herbert winkte zurück.

»Mrs. Henderson hat sich heute nachmittag nach dir erkundigt, Miranda«, sagte Herbert. »Ihr ist aufgefallen, daß ich in letzter Zeit anscheinend besserer Stimmung bin, und daher wollte sie wissen, ob es dir besser ginge. Selbst die Nachbarn merken die Veränderung, seit wir so viel besser miteinander auskommen. Und wir sind doch auch glücklicher, nicht wahr?«

Er setzte Miranda etwas bequemer in den Rollstuhl, bevor er wieder im Innern des Hauses verschwand, um ihre abendliche Kanne Tee aufzubrühen. Wenige Minuten später rollte er einen Teewagen heran, auf dem zwei Tassen, eine Teekanne, ein Zuckerschälchen, ein Sahnekännchen und ein Teller mit einigen Zitronenscheiben standen. Ferner befand sich ein kleiner Teller mit Keksen auf dem Wagen.

Nachdem er den Wagen neben ihren Rollstuhl geschoben hatte, zog er einen Stuhl an die andere Seite des Teewagens, setzte sich und goß beide Tassen ein. In Mirandas Tasse tat er ein Stückchen Zucker sowie etwas Zitrone und rührte sorgfältig um.

»So«, sagte er vergnügt und stellte die Tasse unmittelbar neben dem Rollstuhl auf den Teewagen.

Dann machte er sich daran, seine eigene Tasse Tee zu bereiten. Er warf ein Stückchen Zucker hinein und rührte so lange um, bis es sich völlig aufgelöst hatte, tat dann ein zweites Stück hinein und wiederholte den Vorgang noch einmal. Beim dritten Stückchen Zucker blinzelte er Miranda zu.

»Weißt du noch, wie du dich immer aufregtest, weil ich zu viel Zucker nehme, Liebling?« fragte er. »Als ob es eine fürchterliche Verschwendung wäre, mehr als ein einziges Stück zu nehmen. Zehn Jahre lang habe ich mich mit einem einzigen Stück pro Tasse begnügt, um jeden Streit zu vermeiden, wo ich den Tee doch lieber süßer getrunken hätte. Es ist schon eine große Erleichterung, wenn man wegen solcher Dinge nicht mehr ausgeschimpft wird. Komisch – aber die unerträglichsten Spannungen entstehen aus lauter Kleinigkeiten. Und manchmal kann es dann passieren, daß sie einen verrückt machen.«

Er goß einige Tropfen Zitronensaft in seinen Tee, fügte etwas Sahne hinzu und kicherte plötzlich. »Was glaubst du wohl, wie oft du mich ausgeschimpft hast, weil ich sowohl Zitrone als auch Milch in den Tee getan habe, Miranda? Bestimmt einige tausendmal im Laufe der Jahre, könnte ich mir vorstellen.« Mit schriller Stimme ahmte er sie nach: »Durch die Zitrone gerinnt doch die Sahne, du Dummkopf!«

Etwas freundlicher fuhr Herbert dann fort: »Eigentlich sollte ich über diese vergangenen bösen Zeiten gar nicht mehr reden, wo wir doch jetzt wieder so glücklich sind. Aber es ist wirklich wunderschön, Miranda, wenn man nicht mehr ausgeschimpft wird. Manchmal hatte ich richtig Angst, ich würde aus Verzweiflung irgend etwas anstellen. Aber warum reden wir eigentlich darüber? Das alles ist doch jetzt vorbei. In diesen letzten Wochen habe ich tatsächlich angefangen, mich wieder in dich zu verlieben. Ich komme mir vor wie in den zweiten Flitterwochen.«

Er trank seinen Tee und knabberte dazwischen ein paar Kekse. Sobald seine Tasse leer war, erhob er sich.

»Ich glaube, wir bringen dich jetzt lieber wieder hinein, Liebling«, sagte er. »Besonders bei dieser Temperatur.« Er blickte verstohlen zu den Hendersons hinüber, die in der einfallenden Dunkelheit schnell unsichtbar wurden. »Wahrscheinlich sollte ich dich bei dieser Hitze lieber überhaupt nicht hierher bringen – aber vielleicht würden dann die Hendersons wissen wollen, warum wir plötzlich abends nicht mehr unsere Tasse Tee auf der Veranda trinken. Und daß sie hier auftauchen und sich persönlich erkundigen, wollen wir doch vermeiden, nicht wahr?«

Er schob den Teewagen in das Haus und weiter bis in die Küche. Er leerte die Teekanne in den Ausguß, und anschließend schüttete er auch den Inhalt von Mirandas Tasse weg. Die Tasse war unberührt geblieben. Schnell wusch er das Geschirr ab und räumte es in den Schrank.

Als er zur Veranda zurückkehrte, war es bereits zu dunkel, um die Nachbarn in ihrer Veranda noch sehen zu können. Er fuhr Miranda ins Haus, durch das Vorderzimmer und schließlich in die Küche. Nachdem er einen Augenblick überlegt hatte, holte er eine Zigarre aus der Tasche und zündete sie an.

»Kleine Vergnügen wie diese Zigarre verschönern das Leben, Liebling«, sagte er und paffte zufrieden. »Du kannst dir gar nicht vorstellen, wieviel Vergnügen es macht, in seinem eigenen Heim rauchen zu können. Ich glaube auch nicht, daß der Qualm sich in den Gardinen festsetzt und daß dann alles nach kaltem Rauch riecht, wie du immer behauptet hast. Damit wolltest du doch nur erreichen, daß ich keine Freude am Rauchen hatte, nicht wahr?«

Nachdem er lächelnd auf eine Antwort gewartet hatte, die nicht kam, legte er die Zigarre auf die Kante des Ausgusses, und sein Lächeln verschwand. Nachdenklich und prüfend blickte er Miranda an.

»Das einzig Unrechte an unserer neuen Beziehung ist, daß du überhaupt nicht mehr mit mir sprichst«, sagte er in leicht vorwurfsvollem Ton. »Zehn Jahre habe ich nichts anderes getan als dir zuzuhören, und deshalb finde ich es merkwürdig, daß ich jetzt plötzlich immer allein reden muß. Manchmal fehlt mir dein Schimpfen sogar, Miranda. Schließlich war das auch so etwas wie eine Unterhaltung.«

Er trat an sie heran. »Und jetzt verschwindest du wieder für vierundzwanzig Stunden, Liebling. Bei dieser Hitze kann ich es leider nicht riskieren, dich noch länger hier draußen zu lassen.«

Als er die Arme ausbreitete, um sie hochzuheben, streifte sein Handgelenk den Griff eines Eispicks, der aus der Mitte ihrer Brust ragte. Er hielt inne, um ihn zu betrachten.

»Wahrscheinlich sollte ich das Ding lieber herausziehen, Liebling«, sagte er nachdenklich. »aber irgendwie gibt es mir merkwürdigerweise Auftrieb, wenn ich es da sehe. Du warst richtig sprachlos, als du hinunterblicktest und erkanntest, was ich getan hatte. Ach, Miranda, es war wirklich richtig komisch, wenn auch auf eine grausliche Art, denn zum ersten Mal in deinem ganzen Leben hatte es dir die Sprache verschlagen. Du wußtest nicht, was du sagen solltest, nicht wahr?«

Er nahm den Schal von ihren Schultern und hängte ihn an

einen Haken in der Wand; dann griff er mit beiden Armen nach ihr. Ihr Körper blieb starr, die Knie waren angewinkelt, als säße sie immer noch auf einem unsichtbaren Stuhl, und ihre Hände waren still gefaltet.

Mit Mühe ließ er sie in die leere Tiefkühltruhe hinunter, bis sie auf dem Rücken lag, die Knie immer noch seltsam angezogen. Mit einem Tischtuch wischte er ihr sorgfältig die Feuchtigkeit von Gesicht und Händen, wo das Eis durch die Berührung mit der warmen Außenluft bereits geschmolzen war.

»Liegst du so gut auf dem Rücken, Liebling?« erkundigte er sich. »Oder möchtest du lieber auf der Seite liegen?«

Er wartete, als rechnete er mit einer Antwort. Als nichts erfolgte, sagte er vergnügt: »Gute Nacht, Liebling – bis morgen.«

Freundlich schloß er den Deckel der Tiefkühltruhe, nahm seine Zigarre vom Ausguß und ging in das Vorderzimmer, wobei er zufrieden rauchte. Und als Asche auf den Teppich fiel, lächelte er. Er machte sich nicht die Mühe, sie aufzufegen. Miranda hätte schon angefangen zu schreien, bevor sie überhaupt den Boden erreichte; jetzt aber brauchte er nicht mehr auf alles und jedes zu achten.

Er würde die Asche wegschaffen, wenn er morgen abend – wie gewöhnlich – alles saubermachte.

Hansjörg Martin
Der Tod in der Thermosflasche

Sie waren die ganze Nacht gefahren und erreichten Kofelseeheim kurz nach sieben, als die Frau des Gemischtwarenhändlers Emberger gerade die Ladentür aufschloß, das erste Zeitungsbündel ächzend auf den Tresen hob und aufschnürte. Nebenan fegte vor dem Gasthof »Erzherzog Franz« ein untersetztes Mädchen das Steinpflaster. Der Kittel, den es trug, sah sehr neu aus, und das leuchtende Kornblumenblau des noch steifen Leinens bildete einen heftigen Kontrast zum Rot der Mädchenhaut und zum fast weißen Blond des Haares.

Theo Bennewitz bremste, ließ den Wagen rechts ranrollen und schaltete die Zündung aus. »Wir sollten hier versuchen, Frühstück zu kriegen«, meinte er. »Ich weiß nicht, Tilde, wie lange es noch dauert, bis wir oben auf der Alm sind. Die haben was vom Hof im Tal gleich hinter Kofelseeheim geschrieben, wo wir das Auto stehenlassen können – aber wie es dann weitergeht ...«

»Ich frage mal«, sagte Mathilde Bennewitz und drehte das Fenster an ihrer Seite herunter.

Es kam niemand, den sie hätte fragen können. Steirische Kleinstadtluft wehte zum offenen Fenster herein und vertrieb den sauerstoffarmen Mief aus Müdigkeit und viel zu vielen Zigaretten, deren Reste sich in den Aschenbechern am Armaturenbrett krümmten. Es roch nun nach frischem Brot, Kaffee, Kuhstall, Wiese, Seife, Misthaufen und – wie überall in der zivilisierten Welt – ein bißchen nach Benzin, dem Protoplasma des sogenannten Fortschritts der Menschheit.

Theo streckte sich. Seine Schultern schmerzten. Sie hatten sich zwar abgelöst unterwegs, aber er war doch den weitaus größten Teil der elfhundert Kilometer gefahren, weil sie es auch auf der Autobahn nicht wagte, den Wagen voll auszufahren. Wenn der Tacho über hundertzwanzig stieg, klammerte sie sich so ängstlich ans Lenkrad, daß er nervös wurde. Er war es gewöhnt, lange Strecken zu fahren, aber die Serpentinenkurbelei der letzten anderthalb Stunden, seit sie die Autobahn verlassen hatten, war ihm doch in die Oberarmmuskeln gegangen.

»Gibt's bei Ihnen ein Frühstück?« rief Mathilde schließlich quer über die Straße dem blau-rot-blonden Mädchen zu.

»Haa?« fragte das Mädchen zurück, stützte sich auf den Besen und ließ nach dem langen A seiner Frage den Mund offen.

»Frühstück!« wiederholte Mathilde. »Ob wir schon Frühstück kriegen können!«

Das Mädchen drehte sich wortlos um, lehnte den Besen gegen die weißgetünchte Wand und verschwand mit klappernden Holzschuhen über die drei ausgetretenen Sandsteinstufen ins dämmrige Innere des Hauses. Ihr langgezogener Ruf »Cheeefin!«, der auf die Straße drang wie ein Hilfeschrei, ließ erkennen, daß Mathildes Frühstücksfrage etwas in Gang gesetzt hatte.

Sie warteten schweigend. Theo griff nach der Zigarettenschachtel, ließ sie dann aber ungeöffnet. Mathilde zog sich vor dem Spiegel der heruntergeklappten Sonnenblende die Lippen nach. Sie fröstelte.

Die Frau des Gemischtwarenhändlers Emberger brachte eine Zeitung aus dem Laden und befestigte sie an einem Drahtgestell neben der Tür. Die Schlagzeile schrie in drei Zentimeter großen Buchstaben:

MORD AUS LANGEWEILE

Theo Bennewitz konnte es vom Auto aus quer über die ganze Straße lesen. Langeweile – das können sie bei mir nicht schreiben, dachte er; Langeweile bestimmt nicht ... Überdruß vielleicht. Nee, das trifft's auch nicht ganz. Widerwillen, ja – das wär's schon eher ... Aber warum zerbrech ich mir den Kopf, zum Teufel? Es wird ja gar nicht zu so 'ner Schlagzeile kommen. Es kann ja gar nicht dazu kommen, weil niemand Tildes Tod als Mord ...

»Da ist die Wirtin«, sagte Mathilde.

Eine dicke Frau stand im Gasthaustürrahmen und winkte ihnen zu. Sie trug eine knallbunt-großgeblümte Kittelschürze. Ihr überdimensionaler Busen, von doppelfaustgroßen Sonnenblumen überspannt, wackelte, als sie winkte. Das sah aus, als nickten die Sonnenblumenblüten im Wind.

Theo gab sich einen Ruck. »Ja, dann wolln wir mal!« sagte er und stieg aus. Seine Rückenwirbel schienen zu knarren, als er sich aufrichtete, und ein kleiner roter kreisender Schwindelanfall zwang ihn für Sekunden, die Augen zu schließen und sich am Autodach festzuhalten.

Mathilde sah es. »Ist dir nicht gut?« fragte sie. Es klang eher neugierig als besorgt.

»Doch, doch!« Er nickte vorsichtig. »Alles okay. Bißchen flau – weiter nichts. Ich bin hungrig ... Mach bitte drüben die Verriegelung runter und das Fenster zu, ja?«

»Hier? Glaubst du, hier geht uns jemand ans Auto? Am hellichten Tag?«

»Peter Kirschmann haben sie mitten im Wald den ganzen Wagen ausgeräumt. Und er hat hundert Schritt entfernt nichts gehört.«

»Wer weiß, womit er beschäftigt war – im Wald!«

»Mit Fotografieren – ausgefallene Pflanzen. Er ist schließlich Botaniker, ja?«

»Na ja, im Wald ... Aber hier – direkt vorm Gasthof? Das ist ja wohl lächerlich!«

Sie hatte jetzt den spitzen Streitton in der Stimme, den er haßte und fürchtete. Es war ein ganz winziger Ton, eigentlich nur eine minimale Überhöhung der i-Laute, aber unerträglich für ihn, zumal er wußte, daß dieser Ton meist den Beginn endloser Zänkerei ankündigte.

»Ich finde es nicht lächerlich«, sagte er betont milde und leise, »aber laß nur, ich schließe schon ab. Hast du deine Handtasche?«

Der Märtyrer! dachte sie; der nachgiebigere Klügere ... Er schließt schon ab. Er duldet und leidet und bringt alles wieder in Ordnung, was seine blöde, böse Frau verpatzt. Er ist ja der Überlegene, der Mann, der supergescheite, tolerante, nachsichtige ... »Natürlich hab ich meine Handtasche!« sagte sie und ging auf den Gasthof zu.

Und ob ich meine Handtasche habe! dachte sie. Da ist doch meine Chance drin, meine Hoffnung auf Freiheit, meine Zukunft, mein neues Leben, wenn seines ausgelöscht sein wird – morgen, übermorgen ...

»Guten Morgen«, sagte sie zur großgeblümten Wirtin,

»wie schön, daß Sie uns schon ein Frühstück machen wollen!«

»Ja, freilich«, sagte die Dicke. »Was hätten's denn gern? Auch einen Aufschnitt und Eier?«

Hotel- und Gasthof-Frühstücke sind – zumal in den deutschsprachigen Landen – reine Glückssache. Dieses hier, im »Erzherzog Franz« in Kofelseeheim am Fuße der Laurentiuswand mit den Siebenzinnen – dieses Frühstück war ein Glücksfall. Der Kaffee war wirklich vorzüglich. Die goldgelbe, feste Butter schmeckte richtig nach Butter. Die Eier waren nestfrisch und genau auf den Härte- oder Weichheitsgrad gekocht, den Frühstückseier haben müssen. Es gab vier Sorten Wurst und schwarzroten geräucherten Schinken, mit Tauperlen benetzten Käse, Honig und selbstgemachte Himbeermarmelade, Weißbrot, Schwarzbrot, duftende Hörnchen und knusprige Brötchen ... phantastisch.

Theo Bennewitz, der gern gut aß – im Gegensatz zu Mathilde, die angesichts der schönsten Dinge an Kalorien denken zu müssen glaubte –, Theo vergaß über den Schalen und Tellern, über dem Gekochten und Geräucherten, über dem Gewürzten und Süßen Mathildes spitze i-Töne und genoß die guten Gaben der großgeblümten Wirtin.

Die stand, als Theo und Mathilde Bennewitz fertig waren, mit untergeschlagenen Armen, auf denen ihr pompöser Busen ruhte, am Tischrand und fragte, ob es denn alles recht und reichlich gewesen sei.

Theo nickte, noch kauend.

»Wollen Sie hier in der Gegend Ferien machen?« fragte die Dicke.

»Ja, auf der Birnbacher Alm«, sagte Mathilde und bemühte sich, den Widerwillen zu verbergen, den ihr das rote Gesicht, die schweißglänzende Stirn und die fettigen Lippen ihres noch immer geräusch- und genußvoll kauenden Gatten einflößten.

»Ah, beim Leutner Joseph«, sagte die Wirtin. Wollen's denn etwa auch in die Wand?«

»Ja, natürlich, aber sicher!« sagte Theo Bennewitz, nachdem er sich den Mund abgewischt und die Stirn getrocknet hatte. »Deshalb sind wir ja hergekommen. Deshalb vor allem, jedenfalls. Wegen der Berge ...«

»Klettern Sie denn beide?« wollte die Wirtin wissen.

»Ja. Wir machen alle Touren miteinander. Seit gut zwölf Jahren schon, nicht, Tilde?« Er tätschelte über den Tisch hinweg seiner Frau den Arm und setzte in Gedanken hinzu: Das ist das einzige, was wir noch miteinander machen ...

Und Mathilde, die sich seine Tätschelei nicht erklären konnte, dachte: ... und dieses Jahr zum letztenmal! Dazu lächelte sie.

»Aber hier in Kofelseeheim sind Sie noch nicht gewesen – oder?« fragte die Wirtin weiter. Sie freute sich über die Möglichkeit zum Schwatzen und beschloß im stillen, dem netten Ehepaar aus der Stadt das Frühstück billig zu berechnen. Es war noch früh im Jahr – Mai –, und die Saison hatte noch nicht begonnen. Später, wenn die Fremden erst in Scharen kamen, würde sie selten Zeit haben, sich mit ihnen zu unterhalten. Bei sechsundzwanzig Betten, dem Mittagstisch und der Mann im Betrieb nicht zu gebrauchen, weil er ein Grobian war und die Gäste anpöbelte, wenn er zu tief in die Flasche ... Ach ja. Und sie schwatzte so gern, schon um mal was anderes zu hören als Dorfklatsch und Kuhglocken.

»Nein, hier sind wir noch nicht gewesen«, sagte Mathilde.

»Aber die Laurentiuswand mit den Siebenzinnen ist ja berühmt«, fügte Theo hinzu.

»Ja«, sagte die Wirtin. »Aber leicht ist sie nicht. Mein eigener Schwager, der jüngste Bruder von meinem Mann, der Anton, den hat's erwischt droben in der Wand. Steinschlag ... Der Anton, das war auch so ein Spinneter. Immer allein im Fels! Sie haben ihn erst nach zwei Monaten gefunden ...« Sie bekreuzigte sich.

»Na ja – das kommt vor«, sagte Theo, dem ein Gruseln über den Rücken kroch. »So schwere Touren, da geht man eben nicht allein. Ich hab's nur einmal versucht. Früher, als ganz junger Bursch. Drüben in den westlichen Urner Alpen, Schweiz, wissen Sie ... da bin ich fast vierzehn Stunden im Tellistock herumgestiegen. Und dann kam Nebel und Schnee ... Mörderisch, sag ich Ihnen!«

Er erschrak bei dem Wort »mörderisch«, so, daß er sich verschluckte und husten mußte und nicht merkte, daß auch seine Frau erschrocken zwinkerte.

Die Wirtin nickte eifrig und beflissen, wodurch aus ihrem Doppelkinn ein Vierfachkinn wurde. »Ja – die Berge!« sagte sie. »Ich kann's ja nicht verstehn, daß die Leut immerzu da hinaufwollen – und schon gar nicht, daß sie dann nicht die bequemen Wege raufsteigen, sondern extra die unbequemen, lebensgefährlichen ... Was mein zweiter Bub ist, der Ferdl, den hat's auch schon erwischt. In jeder freien Minute steigt der da oben umanand. Da kannst nix machen, sagt mein Mann.« Sie seufzte tief.

»Nein, da kann man nichts machen«, bestätigte Theo Bennewitz. »Es ist eine Leidenschaft, gewissermaßen. Aber nehmen Sie's nicht so schwer, Frau Wirtin. Wenn Ihr Sohn ein Motorradrennfahrer wäre oder ein Düsenjägerpilot oder so was – das wär noch viel gefährlicher. Schaun Sie uns an – wir haben schon über hundert Gipfel gemacht, meine Frau und ich. Ganz schwere darunter, die Westwand vom Bauernpredigtstuhl im Wilden Kaiser und die Dachl-Nordwand im Gesäuse ... Und uns ist nichts passiert, sehn Sie!«

Er fügte diesmal nicht »Unberufen, toi, toi, toi!« hinzu, wie er es sonst immer tat, doch das fiel Mathilde nicht auf, weil sie mit ihren Gedanken woanders war ...

Dachl-Nordwand hatte er gesagt ... Seltsam. Seit Jahren hatten sie nicht mehr über jene Tour gesprochen. Das war die große, aufregende Besteigung gewesen, bei der sie sich kennengelernt hatten. Ihre, Mathildes, erste große Bergtour überhaupt ... Daß er jetzt und hier davon sprach!

Mathilde Cornehls hatte damals schon seit zwei Tagen

mit ihrer Freundin Edeltraud Buchstaller, die eine erfahrene Bergsteigerin war, auf der Haindlkarhütte auf besseres Wetter gewartet, um in die Dachl-Nordwand gehen zu können. Es regnete, und der Berg trug eine tiefsitzende dichte Wolkenmütze. Sie hatten sich die Zeit mit Spaziergängen rund um die Hütte vertrieben, waren am Nachmittag des zweiten Tages, als es gar nicht aufklaren wollte, noch mal hinunter nach Gstatterboden im Ennstal gegangen, um ihren Proviant aufzufüllen und sich in einer kleinen Konditorei bei Sachertorte und Kaffee mit Schlagobers über die Touristen lustig zu machen, die im Nieselregen ihre geschniegelten Lodencapes gelangweilt oder trübselig an den Reiseandenkenläden entlangtrugen oder die Gaststätten und Cafés füllten, nörgelten und in zwei Wochen alten Illustrierten blätterten.

Als der Regen aufgehört hatte, waren die Freundinnen aufgebrochen und hatten sich auf den Weg zur Hütte gemacht. Sie hatten nicht allzuviel zu tragen gehabt, doch nach der ersten Dreiviertelstunde bergan, etwa auf der Hälfte der Strecke, hatten sie dann doch ihre Päckchen und Tüten abgelegt und sich für eine kurze Rast auf bemooste Steine gesetzt, die den gewundenen Pfad säumten.

Da war plötzlich ein dicklicher mittelgroßer Mann in den Dreißigern um die Wegbiegung gekommen, schwitzend, mit rotem Gesicht und einem so riesigen Rucksack, als trüge er seine gesamte Habe den Berg hinan. Er war stehengeblieben, hatte schwer atmend so etwas wie einen Gruß gebrummt und gefragt, ob sie auch zur Haindlkarhütte hinauf wollten und wie weit das wohl noch wäre.

Als sie bejaht und erklärt hatten, daß es bei zügigem Zuschreiten noch mal etwa eine Dreiviertelstunde sei, hatte er wortlos nach den zwei schwereren ihrer Pakete gegriffen – Brot und Konserven –, hatte sie sich mit Schwung oben auf den quergebundenen Schlafsack gehoben und verkündet, er werde ihnen tragen helfen – auf fünf oder zehn Kilo komme es ihm nun auch nicht mehr an, und das sei ein gutes Training für die großen Dinge, die er vorhabe. Sie hatten protestieren wollen, aber der Mann hatte nur gelacht und war weitergestiegen, so daß ihnen nichts anderes übriggeblieben war, als ihre restlichen paar Tüten und kleinen Päckchen einzusammeln und ihm zu folgen. Mathilde erinnerte sich noch genau der faltigen Grimassen, die sein lederner Kniehosenboden gezogen hatte, als der Fremde vor ihnen herstapfte.

Das war ihre erste Begegnung mit Theo Bennewitz gewesen.

In der Hütte hatten sie ihn an jenem Spätnachmittag nur kurz gesehen. Er war sehr zeitig schlafen gegangen, weil er am anderen Morgen früh los wollte. Die beiden Mädchen hatten auf ihren Strohsäcken noch bis zum Einschlafen über den komischen Kavalier gekichert.

Der nächste Tag war dann weniger lustig verlaufen.

Das erste Ärgernis war erbsensuppendicker Nebel gewesen, der sich auch im Laufe des Vormittags nicht lichten wollte und damit alle Ausflugs-, Wander- oder gar Kletterpläne zunichte gemacht hatte. In der Hütte war es eng geworden. Die Schlafräume und Kammern waren bis auf den letzten Strohsack belegt, und in der Gaststube hatten auf den Bänken, auf denen sonst vier Leute saßen, sechs Platz finden müssen. Trotzdem war die Stimmung gut gewesen. Ein Wiener, der eine Gitarre dabeihatte, war mit seinem Instrument und seinen Liedern zum Mittelpunkt der Gesellschaft geworden. Er sang sich die Kehle heiser und spielte sich die Fingerspitzen wund. Wenn es nur vier Quadratmeter freien Raum in der niedrigen Stube gegeben hätte, wäre wohl sogar getanzt worden.

Am Fenster neben dem Durchgang zur Küche hatten die beiden Freundinnen einen Platz ergattert. Am gleichen Tisch gegenüber war es dem Dicken zuvor gelungen, einen Stuhl zu erobern. Er war ganz offensichtlich glücklich, in ihrer Nähe sitzen zu können, denn er hatte sie den ganzen Vormittag nicht aus den Augen gelassen, während er schweigend dagesessen und aus seiner faustgroßen Pfeife dicke, aber gutriechende Wolken ausgestoßen hatte.

Es war nur nicht ganz klar geworden, ob er Mathilde oder Edeltraud meinte.

Das zweite, viel ärgerlichere Ereignis jenes Tages hatte sich am Nachmittag angekündigt, als der dichte Nebel einem steten, vorhangähnlichen Regen gewichen war.

Mathildes Freundin war zunehmend stiller geworden, hatte mit schiefem Lächeln den Wein abgelehnt, den Theo Bennewitz spendiert und ihr angeboten hatte, und war dann plötzlich blaß und schmal, mit tiefen Ringen unter den Augen, in einen Schüttelfrost gefallen, der Mathilde und alle Umsitzenden erschreckte.

Die Hüttenwirtin hatte zwar gemeint, das sei nur eine Sommergrippe, so was komme öfter mal vor und vergehe mit Tee und Wadenwickeln ganz schnell wieder – aber an Bergsteigen sei ganz gewiß in den nächsten vier, fünf Tagen nicht zu denken. Sie hatte die Kranke in einer Extrakammer untergebracht und sich um sie gekümmert.

Am nächsten Morgen war der Himmel blitzblank gewesen und innerhalb einer Stunde nach Sonnenaufgang die Hütte nahezu menschenleer. Außer einer Familie mit Kindern hatten nur noch Mathilde Cornehls und Theo Bennewitz in der Gaststube gesessen und gefrühstückt, alle anderen waren schon unterwegs gewesen.

»Wollten Sie nicht aufs Dachl?« hatte sie ihn gefragt.

»Ja, das schon … Aber wenn ich weiß, daß Sie hier dann allein herumsitzen müssen, da vergeht mir die Laune …«

Er hatte das so gesagt, daß Mathilde ihn von diesem Augenblick an geliebt hatte. Und daß man schwere Touren nicht am ersten Tag nach schweren Regenfällen macht, hatte sie damals noch nicht gewußt.

Als sie nun, zwölf Jahre später, wieder an all das dachte, kam es ihr vor, als sei sie damals nicht ganz richtig im Kopf gewesen. Jetzt und hier, in der Gaststube des »Erzherzog Franz« in Kofelseeheim, nachdem Theo der Wirtin vom Dachl erzählt und damit ihre Erinnerungskette ausgelöst hatte, jetzt und hier, in ihrer Handtasche das Mittel, mit dessen Hilfe sie sich von diesem Mann befreien wollte, jetzt und hier konnte sie nicht glauben, was damals geschehen war.

Was, zum Teufel, hatte sie dazu gebracht, sich in den Mann zu verlieben?

Seine Kletterkünste konnten es kaum gewesen sein, denn damit war es nicht so weit her. Aber das hatte sie nicht gemerkt, als es ihm gelungen war, sie zu überreden, mit ihm die Tour zu machen, die sie eigentlich mit der Freundin hatte machen wollen.

Sie hatte seine Unsicherheit und Unerfahrenheit nicht bemerkt, weil sie selbst unsicher und unerfahren gewesen war. Sie hatte sich ihm anvertraut und von ihm den Hof machen lassen, weil es ihr Spaß machte, hofiert zu werden ... Vielleicht auch, weil es ein Triumph über die Freundin war, ein kleiner Sieg über die hübschere, erfolgreichere Freundin.

Nicht zuletzt hatte wohl auch ihre mit den Jahren wachsende, nie zugegebene, aber immer vorhandene Angst, ein übriggebliebenes Mädchen zu werden, eine Rolle gespielt. Denn sie hatte mit ihren achtundzwanzig Jahren bis dahin kein Glück gehabt, obschon sie nicht häßlich gewesen war, aber zu ängstlich und aus Angst zu abweisend.

Kurz und gut: Mathilde Cornehls war am nächsten Morgen, versehen mit dem – leicht spöttischen – Segen der kranken Freundin hinter Theo Bennewitz in die schwierige Dachl-Nordwand gestiegen.

Sie hatte sich am Nachmittag, als sie nach langen Stunden kräftezehrender, atemberaubender, schwindelerregender, lebensgefährlicher Kletterei glücklich den Gipfel erreicht hatten, von ihm küssen lassen und hatte ihn wiedergeküßt – nicht nur so aus Gipfelbezwinger-Euphorie, sondern mit durchaus anderem Beigeschmack. Sie war todmüde, mit schmerzenden Beinmuskeln, aber eigenartig glücklich, weitere dreieinhalb Stunden später in der Hütte an seiner Seite auf dem Strohsack eingeschlafen. Er war für den Austausch von Zärtlichkeiten wohl zu erschöpft gewesen, hatte ihr nur behutsam-schüchtern unter der Wolldecke die Brust ein bißchen gestreichelt und »Gute Nacht, Liebste!« gebrummt. Drei Tage darauf, die Freundin durfte schon aufstehen, aber noch nicht spazierengehen, hatte Theo sie zwischen den Latschenkiefern rechts vom Wege nach Gstatterboden verführt – soweit man das, was geschah, bei ihrem bereitwilligen Entgegenkommen als »Verführung« bezeichnen darf. Es war umständlich, unbequem, kompliziert und ziemlich enttäuschend abgelaufen, zumal Theo auch auf diesem Gebiet unsicher und unerfahren war. Aber Mathilde hatte das alles wundervoll und außerordentlich aufregend und himmlisch und berauschend schön gefunden – was sie zwar heute nicht mehr verstehen, aber auch nicht leugnen konnte.

Sie hatte zwei Monate später »ja« gesagt, als Theo Bennewitz sie gefragt hatte, ob sie seine Frau werden wolle. Sie hatte ihn danach noch zweimal für ein Wochenende getroffen, ehe sie heirateten. Und sie hatte schließlich zwei Jahre gebraucht, bis ihr klar geworden war, daß sie ihn nicht liebte.

Wenn es nur erloschene Liebe wäre, Gleichgültigkeit, Entfremdung ... Das wäre ja vielleicht zu ertragen gewesen. Darüber hilft die Gewohnheit unter Umständen hinweg ... doch es war im Laufe der Jahre Widerwillen, Abscheu, schließlich blanker Haß geworden. Sie konnte diesen dikken Menschen mit dem ewigen Lächeln, das kein Lächeln war, nicht mehr sehen. Sie konnte ihn nicht mehr riechen. Sie konnte ihn nicht mehr ertragen. Sie kannte seine Sprüche, seine Witze, seine Reaktionen so genau, wie man eine hundertmal gehörte Schallplatte kennt. Sie wußte im voraus, was er zu einer Radiomeldung sagen, wie er einen Bekannten beurteilen, welche Krawatte er zu welchem Anzug umbinden würde – und sie fürchtete sich vor der Zeit, in der er nicht mehr geschäftlich unterwegs, sondern von morgens bis abends, von abends bis morgens zu Hause sein würde, wie vor einer schlaflosen Nacht.

Es wäre ihr zwar gewiß nicht recht gewesen, einen Filou zum Mann zu haben, einen Spieler, Abenteurer, Schürzenjäger – aber dieser Langweiler, dieser stets zufriedene, selbstzufriedene, selbstgerechte Mann ohne Ehrgeiz ging ihr von Jahr zu Jahr heftiger auf die Nerven.

Und nun war es soweit, daß sie ihn ermorden wollte, um endlich dem Höllenleben an seiner Seite ein Ende zu bereiten.

»Tja«, sagte Theo Bennewitz, »nun haben wir aber lange genug gegessen, Frau Wirtin! Ihr Frühstück war wirklich erstklassig, schönen Dank ... Was bin ich Ihnen schuldig?«

»Fünfzig Schilling«, sagte die Dicke.

Geradezu geschenkt! Theo beeilte sich zu bezahlen, bedankte sich noch einmal und stand auf. Mathilde erhob sich ebenfalls.

»Ach ja – noch was!« sagte Theo und machte seinen Gürtel ein Loch weiter, weil er ihn drückte. »Wie kommen wir zu dem Hof im Tal, bei dem man das Auto stehenlassen kann, wenn man zur Birnbacher Alm hinauf will?«

»Das ist der Leutner-Hof«, sagte die Wirtin, »der Hof vom Xaver ... Der Xaver will ja partout nicht aufs Altenteil, trotz seiner Zweiundachtzig. Drum hat er auch dem Joseph die Almhütte eingerichtet ... Ja, also zum Leutner-Hof. Da müssen Sie hinter der Metzgerei rechts die schmale Straße hinein. Ein Schild hat's da nicht. Aber es ist gar nicht zu verfehlen – gleich rechts hinter der Metzgerei! Und dann am Friedhof vorbei immer gradaus. Dann gabelt sich die Straße, und da müssen Sie sich links halten – links am Waldrand entlang. Da sehen Sie den Hof auch bald. Es ist der letzte vom Dorf. Die Straße hört gleich dahinter auf.«

»Schönen Dank!« sagte Theo, gab der Dicken die Hand und wandte sich zur Tür. »Komm, Liebling!« forderte er Mathilde auf, ihm zu folgen.

Liebling? dachte sie verblüfft. Das hat er noch nie gesagt ... Und dann war sie noch erstaunter, als er ihr beim Überqueren der Straße den Arm um die Hüfte legte.

Falls die Wirtin übermorgen erfährt, daß Mathilde ums Leben gekommen ist, dachte Theo, wird sie sicher allen Leuten erzählen, wie wir noch über die Gefahren des Bergsteigens miteinander geredet haben. Und sie wird seufzen und sagen, daß es so traurig ist, wenn eine so glückliche Ehe so schrecklich enden muß, bloß weil die Menschen immer auf die Berge hinauf müssen ... Er hielt Mathilde die Wagentür auf und half ihr fürsorglich beim Einsteigen. Dann stieg er selber ein, winkte der Dicken, die ihnen von der Gasthaustür aus nachschaute, noch einmal zu und startete.

»Ach ja ...« seufzte die Wirtin, schüttelte beim Gedanken an ihre eigene Ehe den Kopf und watschelte in die Küche.

Mathilde und Theo fuhren den beschriebenen Weg hinter der Metzgerei rechts ab. Am Friedhof mußte Theo Gas wegnehmen und dicht an der Mauer entlang Schritt fahren, weil ihnen eine Langholzfuhre entgegengerumpelt kam. Ohne es zu ahnen, hatten beide Eheleute die gleichen Gedanken:

Daran hab ich ja überhaupt noch nicht gedacht! Was soll denn mit ihm / ihr werden, wenn er / sie tot geborgen ist aus der Wand? Muß ich seine / ihre Leiche nach Hause überführen lassen? Wie geht so was? Oder kann man auch als Protestant hier auf dem katholischen Friedhof begraben werden? Warum eigentlich nicht? Es wird sicher viel billiger, wenn ich ihn / sie gleich hier beerdigen lasse. Und ich kann ja immer und zu jedem, der fragt, sagen: Theo / Mathilde hat es so gewünscht; er / sie wollte in den geliebten Bergen zur letzten Ruhe ...

»Woran denkst du?« fragte Mathilde plötzlich.

»Woran ich ... Also eigentlich an gar nichts«, stammelte Theo erschrocken. »Warum?«

»Du hast so gelächelt«, sagte sie. »So ganz anders als sonst!«

»Ach? Gelächelt?« fragte er. »Na ja, sicher. Ich freu mich halt auf den Urlaub.«

Sie erreichten den Hof kurze Zeit später. Als sie das Auto unter einer von mehreren mächtigen Kastanien neben einem guten Dutzend anderer Autos parkten und ausstiegen, kam aus dem Haus ein alter Mann. Er kam mit eigenartig ruckhaften Bewegungen auf sie zu, so, als hingen seine Beine und Arme an unsichtbaren Fäden und würden von irgendwoher gelenkt.

Er war unsäglich mager. Sein Kopf unter dem zerknautschten, speckigen Filzhut war nur noch ein mit dünnem dunkelbraunem Leder überzogener Schädel. Aber die hellblauen Augen in ihren tiefen Höhlen, über die buschige Brauen wie Vogelkrallen gipfelten, strahlten eine so ungeheure Energie aus, daß die Ankommenden den Eindruck hatten, das ganze knochig-wackelige Klappergestell von Mann würde von diesen Augen zusammen- und in Betrieb gehalten.

»Guten Tag«, sagte Theo Bennewitz. »Wir wollen zur Birnbacher Alm hinauf. Wir haben uns angemeldet droben. Für drei Wochen. Bennewitz mein Name.«

Der Alte nickte ruckartig und nuschelte Unverständliches, da seine zerklüfteten Lippen vor einem zahnlosen Mund flatterten. Dann reichte er Mathilde und Theo die Hand, die sich wie Holz anfühlte, und wies mit ausgestrecktem dürrem Arm nach links zu einer breiten Scheune.

Jetzt erst sahen sie, daß sich vom offenen Gipfel der Scheune aus Drahtseile den Berg hinauf über die Tannenwipfel schwangen.

»Ein Lift?« rief Theo »Wie schön! Das hab ich ja gar nicht gewußt. Da brauchen wir nicht hinaufzulaufen, wie?«

Aber der Alte schüttelte den Schädel, bewegte abwehrend die knochige Hand und zischelte, speichelte, quackerte drauflos, ohne die geringste Chance, verstanden zu werden.

Schließlich, nach kurzer Ratlosigkeit, fragte Theo: »Ist das ein Lift? Eine Seilbahn?«

»Hawraschah«, blubberte der Alte, und da er dazu nickte, schloß Theo, daß dies »Ja« heißen sollte.

»Führt diese Seilbahn hinauf zur Birnbacher Alm?« fragte er weiter.

»Hawraschah«, machte der Alte.

»Also kann man doch hinauffahren!«

»Fleibelifleiflei ...« sprudelte der Mann, schüttelte erneut den Kopf und wackelte wieder mit den hölzernen Händen vor Theos Gesicht herum.

»Ist sie kaputt?« fragte Theo jetzt, und es war ihm anzumerken, daß er die Geduld zu verlieren begann.

»Fleibeilibleilei ...« gurgelte der Alte verneinend.

Theo hob hilflos die Schultern und guckte seine Frau an. »Verstehst du, was los ist?« fragte er.

Der Alte ließ seine strahlenden Augen von ihm zu ihr und wieder zurück wandern. Er stand da mit hängenden Armen und wartete auf irgendwas.

Mathilde schwieg und machte ihr hochmütiges Gesicht, das Theo nicht ausstehen konnte. *Tu doch was!* stand in dem Gesicht. *Nun zeig doch endlich mal, daß du ein Mann bist...*

Sie hatte dieses Gesicht in den vergangenen Jahren häufig aufgesetzt. Bei vielen Gelegenheiten hatte sie ihm nur mit dieser Miene zu verstehen gegeben, was sie von ihm hielt. Einmal war es ihm besonders an die Nieren gegangen. Da hatte er, anläßlich des zwanzigsten Jahrestags seiner Zugehörigkeit zur Firma Köhler & Co. (Öle und Fette), seinen Chef und zwei Kollegen aus dem Vertrieb eingeladen. Mit Damen.

Es sollte ein festlicher Abend werden, und er hatte, als sie alle eingetroffen waren, Schwierigkeiten mit der Sektflasche gehabt. Es war ihm nicht gelungen, die verdammte Pulle aufzukriegen, um den Gästen einen Schluck zur Begrüßung einzuschenken. Der idiotische Drahtring um den Korken brach ab und saß fest wie angeschweißt.

Alle hatten erwartungsvoll um ihn herumgestanden, als er sich, immer zappeliger und nervöser werdend, mit dem tükkischen Ding gequält, den Handteller blutig gerissen und schließlich kapituliert hatte, erschöpft, mit verrutschter Krawatte, den Tränen nahe.

Siggelschmidt, der eine Kollege, war ihm endlich zu Hilfe gekommen, und sie hatten zu zweit mittels einer Flachzange und unter verlegenem Gelächter die Sektflasche so entkorkt, daß mehr als die Hälfte des Inhalts auf Teppich und Parkett geschäumt, aber immerhin noch in jedes Glas ein guter Schluck gelangt war.

Damals hatte Mathilde auch dieses Hochmutsgesicht gemacht. Und alle hatten darin gelesen, wie sie ihn verachtete ... Vielleicht war das der Augenblick gewesen, wo er zum erstenmal daran gedacht hatte, sie umzubringen.

Aus dem Bauernhaus kam jetzt zum Glück ein dralles Mädchen in schmutzigen Jeans und Gummistiefeln, fragte den Alten irgendwas, das Theo und Mathilde wieder nicht verstehen konnten, und sagte dann in langsamem, mühseligem Hochdeutsch: »Sie können Ihr Gepäck, bitte schön, in die Kiste vom Lift laden. Nur Personen dürfen nicht hinein. Das hat der Gendarm verboten, wegen der Sicherheit.«

»Wie lange läuft man denn hinauf?« fragte Mathilde.

»Drei Stunden, wenn Sie zugehn«, sagte das Mädchen, warf einen Blick auf das Schuhwerk der beiden und meinte: »Aber es wäre schon gut, wenn Sie sich festere Schuh anziehen möchten. Es ist weiter oben ziemlich steinig.«

»Danke schön!« sagte Mathilde.

Sie luden ihre Siebensachen aus dem Wagen. Das Mädchen half ihnen, von dem blubbernden Alten unterstützt, Koffer und Rucksäcke zur Scheune zu bringen. Dort wechselten sie, von aufgescheuchten Hühnern umgackert, ihre Schuhe; Theo gab der Drallen ein Trinkgeld, das sie mit »Vergelt's Gott!« und einem mißlungenen Knicks quittierte – und dann machten sie sich auf den Weg.

Bei Gebirglern gehen die Uhren anders. Sie haben auch andere Entfernungsmaße. Wenn da einer »Drei Stunden!« sagt, sind es meist vier oder gar noch mehr. Und wenn einer meint: »Auf der XY-Alm sind Sie schnell droben!«, dann keucht der Flachländer fluchend einen halben Tag und glaubt unterwegs verzweifelt, sich verhört oder verstiegen zu haben.

Mathilde und Theo Bennewitz fluchten nicht. Wenigstens nicht laut. Aber der Anstieg fiel ihnen doch sehr viel schwerer als frühere ähnliche Anstiege. Das mochte wohl daran liegen, daß ihnen außer der Anstrengung der durchfahrenen Nacht auch der Entschluß in den Gliedern steckte, sich des Partners baldmöglichst zu entledigen.

Ich muß es so einzurichten versuchen, dachte Mathilde zum Beispiel unterwegs, daß die Männer der Bergwacht ihn möglichst schnell finden und bergen. Denn wenn er länger liegt – und wenn, was ich nicht weiß und auch nicht erfragen konnte, wenn das Zyankali vielleicht eine konservierende Wirkung hat, und er ist also nicht, wie üblich, verwest ... oder nicht von Krähen, Dohlen, Füchsen oder anderen Tieren angefressen, weil die das Gift möglicherweise wittern ... Wenn das eintritt, dann könnten die Leute stutzig werden; es wird eine Obduktion geben ... Aber wie soll ich das hinkriegen, daß er so abstürzt, nachdem er den Gifttee getrunken hat, daß sie ihn schnell finden?

Theos Aufstieg zur Birnbacher Alm wurde von einem anderen Problem gehemmt: Das Wichtigste ist, daß sie keinen Verdacht schöpft, überlegte er. Am besten wird sein, ich lasse sie bis zum ersten Biwakplatz voranklettern. Da liegt der Linksquergang und die tiefe Scharte mit dem Schluchtüberhang schon hinter uns. Das ist die untere Steinschlagstrecke – und ich werde sie ein paarmal auf die Gefahr aufmerksam machen, dann wird sie nicht mißtrauisch sein, wenn wir oben in die zweite Gefahrenstrecke im Kamin einsteigen und wenn ich dann vorangehe ... Denn der Stein muß sie sofort treffen, wenn ich über die Gratkante bin und sie noch im Kamin ist. Das ist am glaubwürdigsten. Dort ist es auch am wahrscheinlichsten, daß mir das Seil durch die Hände läuft, wenn sie plötzlich stürzt ... Und dann kommt's nur noch darauf an, daß ich überzeugend verzweifelt bin, ganz und gar der verstörte, hilflose Mann, der eben seine Frau auf so entsetzliche Weise verloren hat ... Das krieg ich schon hin. Das wird schon klappen ... Es muß einfach klappen!

Sie brauchten mit ihrem Gedankenballast über vier Stunden, bis sie die Birnbacher Alm erreichten. Doch sie bekamen, da die Seilbahnkiste mit ihrem Gepäck ihre Ankunft ja avisiert hatte, noch Mittagessen, obwohl es schon auf vierzehn Uhr ging. Die Suppe war zwar nicht mehr ganz warm, doch das Schnitzel briet die Almwirtin frisch. Und der Topfenstrudel zum Nachtisch war auch noch heiß und knusprig.

Die Alm war überhaupt, das spürten sie sofort, gut geführt. Die jungen Leutners hatten ein altes Käsehaus mit halbmeterdicken Natursteinmauern zum Gästehaus umgebaut und in den zehn Zimmern sogar Heizung und Duschen installiert.

Das Zimmer, das dem Ehepaar Bennewitz angewiesen wurde, war hell möbliert und groß und roch gut nach dem Holz der Kieferntäfelung. Es besaß einen breiten Balkon nach Südosten. Über dem weiten, welligen Almboden, der in der Sonne lag, ragte die düstere Laurentiuswand mit den Siebenzinnen in den klaren Himmel, und Theo stand, während Mathilde duschte, lange mit seinem Feldstecher draußen und sah sich das klotzige Massiv an.

»Wie sieht es aus?« Mathilde war im Bademantel hinter ihn getreten.

»Großartig«, sagte er, »aber nicht ganz einfach. Die Wand erinnert mich sehr an die Nordostwand der Kingspitze vor drei Jahren, weißt du noch? Als wir den bösen Wetterumschlag hatten und elf Stunden auf dem Drei-Quadratmeter-Vorsprung im Seil gehockt haben ...«

»Ich weiß«, sagte sie. »Aber das lag nicht am Berg, sondern am Wetter, damals.«

»Ja. Die Route hier ist nur im letzten Drittel schwierig, hab ich gelesen. Und auch da sind schon 'ne Menge Haken im Fels.«

»Wann wollen wir's machen?«

»Bald, wenn das Wetter hält ...« Er sah zum Himmel. »Sieht allerdings nicht gut aus. Federwolken ... Morgen wird's noch halten, denk ich.«

»Dann morgen schon?« fragte sie leise.

»Ja, von mir aus ... Warum nicht? Wir könnten nachher die Rucksäcke packen, zeitig zu Abend essen und früh schlafen gehen und morgen um halb vier los. Die Sonne geht kurz nach vier auf; bis zum Einstieg sind es anderthalb Stunden. Zum Gipfel, heißt es, braucht man etwa acht, neun Stunden, und für den Abstieg über das Ostkar, an der Pacheralm und Kühlocken vorbei noch mal ungefähr vier. Das wären ...« Er rechnete, »rund vierzehn Stunden – mit der Rastzeit fünfzehn. Wir könnten gegen sieben am Abend wieder hier sein.«

»Schöner voller Tag«, bemerkte sie.

»Ja ... Du hast recht«, überlegte er. »Eigentlich Blödsinn, gleich am ersten Tag so 'ne Tour.«

»Hab ich schon mal schlappgemacht?« fragte sie kühl.

»Nein«, sagte er. »Das meine ich auch nicht. Aber –«

»Wir können ja umkehren, wenn wir merken, daß wir's nicht schaffen.«

»Umkehren dürfte schwierig sein. Wenn wir einmal über dem zweiten Biwak in der Wand sind, müssen wir rauf, denk ich. Aber gut – wie du willst, Tilde!«

»Ich will wohl«, sagte sie.

»Gut. Dann sage ich nachher der Wirtin Bescheid.«

»Aber sie braucht unsretwegen nicht so früh aufzustehen«, meinte sie. »Den Tee kann ich hier mit dem Tauchsieder aufbrühen, und die Brote machen wir uns heute abend fertig und packen sie gut ein.«

»Ja«, sagte er. »Alsdann. Ich geh jetzt auch erst mal unter die Dusche.«

Mathilde zog sich an, während Theo unter der Brause prustete. Dann räumte sie das Zimmer auf und strich die Betten glatt, die vom Kofferauspacken kraus geworden waren.

Es ist ja ganz gut, daß wir diesmal zufällig ein Doppelzimmer haben, dachte sie, denn sie wußte ja nicht, daß ihr Mann das bei seiner Anmeldung betont gewünscht hatte. Und daß wir nicht getrennt schlafen wie sonst. So macht's einen viel besseren Eindruck ... Eigentlich komisch, daß Theo auf einmal so aufmerksam ist: legt mir den Arm um die Hüfte, hilft mir ins Auto, sagt »Liebling« – so höflich, beinahe zärtlich, als wären wir frisch verheiratet ... Komisch. Er wird ja wohl ... Schreck, laß nach – er wird ja wohl hoffentlich durch das Doppelzimmer nicht auf die Idee kommen, mich heute abend hier ... Um Himmels willen, nein! Die liebende Gattin muß ich aber trotzdem spielen nachher beim Essen. Und wenn er schon plötzlich aufmerksam und höflich ist und wenn ich – aus optischen Gründen, aber das kann er nicht ahnen – auch auf liebende Gattin mache, dann könnte er ja nachher beim Schlafengehen den entsetzlichen Einfall haben und mich ... Hilfe, nur das nicht!

Seit Jahren ist mir das erspart geblieben. Wann war es zuletzt? Silvester vor ... Ja – vor vier Jahren. Wir waren beide ziemlich angetrunken, aber mich hat seine Hast, seine Grobheit, seine Brutalität so ernüchtert, so abgestoßen, daß ich ihm gesagt habe, wie widerwärtig ich ihn finde. Das war böse. Aber ich konnte diese schnelle, egoistische Art nicht aushalten ... Seitdem hat er es nicht wieder versucht, Gott sei Dank. Aber wir haben seitdem auch noch nicht wieder in einem Zimmer geschlafen ... Und er ist seitdem auch nicht mehr so aufmerksam-höflich, ja beinahe zärtlich gewesen wie heute unten im Dorf.

Sehr sonderbar.

Auf alle Fälle, bei dem Gedanken an die Möglichkeit, an die Gefahr einer Umarmung von Theo lief es ihr kalt über den Rücken. Sie trat auf den besonnten Balkon hinaus und betrachtete lange und nachdenklich die gewaltige, drohend wirkende Wand.

Als Theo Bennewitz der Almwirtin Bescheid sagte, daß er mit seiner Frau am nächsten Morgen in die Laurentiuswand wolle, sah sie ihn erstaunt an.

»Gleich am ersten Tag? Das sollten Sie sich aber überlegen, Herr Bennewitz! Die Wand ist schwer, und Sie kommen grad erst von unten. Ohne daß Sie sich ein bisserl eingewöhnt haben, gleich eine so große Tour ... Ich weiß nicht!«

»Wir sind ja alte Berghasen«, sagte Theo. »Das Wetter sieht so aus, als wollte es umschlagen, deshalb. Wenn es morgen noch gut ist ... Und bis zum ersten Biwakplatz oder notfalls auch noch vor dem zweiten können wir immer noch umkehren, hab ich mir sagen lassen.«

»So genau kenn ich mich nicht aus, da fragen Sie besser meinen Mann, der ist bis vor zwei Jahren jeden Sommer ein dutzendmal und noch häufiger hinaufgestiegen.«

Theo stutzte. »Und warum jetzt nicht mehr?«

»Es graust ihn«, sagte die Wirtin leise.

»Es ... es graust ihn?«

»Ja ... Lassen Sie sich's mal erzählen. Aber vielleicht erst, wenn Sie wieder heil herunter sind – sonst verlieren Sie die Lust!«

Natürlich fragte Theo Bennewitz den Leutner Joseph noch am selben Abend nach dem Essen, was das denn für ein grausliches Erlebnis sei, das ihn davon abhalte, in die Laurentiuswand zu steigen.

Der Wirt, ein drahtiger Dreißiger, dunkelbraun gebrannt und mit verblüffend weißen Zähnen zwischen den Lippen – der Wirt also zögerte zwar zunächst, doch Theo schenkte ihm vom Rotwein ein, den sie sich bestellt hatten, und bot ihm eine seiner guten Zigarren an.

»Was kann denn da schon passiert sein, Herr Leutner«, sagte er lächelnd. »Haben Sie sich verstiegen? Oder ist Ihnen der Berggeist erschienen und hat ›Huh!‹ gemacht, weil Sie ein Edelweiß pflücken wollten oder ein Adlernest ausnehmen? Nun kommen Sie schon, machen Sie's nicht so spannend!«

»Es gibt keine Edelweiß in der Wand«, sagte Joseph Leutner ernst, »und auch keine Adlernester. Aber mit dem Geist, da treffen Sie's fast ...« Er trank langsam, in kleinen Schlukken.

»Es war im September vor zwei Jahren«, begann er. »Wir

hatten ein paar Tage richtig schlechtes Wetter gehabt, Nebel und Regen und oben an der Baumgrenze schon Schnee. Nur mehr wenig Gäste waren heroben. Ich bin, als es klar wurde, allein los an einem Vormittag, nur mit kleiner Ausrüstung – paar Haken, ein Seil und Brot und Käse –, denn ich wollte nicht hinauf zum Gipfel, sondern nur ein Teilstück der Route neu markieren, weil der kleine Kamin vor der ersten Verschneidung durch einen Bergrutsch voller Geröll lag und kaum mehr zu begehen war. Der Stein ist unsicher dort und brüchig. Man kann auch heute dort nicht weiter. Zuerst ging's ganz gut, bis auf einen schweren Quergang von dreißig Metern. Da bin ich ins Schwitzen gekommen. Aber dann hatte ich eine schräge Rinne, die ziemlich leicht zu klettern war. In einer Stunde hab ich sie geschafft; dann ist da ein Überhang gewesen. Direkt links drunter eine kleine Höhle, vielleicht vierzig Meter entfernt, schräg über mir, ich konnte sie schon gut sehen. Auf einmal ist ganz plötzlich Nebel eingefallen ... Sie kennen das sicher, wenn Sie viel geklettert sind. Das geht im Handumdrehen. Auf einmal ist alles ringsum grau und düster, und der Fels ist sofort naß und glitschig ... Ich hab mich ins Seil gesetzt und gewartet. Manchmal geht's ja vorüber, wenn der Wind aufkommt – aber manchmal hält sich's tagelang. Ich hab geflucht. Das soll man nicht am Berg. Ich hätt nicht fluchen dürfen ...

Vier Stunden hab ich gewartet. Kalt war's. Zu regnen hat's angefangen. Zurück hab ich auch nicht mehr können. Dann hab ich versucht, zu der Höhle zu kommen. Fast eine halbe Stunde hab ich gebraucht für die paar Meter unter dem Überhang. Dunkel ist es auch schon geworden. Schließlich hab ich die Höhle erreicht. Eigentlich war's mehr ein Loch in der Wand, kaum zwei Meter tief und so niedrig, daß es grad zum Hocken gereicht hat. Aber trocken ist's gewesen, das Loch, und so breit, daß ich mich ausstrecken hab können. Ich hab erst einmal Brotzeit gemacht nach der Schinderei, Brot und Käse. Dann hab ich zwei Haken eingeschlagen, um mich mit dem Seil zu sichern und nicht im Schlaf abzustürzen – falls ich überhaupt einschlief ... schlafen konnte ... Zum Abstieg war's auf alle Fälle zu spät, selbst wenn der Nebel aufgerissen wäre. Ja, und dann, als ich alles für die unfreiwillige Übernachtung fertig hatte, die mir bevorstand, wie ich mich grad gefreut hab, daß ich wenigstens im Trocknen war, da wollte ich mir eine Pfeife anzünden. Und da –«

Joseph Leutner brach ab. Seine Faust, die geballt auf der Tischplatte neben dem Weinglas lag, war so verkrampft, daß die Knöchel hell aus der dunklen Haut hervortraten.

Theo schluckte ratlos und wagte nichts zu sagen. Mathilde bereute schon, daß sie den Wirt gedrängt hatten, zu erzählen. Aber dann siegte ihre Neugier:

»Und da ...?« fragte sie leise.

»Und da, wie ich das Streichholz angerissen hab«, fuhr Joseph Leutner mit rauher Stimme fort, »hab ich die Hand gesehen. Über mir. Die Hand und den Totenkopf ...«

»Mein Gott!« stöhnte Mathilde und legte die Fingerspitzen der Linken an die geöffneten Lippen.

»Direkt über mir«, sagte Leutner, »nur einen Meter entfernt, hat mich der Schädel angegrinst ... Kopfüber, verstehn Sie, als ob er von oben über die Felskante schaut und sehn will, wer da in der Höhle sitzt.«

»Aber das ist ja – das ist ja fürchterlich!« wisperte Mathilde.

»Ein ... Ein Totenkopf?« fragte Theo heiser.

»Ich hab mir die Finger verbrannt am Streichholz«, sagte der Wirt, »und dann ist's lang gegangen, bis ich mich halbwegs von dem Schreck erholt hatte. Einbildung, hab ich mir gesagt; der Nebel ... Aber ich hab mich nicht getraut, ein zweites Streichholz anzumachen. Ich hab da im Dunkeln gesessen und geschlottert ... Schließlich hab ich mich dann zusammengenommen und mich einen Feigling geschimpft und noch mal ein Streichholz angezündet ... Der Kopf hat noch grad so von oben über die Kante geschaut, und die knöcherne Hand ist am Rand des Höhleneingangs gehangen, und von den Fingerspitzen ist der Regen abgetropft ... Ich hab das Streichholz weggeschmissen und im Finstern gehockt und geschlottert, und gebetet hab ich auch ... Sie, das hilft Ihnen gar nichts, wenn Sie sich sagen, nimm dich zusammen, verdammt noch mal, das war irgend so ein armer Hund, der abgestürzt ist ... Zwischendurch bin ich auch mal eingeschlafen und hab wirres Zeug geträumt – bis es anfing, hell zu werden. Der Nebel hatte sich verzogen, und der Schädel hing als klumpige Silhouette vor der Höhle, und die Hand sah gar nicht mehr so aus, als ob sie nach mir greifen wollte ... »

Er schwieg. Kleine Schweißperlen glitzerten auf seiner Stirn. Die Zigarre, die Theo ihm gegeben hatte, war ausgegangen.

»Schauerlich!« Theo versuchte nicht sehr erfolgreich, seiner Stimme einen forschen Ton zu geben. »Und ... Und was war das nun für ein ... für ein Totenkopf?«

Joseph Leutner trank, saugte an der kalten Zigarre, zündete sie neu an und erzählte weiter:

»Als es ganz hell geworden war, bin ich vorsichtig hingekrochen. Ich hab immer noch gezittert, ehrlich – aber das waren auch die Kälte und die Müdigkeit und die Nerven, verstehen Sie ... Und dann hab ich gesehen, daß er da hing, mit der Hüfte in einer Spalte eingeklemmt, ganz fest zwischen den Steinen und so im Fels, daß man ihn weder von oben noch von unten hängen sehen konnte. Er war schon fast wie ein Skelett, leere Augenhöhlen, Knochen und verwitterte Kleidungsfetzen. Nur die Lederteile schienen ihn noch zusammenzuhalten, der Gürtel und die Hose und die Schuhe. Bei Tageslicht hat's nur noch halb so grauslich ausgeschaut, aber noch grauslich genug. Ich bin abgestiegen, so schnell ich konnte, und hab die Bergwacht angerufen. Die haben ihn dann geholt ... Er war im Jahr zuvor abgestürzt. Im Frühjahr. Ich hab mich noch an ihn erinnert. Ein Alleingänger, wissen Sie. Er war von hier aus los, hat aber keinem Menschen gesagt, wo er hin wollte. Als dann die Vermißtenmeldung kam, haben wir zwar gesucht, aber wir wußten ja nicht, wo wir suchen mußten – und dort, wo er hing, hätte ihn sowieso keiner gefunden. So was kommt ja vor, daß einer jahrelang liegt oder gar nicht wiedergefunden wird … Ja, so war das. – Ich vergeß die Nacht mein Lebtag nicht, und manchmal träum ich noch davon … »

»Das kann ich mir denken«, sagte Mathilde.

»Und Sie sind seitdem nicht wieder in die Wand gegangen?« fragte Theo.

»Nein«, sagte Joseph Leutner. »Und keine zehn Pferde kriegen mich da wieder hin … Hoffentlich hab ich Ihnen den Spaß an der Tour morgen nicht verdorben.«

»Aber nicht doch«, beschwichtigte Theo. »Machen Sie sich keine Gedanken. Wir gehen morgen hinauf, wenn das Wetter gut ist, nicht wahr, Tildchen?«

»Von mir aus sicher«, sagte Mathilde. »Es begegnen einem ja nur selten Tote am Berg – wie?«

Ihr Lächeln fiel schief aus, weil sie über ihren eigenen Satz erschrocken war.

Theo lachte um so lauter. Zu laut für ein echtes Lachen.

Es war noch nicht dunkel, als Theo und Mathilde Bennewitz schlafen gingen – oder richtiger: zu Bett gingen. Denn von Schlafen war weder bei ihr noch bei ihm in dieser Nacht so recht die Rede, obschon sie beide sehr müde waren.

Sie lagen wach, ohne daß einer es vom anderen wußte, aber auch ohne es voneinander zu merken, denn sie hatten ja beide keine Übung mehr, nebeneinander zu schlafen.

Theo hatte zum Glück und zur großen Erleichterung Mathildes nicht die Idee gehabt, zärtlich zu werden. Die Aufmerksamkeit, die er noch in der Gaststube an den Tag gelegt hatte, war erloschen wie eine Kerze im Wind, als sie allein waren. Das hatte Mathilde irritiert, aber sie hatte nicht länger darüber nachgedacht, als sie im Bett lag und mit brennenden Augen gegen das allmählich dunkler werdende Fensterviereck starrte.

Ihrer beider Gedanken liefen ähnliche Wege, kreisten um die gleichen Fragen. Das waren für sie keine neuen Fragen. Sie hatten sie schon hundertmal und öfter gedacht. Aber hier und jetzt, vor dem entscheidenden Tag, dachten sie noch intensiver darüber nach.

Sie dachten beide, ob der geplante Mord, die geplante Befreiung vom unerträglich gewordenen Partner unumgänglich, ob sie nicht vielleicht doch zu vermeiden, ob nicht doch eine normale Scheidung der Ausweg sei ... Aber der Gedanke an das Gerede der Leute, an das Haus, das beide liebten und dem anderen nicht gönnten, an die schmutzige Wäsche, die dann gewaschen, an all das Vermögensrechtliche, das dann geregelt werden mußte, bestärkte sie im längst gefaßten Beschluß: Ja, es war entschieden einfacher, verwitwet zu sein als geschieden ... Oder? Immer neue Fragen. Hundert Fragen, auf die es keine simplen Antworten gab. Hundert Gründe, die eine Scheidung unmöglich erscheinen ließen. Und dazu der aufgestaute Haß, die lange, große Wut aus all den vergangenen Jahren ...

Sie hat mich gedemütigt und gequält, wo sie nur konnte, dachte Theo.

Er hat keinen Funken Interesse an mir und liebt nur sich selbst, dachte Mathilde.

Und beide dachten: Ohne sie / ihn wäre mein Leben anders, besser, schöner verlaufen ...

Irgendwann schliefen sie dann beide doch ein, und sie schliefen so tief, daß sie lange Sekunden brauchten, um beim Rattern des Weckers zu sich zu kommen.

Theo stand als erster auf, zog die Leinenvorhänge zur Seite und öffnete die Balkontür. »Mojn«, sagte er. »Schönes Wetter!«

»Ja ...« Mathilde rieb sich schlaftrunken die Augen.

»Wird es halten?«

»Ich denke schon.«

Er begann sich zu rasieren. Sie stand neben ihm am Waschbecken und drückte sich den nassen, kalten Waschlappen ins Gesicht. Beide vermieden es, einander anzusehen. Als er sich angezogen hatte, holte er die Plastiktüte mit dem vorbereiteten Proviant vom Balkon. »Es ist kühl draußen«, sagte er.

»Ja«, sagte sie. »Ende Mai ...« Sie hantierte mit dem Tauchsieder. »Ach du Schreck!« rief sie plötzlich, »ich hab die falschen Teebeutel eingepackt zu Hause – statt des schwarzen hab ich aus Versehen Pfefferminztee genommen ... So was Dummes! Macht's dir was aus? Sonst geh ich und wecke die Wirtin und bitte sie, uns –«

»Nein«, sagte er. »Das macht mir nichts aus.«

Sie verkniff sich ein Triumphlächeln. Es lief alles genauso, wie sie es geplant hatte. Der Pfefferminztee, den sie bewußt gewählt hatte, konnte den Bittermandelgeruch der Blausäure besser übertönen als schwarzer Tee.

Sie hatte lange gesucht und viel gelesen, bis sie auf Blausäure gestoßen war. Es war das Gift, das sie am leichtesten selbst hatte herstellen können, ohne sich durch den Einkauf besonderer Zutaten verdächtig zu machen. Und sie hatte es mit großer Sorgfalt hergestellt ... Nicht viel, nur einen Teelöffel voll. Aber das würde genügen.

Wenn ihre Informationen richtig waren, und daran zweifelte sie nicht, mußte Theo schon nach dem ersten Schluck Tee so heftige Krämpfe und Lähmungserscheinungen kriegen, daß er – notfalls mit sanfter Nachhilfe – unausweichlich abstürzen mußte.

Nachdem sie als Frühstück jeder nur einen großen Becher Orangensaft mit Schmelzflocken zu sich genommen hatten, brachen sie auf.

Theo trug den großen Rucksack mit warmer Kleidung für den Fall eines Wettersturzes, Schlafsäcke für den Fall einer planwidrigen Übernachtung, Steigeisen nur sicherheitshalber, weil um diese Jahreszeit im großen Kar beim Abstieg auf der Ostseite noch mit Schnee, möglicherweise bretthartem Harsch zu rechnen war – zwei Seile, Kletterschuhe, Hammer, Haken und all das, was der Mensch so braucht, wenn er höchst überflüssigerweise zur vertikalen Fortbewegung übergeht. Mathildes Rucksack war kleiner; er enthielt nur den Proviant und zwei Thermosflaschen mit Pfefferminztee. Die eine, die harmlose Flasche, hatte einen hellblauen Verschluß, die andere, nur knapp zu einem Fünftel gefüllte, sinnigerweise einen schwarzen. Die Flasche mit dem schwarzen Verschluß und Schraubbecher wollte sie sofort nach Theos Tod in eine Felsspalte werfen – aber in eine andere als die, in die er möglicherweise gestürzt war.

Es war ein sehr schöner Morgen.

Die aufgehende Sonne sandte goldglitzernde Strahlenstreifen über die Almwiesen, auf denen sternblütiger Steinbrech neben Alpengrasnelken, Berghahnenfuß, Aurikel und Enzian blühte. Unter ihnen im Wald waberten noch Nebelbänke, doch vor und über ihnen war der Himmel von einem sanften, kühlen Ostwind blankgefegt.

Der Weg war leicht zu gehen. Sie kamen gut voran und standen zur vorausberechneten Zeit vor dem markierten Eingang in die Laurentiuswand. Bis dahin waren sie schweigend hintereinander her gegangen. Jetzt standen sie nebeneinander und blickten an der zerklüfteten mächtigen Wand hinauf, die, streckenweise fast senkrecht, nahezu achthundert Meter in den seidigen weißblauen Himmel ragte.

»Bis zum ersten Biwakplatz sind es ungefähr dreihundert Meter«, sagte Theo. »Das soll eine verhältnismäßig einfache Strecke sein. Schöne Freikletterei, abgesehen von einer kurzen Schlucht, bei der vor Steinschlag gewarnt wird, und einem Quergang nach links am Ende der tiefen Scharte, die man von hier aus sehen kann.«

Sie folgte mit den Augen seiner ausgestreckten Hand und nickte. »Ja, sehe ich«, sagte sie.

»Willst du erst mal vorangehen?« fragte er. »Bis dahin ist wahrscheinlich auch wenig Arbeit mit Haken. Die stecken reichlich, glaub ich. Wenn's danach zu hämmern gibt, geh ich voran. Einverstanden?«

»Einverstanden«, sagte Mathilde, verknotete das Doppelseilende, das sie sich um Leib und Schulter geschlungen hatte, und nahm die ersten schroffen Stufen in Angriff.

Theo folgte.

Sie stiegen zügig aufwärts, umgingen ein Geröllfeld, zogen die Kletterschuhe an, als es steiler wurde, und sicherten sich da, wo es nötig war, mit Seil und Haken.

Vor der Schlucht warnte Theo: »Paß auf, wohin du trittst! Der Fels sieht hier brüchig aus.«

Als sie nach fast drei Stunden die Nische mit der waagrechten Plattform erreicht hatten, die als Biwakplatz bezeichnet war und auch Reste von früheren Rasten zeigte, legten sie eine Rast ein. Der Blick von hier aus hinab in die dunstigen Täler und hinauf und hinüber zu dem gegenüberliegenden Bergmassiv war grandios.

»Das ging ja ganz gut«, meinte Theo, nahm den Rucksack ab, unter dem sein Hemd schweißnaß war, setzte sich und zog die Schnürsenkel seiner Schuhe fest.

»Ja«, sagte Mathilde. »Willst du was essen?«

»Ja, bitte«, sagte er. »Vor allem was trinken.«

Mathilde überlegte. Nein, hier geht es nicht, dachte sie. Die Plattform ist zu groß. Er stirbt hier oben und stürzt nicht ab. Stoßen ist hier zu riskant – da reißt er mich noch mit hinunter ... Sie nahm die Flasche mit dem hellblauen Verschluß und goß ihm einen Becher voll.

»Schmeckt ganz gut, Pfefferminztee«, sagte er kauend. »Das sollte man sich merken für die Zukunft.«

»Ja«, sagte sie.

»Ißt du nichts?« fragte er.

»Ich bin nicht hungrig.«

»Aber wir brauchen sicher noch mal gut zwei Stunden bis zur nächsten Rastmöglichkeit«, gab er zu bedenken.

Sie schüttelte den Kopf, trank nur einen Schluck Tee und packte den Proviant wieder ein, als er fertig war. Dann setzten sie ihren Aufstieg fort.

Theo ging jetzt voran. Er mußte hier und da neue Mauerhaken einschlagen oder locker gewordene Haken festklopfen. Es war ein kurzer, aber schwieriger Pendelgang zu bewältigen, der sie viel Zeit kostete, und dann kamen sie in den Kamin, der hinauf zum zweiten Biwakplatz führte.

Hier lag stellenweise noch Schnee in den tieferen Spalten. Die Wand war naß, und es war schwierig, sichere Griffe zu finden. Sie kamen nur langsam voran; Theo konnte hier nicht mehr mit dem Rucksack klettern, und Mathilde mußte das schwere Gepäck nach jeder Seillänge am zweiten Seil hochziehen und sichern, ehe sie weitersteigen konnten. Sie brauchten über eine Stunde für die vierzig Meter. Zweimal polterten unter Theos Schuhen Steinbrocken in den Abgrund. Mathilde kam jedoch nicht in Gefahr, da sie sich seitlich unter ihrem Mann hielt.

Kurz vor dem Ausstieg – nur noch zwei Meter trennten ihn von der oberen Kante – sagte Theo: »Bleib eben da, wo du bist, Tilde; ich will erst mal sehen, ob die Kante stabil ist. Dann leg ich das Seil oben fest und zieh dich rauf.«

»Ja«, sagte sie, nichts Böses ahnend, und stemmte sich mit gespreizten Beinen mit dem Rücken gegen den Fels. Sie sah zu ihm hinauf und wartete.

Er war bis auf Griffnähe an der Kante, öffnete vorzeitig den Knoten des Seils, weil Mathilde, die ihn sicherte, ein paar Zentimeter zu tief stand, und wollte sich hinaufziehen. Da brach sein Griff aus, sein Fuß rutschte ab, er hing an einem Arm im Leeren, suchte einen neuen Halt, geriet ins Pendeln …

»Aaaaah!« schrie Theo gellend und stürzte, immer noch schreiend, knapp an der entsetzten Mathilde vorbei in die Tiefe. Das Seil, das er nur noch lose um den Leib gelegt hatte, schnellte hoch und traf sie wie ein Peitschenhieb … Dann war alles vorüber … Nur das vielfache Echo des gräßlichen Schreis hallte noch nach.

Wie betäubt kletterte Mathilde die paar Meter hinauf, ohne sich umzusehen. Sie erreichte den schmalen Biwakplatz, brach dort zusammen und blieb ohnmächtig liegen.

»Hast du das gehört eben?« fragte Anton Merkl seinen Gefährten Petrus Schaffner.

»Ja – da hat einer geschrien ...«

»Aber ganz in der Nähe muß das gewesen sein!«

Sie horchten.

Nichts.

»Das muß da links gewesen sein, beim anderen Aufstieg zum Kamin«, sagte Schaffner.

»Gema nachschaue!« sagte Merkl.

Sie hatten, auf einer anderen Route kommend, gerade den letzten, langen Anstieg über den Grat beginnen wollen, der von oberhalb des Kamins zum Gipfel führte. Bisher hatten sie geglaubt, heute allein in der Wand zu sein, denn es war nichts zu sehen und zu hören gewesen. Und nun dieser Schrei ...

Sie ließen die Rucksäcke am Fuß des Grates liegen und erreichten nach einer Viertelstunde den zweiten Biwakplatz oberhalb des Kamins.

»Da liegt einer«, sagte Merkl.

»Oschtia Madonna!« sagte Schaffner, der Südtiroler.

Sie stiegen hinab zu der Felsplatte, so schnell sie konnten.

»Es ist eine Frau«, sagte Merkl.

»Ist sie tot?« fragte Schaffner.

Merkl fühlte der besinnungslosen Mathilde den Puls.

»Nein – sie lebt noch.«

»Aber die war's nicht, die geschrien hat«, sagte Schaffner. »Ich mein, das war ein Mann.« Er sah sich suchend um, da er aber nichts entdecken konnte, wandte er sich wieder der Ohnmächtigen zu. »Mach ihr die Jacke auf am Hals, und die Bluse«, sagte er zu Anton Merkl, »und dreh sie auf die Seite!«

»Ich?« fragte Merkl.

»No ja – warum nicht? Genierst dich etwa?«

»Man müßte ihr einen Schnaps einflößen oder die Schläfe mit Kölnisch Wasser reiben«, sagte Merkl, während Schaffner Mathilde mit unsicheren Fingern ungeschickt den Reißverschluß des Anoraks aufzog und den Blusenkragen aufknöpfte.

»Hast du einen Schnaps dabei – oder ein Kölnisches Wasser?« fragte er ärgerlich.
»Oben am Grat hab ich einen Enzian«, sagte Merkl.
»Ich schau mal in ihrem Rucksack nach«, sagte Schaffner. Er öffnete Mathildes Rucksack. »Da ist was zum Trinken«, sagte er befriedigt und holte eine Thermosflasche heraus.
»Komm, gib's ihr«, sagte Merkl. »Ich halt ihr den Kopf hoch ...«
Petrus Schaffner nickte. Er schob behutsam Mathildes Lippen auseinander und drückte ihr sacht den Unterkiefer herab, so daß sich die Zähne öffneten. Merkl stützte den Kopf der Bewußtlosen.
Schaffner schnupperte an der Flasche, deren Verschluß er abgeschraubt hatte. »Riecht süß«, sagte er. »Grauslich ... Irgend so ein Likör. Wie Marzipan ...« Er goß den schwarzen Becher voll und ließ die Flüssigkeit vorsichtig in Mathildes Mund rinnen.
Mathilde schluckte.

Patricia Highsmith
Wein aus Schottland

Henry und Sarah Pilsbury lebten auf einer Südseeinsel. Sie waren die einzigen Kinder von zwei Missionarsehepaaren, die vor vierzig Jahren auf die Insel gekommen waren. Die Eltern hatten es als selbstverständlich betrachtet, daß Henry und Sarah heiraten würden, und das hatten sie getan, als sie etwa dreißig waren. Die Heirat änderte nur wenig an ihrem Leben. Die größte Veränderung kam, als die Medizinmänner der Insel den Eingeborenen versicherten, daß ein Orkan bevorstehe. Henrys und Sarahs Eltern war es trotz aller Predigten nicht gelungen, die Inselbewohner dem Christentum auch nur einen Schritt näherzubringen, und sie fanden auch jetzt nur taube Ohren für ihre Behauptung, der Orkan sei nichts als Aberglaube. Sämtliche Eingeborenen stiegen in ihre Boote und fuhren davon, ins Ungewisse.

Der Orkan kam. Henry und Sarah und ihre Eltern hatten gerade noch Zeit, sich in den Boden unter dem stabilsten der selbstgebauten Holzhäuser – der Kirche – einzugraben, bevor der Sturm alles vernichtete: die Kirche, die von den Eingeborenen verlassenen Hütten und einen großen Teil der Vögel und anderen Tiere. Henry und Sarah und die Eltern kamen aus ihrem Erdloch hervor und begannen mit charakteristischer Beharrlichkeit, das Zerstörte neu aufzubauen. Doch nach einem Jahr waren die alten Leute an Tropenfieber gestorben. Henry und Sarah blieben verschont, sie erlitten nur eine vorübergehende Schwächung.

Nun, da Henry und Sarah allein waren, machten sie das Inselland ordentlicher und produktiver, als es je gewesen war. Wo früher ein ungeordneter Haufen von Schilfgrashütten gestanden hatte, gab es jetzt einen tadellosen Obstgarten mit schnurgeraden Baumreihen. Mitten durch den Obstgarten ging ein gerader Weg, der weiterführte durch adrette Turapflanzungen bis zu dem walmgedeckten Haus, das Henry aus selbstgeschnittenen Brettern erbaut hatte. Die Bibel war ihr Grundpfeiler, der einzige Lesestoff, den sie je gekannt hatten, abgesehen von ein paar religiösen Schriften, die sich meist mit sexueller Abstinenz von primitiven Völkern befaßten. Dinge, die sie nicht wußten – etwa wie Europa oder Amerika oder ein Flugzeug aussah –, kümmerten sie nicht. Henry redete nicht viel, so daß sich Sarah zuweilen einsam fühlte, und Sarah hatte etwas Widerborstiges an sich, das Henry manchmal ärgerte, etwa wenn sie behauptete, ihr Vater habe gesagt, daß Massachusetts an der Westküste Amerikas liege und daß sich die Sonne nicht bewege. Henry erinnerte sich sehr gut an die Landkarte, die im Orkan verlorengegangen war. Und für die Bewegung der Sonne hatte man ja das Wort der Bibel.

Nichtstun war ihnen verhaßt; von Sonnenaufgang bis Sonnenuntergang fanden sie immer etwas zu schaffen. Unablässig waren Kleider auszubessern, Seile und Werkzeug und Dächer zu reparieren, die Böden waren zu kehren, im Garten war Unkraut zu jäten, Grünzeug mußte eingebracht und die gefräßigen wilden Hühner, die sie im Hühnerstall hielten, mußten gefüttert werden; obgleich auf der Insel so viele wilde Hühner herumliefen, daß man nirgends weit gehen konnte, ohne auf Eier zu treten, die die Hühner ins Gras gelegt hatten. Je mehr Henry und Sarah zu tun hatten, desto glücklicher waren sie. Zuweilen, wenn sie ganz besonders emsig und fröhlich waren, schwebte durch die sonnenwarme Luft die Melodie einer alten Neu-England-Hymne, ein wenig entstellt von der Zeit und der Tatsache, daß Henry und Sarah – ebenso wie ihre Eltern – gar kein Ohr für Musik hatten.

Henry hatte sich angewöhnt, morgens an den Strand hinunterzugehen, wo er einen der trägen weißfleischigen Bolas aufspießte, die dort im seichten Wasser schwammen. Den brachte er Sarah, und sie machte ihn zum Frühstück zurecht. Eines Morgens sah er weit draußen im Meer etwas, das aussah wie eine Anzahl treibender Kisten. Er rief Sarah zu, er werde mit dem Bola erst später kommen; dann nahm er das Boot und ruderte auf den seltsamen Gegenstand zu. Die Kisten trugen seitlich die Aufschrift SCOTS WHISKY PRODUCT OF SCOTLAND. Das zweite Wort kam Henry unbekannt vor, doch die Kisten selbst waren gut zu gebrauchen. Überdies bestand das Boot, auf dem sie trieben, aus aufgeblasenem Gummi: Das war das wunderbare Material, von dem ihm sein Vater erzählt hatte und das Henry nur in der Form von ein paar modrigen Ringen in seines Vaters Schreibtisch kannte. Henry sammelte noch ein paar andere Dinge ein, die in der Nähe im Wasser trieben: ein Stück glattes abgeschrägtes Holz und einen Segeltuchring mit der Aufschrift SS ARCADIA.

»Irgendwo muß ein Schiff untergegangen sein«, sagte Henry zu Sarah.

Die Holzkisten enthielten Flaschen mit einer bräunlichen Flüssigkeit, zwölf Flaschen pro Kiste. Auf allen Etiketten stand *Cutty Sark Scots Whisky.*

»Whisky?« Sarahs wettergegerbtes Gesicht nahm einen Ausdruck erstaunter Besorgnis an. »Ist das nicht das Zeug, gegen das dein Vater immer gepredigt hat?«

»Ja, ich glaube, du hast recht«, sagte Henry, der daran gar nicht gedacht hatte, bevor ihn Sarah darauf hinwies. »Aber er sagte, als Medizin sei es erlaubt. Er hatte eine Flasche Whisky, als ich ein Junge war, der wurde dann verbraucht. Na, jedenfalls ist er ganz nützlich, wir können ihn beim Abendmahl als Wein verwenden.«

Für Sonntag morgen war eine Abendmahlsfeier vorgesehen, aber sie waren zu neugierig und mochten mit ihrem Fund nicht so lange warten. So öffneten sie am ersten Abend eine Flasche und probierten einen Schluck vor dem Nachtessen.

»Schmeckt scharf«, sagte Sarah und zog die Nase kraus.

»Hat aber ein schönes Aroma.« Henry nahm noch einen Schluck. Ein angenehmes Gefühl des Wohlbehagens erfüllte ihn, während er sein Essen verzehrte. Er lächelte Sarah zu, und sie lächelte zurück, was ebenfalls erfreulich war.

Bald nach dem Essen schliefen sie ein. Sarah erwachte zuerst, der Mond stand hoch, und sie mußte Henry schütteln, damit er aufwachte und ins Bett kam.

Am Sonntag benutzten Henry und Sarah den Whisky beim Abendmahl und dazu ein Stück Turakuchen als Oblate. Sie freuten sich, daß ihr Wein von so gehaltvoller und köstlicher Qualität war. Luxus war selbstverständlich abzulehnen, aber wenn der Allmächtige nicht damit einverstanden wäre, daß sie nun den Whisky hatten, dann hätte er ihn nicht geschickt.

Die Regenzeit begann. Eines Nachmittags, als sie drinnen arbeiteten und wirklich nicht viel zu tun hatten, schlug Henry einen Becher Whisky vor.

»Ja, das geht wohl«, sagte Sarah mit freudig erregtem Lächeln. Auf diesen Vorschlag von Henry hatte sie gehofft.

Im Laufe des Nachmittags trank jeder zwei oder drei Becher Whisky. Schließlich ließ Henry seine Arbeit sinken – er war dabei, einen Stuhlsitz aus Schilfgras zu flechten – und starrte nachdenklich in die untergehende Sonne, die scharlachrot strahlend über dem Horizont hing.

»Heute ist der Sonnenuntergang aber hübsch«, sagte er.

»Ja, nicht wahr – wunderhübsch!« Sarah stand mit ihrem Becher neben Henry. Sie schwankte ganz leicht, als sie sich vorbeugte und durch das Fenster blickte. Auf ihrem Gesicht lag ein Ausdruck freudigen Erstaunens, als habe auch sie noch nie einen Sonnenuntergang gesehen.

Leuchtendblau schoß ein Pfeil vorüber – ein Pupu, der sich heimwärts schwang. Das Schöne und Wunderbare war aber nicht etwa nur draußen. Sie betrachteten ihr schlichtes Zimmer, die beiden Stühle mit den Sitzen aus Schilfgras, die einfache graubraune Decke, die Sarah auf dem Webstuhl herstellte, die Kommode, die Henry gemacht hatte, sogar die Schrägung des Stöckchens, das einen Fensterladen offenhielt: All diese banalen Dinge schienen einen neuen Glanz und etwas genau Richtiges an sich zu haben.

Später am gleichen Abend kam Henry auf die Idee, am Strand ein Feuer zu machen. Damit konnte man vielleicht auch eventuellen Überlebenden der Schiffskatastrophe die Lage der Insel anzeigen, dachte er. Sarah sah das Feuer und verband es in Gedanken mit Kochen; sie machte sich daran, ein Abendessen mit Schwein am Spieß und gebratenen Ananasscheiben vorzubereiten. Henry fragte sie, was sie da mache, sie hätten doch schon zu Abend gegessen. Sarah beharrte darauf, sie hätten noch nicht gegessen, und Henry blieb ebenso fest bei seiner Behauptung.

»Ach was, trink doch einen Schluck Whisky«, sagte Sarah und reichte ihm die Flasche, die sie unter dem Arm trug.

»Ist das alles, was von dieser Flasche übrig ist?« fragte Henry. Es war ihre zweite Flasche, und Sarah hatte offensichtlich ein Drittel davon drinnen im Hause getrunken. Leicht verärgert, weil er um seinen Anteil gekommen war, füllte Henry seinen Becher voll und trank, während er zusah, wie Sarah das grobe Salz über den Schweinebraten streute.

»Wir haben noch nicht gegessen«, wiederholte Sarah und sah ihn herausfordernd an.

Henry brach in Lachen aus. Wozu sollte er mit ihr streiten, wenn sie dabei bleiben wollte, sie hätten noch nicht gegessen? Dann begann auch Sarah zu kichern, und gleich darauf saßen sie auf dem Sandstrand und aßen Schweinefleisch und Ananas, vergnügt wie zwei Kinder beim Picknick. Die Sonne brannte ihnen stechend auf die Köpfe, als sie am nächsten Morgen aufwachten. Auch am Nachmittag waren die Kopfschmerzen noch nicht verschwunden, und Henry sagte: »Am Strand dürfen wir nicht wieder einschlafen.«

Noch einmal zählte Henry die Whiskyflaschen – er war im Rechnen nie gut gewesen, wenn er nicht die Finger zu Hilfe nahm. Jetzt stellte er fest, daß sie sechsunddreißig Kisten hatten und nicht vierundzwanzig, wie er angenommen hatte. Sechsunddreißig Kisten mit je zwölf Flaschen, das ergab eine unübersehbare Anzahl Flaschen. Sie kamen zu dem Schluß, daß sie so viel trinken konnten, wie sie wollten; für die zwei Schluck zum Abendmahl blieb immer noch reichlich genug. Also tranken sie etwa zwei Wochen lang zusammen eine Flasche an jedem Tag. Nie war das Leben so süß gewesen. Nie hatten sie sich besser verstanden.

Es fiel ihnen jedoch auf, daß sie manchmal frühmorgens Kopfschmerzen hatten, wenn sie gar nicht am Strand eingeschlafen waren. Sie erinnerten sich, daß ihre Eltern in den ersten Tagen der Fieberkrankheit über Müdigkeit geklagt hatten, und jetzt fühlten auch sie deutliche Müdigkeit. Es kam vor, gewöhnlich am Abend, daß einer von ihnen mitten in irgendeiner Tätigkeit einschlief und sich am Morgen dann an nichts erinnerte, was vorgegangen war. Ganz klar: Delirium. Häufig kam es nun zu einem Streit über unterschiedliche Berichte von den Abenden. Beruhigend war nur, daß offenbar keiner Fieber hatte. Aber als sie feststellten, daß ihre Hände zitterten, bekamen sie Angst und meinten, das Fieber, das ihre Eltern dahingerafft hatte, sei nun wiedergekommen, um auch sie zu holen.

»Ganz bestimmt sind wir infiziert«, sagte Henry. »Weißt du noch, wie Papas Hände zitterten?«

Wie zur Bestätigung wurden die Vormittage plötzlich noch schlimmer. Beide verloren alle Kraft und alle Haltung. Dann saß Henry da mit rasenden Kopfschmerzen, die immer stärker wurden, weil Sarah irgend etwas nicht zugeben wollte, was sie gestern abend getan hatte, zum Beispiel, daß sie alle Kleider abgelegt hatte und hymnensingend am Strand entlanggetanzt war. Oder Sarah zitterte wie die Blattwedel am Kopfputz der Medizinmänner und brachte beim Frühstückmachen alles durcheinander, ließ die Eier fallen und den Fisch anbrennen – wenn Henry überhaupt einen Fisch gefangen hatte.

»Schöne Sachen hast du dir angewöhnt in der letzten Zeit«, sagte Sarah höhnisch.

»Und du?« Mit blutunterlaufenen Augen starrte Henry sie an. »Seit vier Wochen hast du kein eßbares Frühstück auf den Tisch gebracht.«

»Dann mach es doch selber.« Sarah suchte nach stärkeren Worten. Ihre Stimme wurde schrill und war dem Umkippen nahe, als sie sagte: »Warum schärfst du nicht mal deinen Speer, damit du wieder einen Fisch fangen kannst? Warum bringst du das Dach nicht in Ordnung? Jeden Nachmittag leckt es wie ein Sieb. Warum machst du –«

»Warum machst du nicht den Hühnerstall sauber?« unterbrach Henry sie.

»Warum –«

Mit einem Schlag auf den Mund brachte Henry sie zum Schweigen.

Sarah sprach an diesem Vormittag kein Wort mehr, aber sie rächte sich und zündete das Haus an. Henry lag schlafend im Hause und träumte von einem Fiebersturm, der ihn umbrachte. Mit einer Kiste Whisky schwankte er die qualmende Schilfrohrleiter hinunter. Sarah fiel plötzlich ein, daß der ganze Whisky noch drinnen war; sie rannte ins Haus und half ihm, die Kisten nach draußen zu bringen. Der Whisky, die Bibel und Sarahs Webstuhl war alles, was sie retten konnten, bevor das Dach krachend zusammenfiel.

»Gut, daß ich das Dach nicht noch repariert hatte«, war Henrys einziger Kommentar.

Das Palmenreisig war so naß geworden, daß es an jenem Abend nicht mehr zu gebrauchen war; ein Regenguß hatte am Nachmittag auch die letzten schwelenden Aschenreste des Hauses gelöscht. Also riß Henry ein paar Seiten aus der Bibel, und sie machten ein fröhliches Abendessen mit einem jungen Hühnchen, das Henry mit seinem hölzernen Speer aufgespießt und über dem Feuer gegrillt hatte. Der hölzerne Speer war damit auch hinüber, aber darüber lachte Henry nur und sagte, er werde einen besseren machen, vielleicht sogar eine neue Waffe erfinden.

»Wir müssen nun wohl ein neues Haus bauen«, sagte Sarah und leckte sich das Hühnerfett von den Fingern.

Henry lag auf den Ellbogen gestützt und stocherte mit einem Holzsplitter in den Zähnen. »Wenn wir die Hühner aus dem Stall rausschmeißen und den zurechtmachen, dann können wir da wohnen. Groß genug ist er.«

Sie zogen also in den Hühnerstall.

»War von vornherein eine dumme Idee, der Hühnerstall«, bemerkte Henry. Ein Gutes hatte sein Fieber: Er konnte jetzt in fast jeder Hinsicht viel klarer und praktischer denken.

Doch die Morgen wurden immer düsterer. Kleinliche Zänkereien erstickten die frohe, zärtliche Stimmung, in der sie stets eingeschlafen waren. Der neue Speer, den Henry angefertigt hatte, war nicht so gut wie der alte, der verbrannt war. Und es war ihm nicht gelungen, einen Tisch mit gleich langen Beinen herzustellen. Sarahs Hohn war erbarmungslos.

»Wie kann ich einen Fisch auf den Speer kriegen, wenn du mich bei jedem Versuch gleich anschreist?« fragte Henry zornig, als er eines Morgens mit leerem Speer ins Haus kam.

»Blablabla!«, sagte Sarah. Genau das hatte auch ihre Mutter häufig gesagt.

Henrys Augen verengten sich vor Haß. In der letzten Zeit hatte er oft etwas an Sarah bemerkt, das ihn an ihre Mutter erinnerte, eine quengelnde und streitsüchtige Frau und für ihren Mann ein Kreuz, so lange er lebte. Henry griff sich eine neue Flasche Whisky aus einem Regal.

»Trinkst du jetzt schon Whisky vor dem Frühstück?« fragte Sarah bissig.

»Ich will kein Frühstück.«

»Ich auch nicht.« Sarah band ihre Schürze los und verließ unbekümmert das Haus.

Vor dem Haus brannte das Frühstücksfeuer. Henry riß Sarahs halbfertige Decke aus dem Webstuhl und warf sie ins Feuer. Im unteren Teil hatte sie ohnehin viele Fehler gemacht. Er schwenkte den Rest Whisky in seinem Becher herum und trank. Jetzt fühlte er sich besser als noch vor ein paar Minuten. Er schlenderte zum Fenster. Ein Anblick war das – unten am Strand strich Sarah herum wie ein Huhn, an allen Gliedern schlotternd! Hoffentlich blieb sie den ganzen Tag weg. Doch als Henry jetzt nochmals nach der gelbetikettierten Flasche griff, kam er plötzlich auf den richtigen Gedanken: Dem Becher Whisky war es zu verdanken, daß er sich so viel besser fühlte. Es konnte nichts anderes gewesen sein.

»Sarah!« rief er laut. Den Streit hatte er völlig vergessen. Er füllte einen Becher mit Whisky und lief zu ihr hinunter. »Hier – trink das!«

Sarah trank. Schon nach wenigen Minuten hörte das Zittern auf. An diesem Morgen fing Henry einen Bola, und Sarah machte ein köstliches Frühstück, das beide mit dem alten Appetit verzehrten. Sarah war froh, weil sie sich besser fühlte, und vergab deshalb Henry die verbrannte Decke. Sie fing gleich am Nachmittag eine neue an, mit viel grelleren Farben. Und Henry erfand einen Schaukelstuhl. Beide waren hochbeglückt, und abends trank jeder eine Flasche Whisky zur Feier des schönen Tages.

Am nächsten Morgen war es ganz leicht, das Zittern mit einem Becher Whisky zu überwinden. Die sechsunddreißig – jetzt noch zweiundzwanzig – Kisten Whisky waren wahrhaftig ein Geschenk des Himmels gewesen; und das Fieber würde sicher vorübergehen, bevor der Vorrat erschöpft war. Henry und Sarah gewöhnten sich an, bei ihrer Arbeit immer einen Becher Whisky neben sich zu haben. Es war nur bedauerlich, daß Henry oft zu müde war, um die notwendigen Reparaturen zu machen und zum Fischen und Jagen zu gehen. Auch Sarah hatte seit Wochen nichts im Garten getan. Aber Henry meinte achselzuckend: »Alles bloß Gewohnheit, ob wir nun jeden Grashalm im Garten ausrupfen oder nicht.«

Sie kümmerten sich also nicht mehr um den Garten und die Obstbäume und fanden, sie lebten genausogut, nur viel angenehmer.

Dann brach eines Tages im Hühnerstall Feuer aus. Henry war im Wald, wo er versuchte, mit einer Steinschleuder einen Pupu zu fangen; als er die Flammen sah, war sein erster Gedanke, Sarah sei wieder einem ihrer albernen Wutanfälle verfallen. Dann besann er sich: Sarah gingen jetzt nie mehr die Nerven durch. Und er hatte recht. Der Hühnerstall hatte Feuer gefangen, als Sarah versuchte, ein geflügeltes Insekt mit dem brennenden Kienspan zu verjagen – eine Panne, die jedem hätte passieren können. Deshalb lachte Henry nur, gab Sarah einen Kuß auf die Wange und sagte, sie solle nicht mehr an den alten Hühnerstall denken. Zusammen holten sie die Whiskykisten und den Rest der Bibel heraus und zogen in den Holzschuppen, einen soliden Anbau mit schrägem Dach.

Wochen vergingen. Das Fieber blieb im anfänglichen, aber doch alarmierenden Stadium. Ab und zu versuchten sie, den Konsum von Whisky einzuschränken, damit der Vorrat länger reichte; aber jedesmal fühlten sie sich dann so viel elender, daß sie die Sparsamkeit in den Wind schlugen und tranken, soviel sie brauchten. Doch als der Vorrat auf acht

Kisten zusammengeschmolzen war, beschlossen sie, ihn zu rationieren: pro Tag und Kopf eine halbe Flasche, mehr nicht. Daran hielten sie sich, nur wurden Gesundheit und Laune dadurch nicht besser.

»Jetzt haben wir nur noch vier Kisten«, sagte Henry eines Morgens mit Grabesstimme.

»Hast du dich nach mehr Treibholz umgesehen?« fragte Sarah mit deutlichem Vorwurf.

»Und du?«

»Ich hab dir doch gesagt, ich habe Fieber in den Augen.«

»Das hab ich auch«, gab Henry mit plötzlichem Trotz zurück. Er ging wieder in den Schuppen, wo die Whiskykisten standen. Es wurde Zeit, daß jemand feststellte, wie lange der Vorrat noch reichte, wenn sie jeden Tag eine Flasche verbrauchten, und zum Zählen mußte Henry die Flaschen nicht nur vor sich sehen, sondern anfassen. Er stolperte über etwas und fiel der Länge nach hin; eine Hand geriet in einen Napf mit etwas Nassem – Turabrei, den Sarah für die Hühner zurechtgemacht hatte. Angeekelt schüttelte er die Hand, stand auf und tastete nach der nächsten Kiste – hoffentlich waren es zwei. Er sah zwei, aber eine war nur da.

»Du liebe Zeit«, sagte er laut, »auch wenn ich heute morgen alles doppelt sähe – es waren doch zwei Kisten da. Oder war das etwa gestern morgen?« Gedankenlos leckte er den Zeigefinger der klebrigen Hand ab. Es schmeckte ganz angenehm. Er betrachtete die graue schaumige Masse in dem Napf und fragte sich, was Sarah wohl hineingetan hatte.

Doch nun die fehlende Kiste. Wahrscheinlich hatte Sarah sie vergraben. Mit bloßen Füßen – die Strohsandalen hatte er schon vor Wochen verschlissen und immer noch keine neuen gemacht – stapfte Henry über den Boden rings um den Schuppen und suchte nach Anzeichen dafür, daß irgendwo jemand geschaufelt und gegraben hatte. Dann lief er zu Sarah zurück.

»Wo hast du sie versteckt, Sarah?« wollte er wissen.

»Wo hast *du* sie versteckt? Denk bloß nicht, daß du mich

zum Narren halten kannst, Henry Pilsbury!« Sarah hielt seinen Speer in der rechten Hand.

Henry packte sie an den Schultern und schüttelte sie, daß ihr die Zähne klapperten. Er ließ sie nur los, weil sie seinen Bart festhielt und der Griff fürchterlich weh tat. Er lief zurück zum Holzschuppen. Der lange Speer sauste an seinem Ohr vorbei und schoß vor ihm in den Sand. Um seine Wut loszuwerden, begann er wie ein Wilder mit einer der zerbrochenen Holzschaufeln den Sand aufzugraben. Sarah wollte nicht zurückstehen und fing ebenfalls an zu schaufeln. Im Laufe des Tages wurde so ein breiter Streifen rings um den Schuppen aufgegraben, auch die letzte verkrautete Turareihe zertrampelt und keine versteckte Kiste gefunden. Schwer atmend setzte sich Henry hin und schöpfte noch etwas von der abgestandenen breiigen Masse in seinen Becher. Er war hungrig, denn er hatte heute noch nicht mal gefrühstückt, war aber zu stolz, um Sarah zu bitten, sie solle irgendwas kochen. Der Brei hatte den scharfen Geruch von Whisky. Ihm kam eine Idee.

»Sarah!« rief er stirnrunzelnd. »Warum hast du hier Whisky reingetan, wenn du es verkommen lassen willst?«

»Ich weiß nicht, wovon du redest«, sagte sie hochfahrend, aber sie schwankte etwas, als sie ein paar Schritte weiterging.

Henry wußte nicht, ob er ihr glauben sollte. Vermutlich hatte sie es vergessen, auch wenn sie tatsächlich Whisky hineingetan hatte.« »Whisky in den Turabrei!« sagte er höhnisch. Der Brei war verdorben, aber die Flüssigkeit war gut. Plötzlich erinnerte er sich an eine weitere Schüssel mit dem Zeug, die an einem Baum bei dem verbrannten Hühnerstall stand. Er ging hinüber zu dem Baum und sah stolz, daß die Schüssel tatsächlich dort stand und er sich das nicht eingebildet hatte. Er probierte den Brei. Das gleiche Aroma, vielleicht noch stärker. Henry fluchte. Wahrscheinlich hatte sie flaschenweise Whisky auf den Brei gegossen – einfach aus Trotz, aus typisch weiblicher Bosheit.

»Sarah!« rief Henry und lief mit der Schüssel auf sie zu. »Hier ist auch Whisky drin, das kannst du nicht leugnen!«

Aber Sarah leugnete es und sagte, Henry habe wohl den Verstand verloren und vermutlich den Whisky selber in die Schüsseln gegossen. »Das Zeug ist bloß sauer geworden, klar? Ich habe selber solchen Turabrei gesehen – so schaumig. Du bist so voll Whisky, daß du gar nichts anderes mehr schmekken kannst.«

Den ganzen Abend drehte sich der Streit im Kreise. Henry fing ein wildes Huhn, stopfte ihm etwas von dem Brei in den Schlund und wies triumphierend darauf hin, daß es jetzt taumelte. Sarah wollte nicht zugeben, daß es taumelte, und fragte: »Woher weißt du, daß du nicht ein Huhn mit Tropenfieber gefangen hast?«

Weibliche Logik! Zwecklos, ihr zu sagen, daß das Huhn betrunken war, weil es so viel kleiner war als er und deshalb viel weniger brauchte, um berauscht zu werden. Er, Henry, war nicht betrunken, er hatte Fieber. Wutschäumend sagte er schließlich, er werde ihr den Betrug nachweisen und eine Schüssel mit frischem Turabrei ein paar Tage vor seinen Augen stehen lassen.

Er machte einen Brei aus den Turawurzeln, die sie bei der Suche nach der fehlenden Whiskykiste ausgegraben hatten. Die Schüssel stellte er neben sein Strohlager im Holzschuppen. Die ersten Tage geschah nichts, das wußte Henry, denn er probierte das Zeug jeden Morgen und jeden Abend. Sarah war brav und brachte ihm Becher mit Whisky, aber er argwöhnte, sie tue das, weil sie etwas Whisky auf den Brei gießen wollte, sobald er nicht aufpaßte. Das hatte er nicht zugelassen; wenn er ein paarmal am Tag aufstand, dann nahm er die Breischüssel mit, doch meistens schlief er, den Arm über die Schüssel gelegt. Einmal, als er mit der Schüssel draußen war, fand er Sarah schlafend am Strand, neben sich die fehlende Whiskykiste, die sie offensichtlich gerade ausgegraben hatte. Sie hatte sich nicht mal die Mühe gemacht, das Loch im Boden wieder zu füllen! Henry versteckte seine

Schüssel hinter einer Kokospalme, dann nahm er die Kiste und vergrub sie in der Mitte der Insel. Ein paar Palmen standen in der Nähe, daran merkte er sich die Stelle.

Als Sarah erwachte, sah er ihr an, daß sie wußte, was geschehen war. Doch beide, sie und er, schwiegen hartnäckig.

Langsam, aber sicher nahm Henrys Brei den Geschmack von Whisky an. Henry begriff das nicht; er war ganz sicher, daß Sarah keinen Whisky hinzugefügt hatte. Er machte die Probe und trank, als einmal seine Hände vor Fieber zitterten, alle Flüssigkeit aus dem Brei. Das Zittern hörte auf, als ob er Whisky aus der Flasche getrunken hätte.

»Unser Tura macht Whisky!« verkündete Henry. »Ein Wunder!«

»Hab ich dir ja gesagt«, erwiderte Sarah.

In diesem Augenblick haßte er sie. »Wenn ich nicht wäre – *ich* habe das entdeckt! *Ich* habe das Problem gelöst, wie wir zu weiterem Whisky kommen!«

Sarah zeigte weder Interesse noch Dankbarkeit. Aber sie probierte die letzten Tropfen aus dem Brei und begann dann ebenso emsig wie Henry, Turawurzeln zu sammeln und die kleinen Turapflanzen, die noch nicht ausgewachsen waren, wieder in den Boden zu setzen. Als es Abend wurde, hatten sie zehn Trinkbecher und vierzehn Schüsseln – mehr besaßen sie nicht – mit Tura und Wasser gefüllt und rund um den Schuppen aufgestellt. Abwechselnd hüteten sie sie am nächsten Tag vor den wilden Hühnern, obgleich die Gier der Hühner auch ein Nahrungsproblem löste: Henry ließ sie ganz nahe an eine Schüssel herankommen; wenn er dann schnell genug war, konnte er oft eines packen und ihm den Hals umdrehen.

Sarah fing jetzt an, aus Baumteilen Schüsseln zu machen, kam aber damit nur langsam voran. Henry versuchte, eine leere Whiskykiste abzudichten und daraus einen Container herzustellen, doch die Kiste leckte hartnäckig weiter. Und der Whiskyvorrat nahm ab. Sarah verhöhnte ihn wegen der Kiste, die er ihr gestohlen hatte, und sagte, er habe sicher alles allein ausgetrunken.

»Nein, das habe ich nicht«, sagte Henry und holte die Kiste.

Trotzdem: nur wenig mehr als eine Kiste – wie lange konnte das reichen? Sie hatten vorgehabt, den Vorrat dadurch zu strecken, daß sie Turabrei tranken, aber das Zittern der Glieder trieb sie wieder und wieder zum Whisky. Sie setzten noch mehr Turapflanzen, aber Tura brauchte Zeit zum Wachsen. Immer wieder sagte Sarah, es sei verlorene Liebesmüh – genau wie ihre Mutter gesagt hätte –, aber Henry wollte so schnell nicht aufgeben.

»Auf ewig lebt die Hoffnung in des Menschen Brust, hätte mein Vater gesagt«, erklärte Henry. »Ein Paradies aus der Wildnis schaffen! Der Mensch unterscheidet sich vom Tier durch sein Denkvermögen. Wo ein Wille ist, da ist auch ein Weg!«

Nun war noch eine halbe Kiste Whisky da. Tag und Nacht betete Sarah zwischen den rationierten Bechern Whisky und dem Turabrei. Auch Henry betete, doch er entsann sich dunkel an einen anderen Ausspruch seines Vaters: »Hilf dir selbst, so hilft dir Gott.« Er wußte nicht mehr, ob sein Vater das bejaht oder verneint hatte; irgend jemand hatte es irgendwann festgestellt, und es erschien Henry durchaus vernünftig. Gleichzeitig aber hoffte er auf ein Wunder, ein ganz bescheidenes, nur auf eine Art großen Container, den das Meer an den Strand schwemmen könnte, irgend etwas, das groß genug war für eine ganze Menge Brei. Ein Jammer, daß das Schlauchboot in der Sonne verrottet war.

»Wir müssen etwas tun, und zwar in den allernächsten Tagen«, sagte Henry. Er bebte am ganzen Körper vor panischer Angst und Fieber. »Mit diesem Fieber, und dann kein Whisky mehr –«

»Ach, laß uns doch nicht daran denken«, sagte Sarah. »Mit all deiner gottgesandten Intelligenz ist dir bisher überhaupt nichts eingefallen, und dir wird auch nichts einfallen. Wir können nichts tun als uns in das alte Boot setzen und nach einer anderen Insel suchen, wo es Whisky gibt.« Sie zog ihn hinunter an den Strand, wo das Boot mit dem zerschlissenen Segel unter den Palmen im Sand lag.

Es kam etwas plötzlich, aber Henry fiel auch nichts Besseres ein. »Sollten wir nicht ein paar Sachen mitnehmen?« fragte er.

»Was für Sachen?«

Henry blickte sich um. Er konnte nur wenige Meter weit sehen, aber es war wohl tatsächlich nichts da zum Mitnehmen. Nur der Rest Whisky. Er ging auf den Schuppen zu, um die Kiste mit den letzten fünf Flaschen zu holen.

»Ach, weißt du«, sagte Sarah und sah dabei so durchtrieben aus, daß Henry mißtrauisch wurde, »laß uns doch lieber erst morgen losfahren. Morgen, recht früh.«

»Einverstanden«, sagte Henry ebenso durchtrieben.

Sie blieben also die ganze Nacht auf und beobachteten einander. Jeder paßte auf, daß der andere nicht etwa eine Flasche aus der Kiste nahm und sie leerte oder andere Flaschen aus dem Sand grub, die er oder sie womöglich versteckt hatte. Henry war der erste, den der Schlaf übermannte, aber sein Ziel wurde erreicht, denn Sarah holte zwei Flaschen aus der Erde, die sie versteckt hatte, so daß sie nun sieben besaßen. Henry öffnete den Mund, um ihr gründlich die Meinung zu sagen, aber sie schob ihm eine volle Flasche in die Hand.

»Hier – die schenke ich dir. Diese beiden zählen nicht. Trink nur.«

Also leerte jeder eine Flasche, bevor sie aufbrachen.

Sie fuhren zunächst in die Richtung, die die Eingeborenen genommen hatten. Starker Rückenwind machte ihnen Mut, doch sobald die Insel außer Sicht war, verloren sie die Orientierung. Die Insel kam wieder in Sicht, und sie änderten die Richtung, nur waren sie keineswegs sicher, daß sie jetzt nicht von der entgegengesetzten Inselseite ablegten. Zum Glück hatte Sarah mehrere Ananas und etwas getrockneten Fisch mitgenommen, doch das ernste Problem war der Whiskyvorrat. Er war jetzt abgesunken auf vier und ein Drittel Flaschen.

»Vielleicht müssen wir nach Amerika fahren, wenn wir Whisky kriegen wollen«, sagte Sarah bedrückt. »Oder nach Schottland.«

Einige Stunden später fiel es Henry auf, daß die Ruderpinne gegen irgend etwas anstieß; er ging der Sache nach und fand drei Flaschen Whisky, die mit Weidengerten ans Heck gebunden waren. Und die waren die ganze Zeit dagewesen! Vorsichtig zog er sie hoch: Er wollte Sarah die eine Flasche an den Kopf schlagen, aber nicht so heftig, daß die Flasche zerbrach. Doch Sarah kam ihm zuvor und gab ihm unversehens von hinten einen Stoß, so daß er über Bord fiel.

Als an einem sonnigen Morgen die letzte Flasche geleert war, bereiteten sich Henry und Sarah mit fiebrigen Augen auf den Tod vor. Sie zuckten und zitterten, konnten weder still sitzen noch sich bewegen, und jeder beteuerte dem anderen, er werde jetzt sterben, und zwar sofort. Doch keiner starb, und so gaben sie es auf, dem anderen zu glauben oder sich viel um ihn zu kümmern. Soweit es seine geschwächte Sehkraft zuließ, spähte Henry nach Land aus – Land irgendwo. Sogar hinter dem Boot suchte er nach Land. Sarah war ihm dabei keine Hilfe, sie lag nur auf dem Bootsboden und wehklagte. Ab und zu sagte sie: »Du bist ein schlechter Seemann«, und in den fiebrigen Augen stand ein Abglanz ihrer alten Bosheit.

»Von mir aus kannst du in der Hölle braten«, erwiderte Henry. In seinem Delirium verfluchte er das Los von Männern, die sich dumme, tückische Weiber als Ehefrauen aufgeladen hatten. Einmal höhnte er: »Es ist nicht gut, daß der Mann allein sei. Ha!«

Um sein Pech noch zu steigern, war zufällig Sarah am Ruder, als sie Land sichteten. »Ich sehe Land!«

Henry stützte sich auf die Ellbogen. Er sah kein Land, aber er wollte Sarah nicht unterstellen, sie bilde sich das ein – womöglich hatte sie dann doch recht. »Wie groß ist es?« fragte er.

»Schau doch selber hin, du Schwachkopf!« gab Sarah unfreundlich zurück. Sie wußte, daß er den Horizont nicht sehen konnte.

»Ist es eine Stadt? Sind Menschen da?«

Aber offenbar konnte auch Sarah nicht allzuviel sehen, denn sie sagte nichts mehr, bis Henry selber den bräunlichen Haufen Land erblickte, der vor ihnen lag. »Gott hat uns erhört«, sagte Henry.

»Ich hab's zuerst gesehen«, sagte Sarah.

»Gott hat es geschaffen«, erwiderte Henry stirnrunzelnd. Frauen vergaßen in einer Krise alle Grundsätze ihrer Erziehung.

»Sieht aus wie unsere Insel«, sagte Sarah mutlos.

»Kann ja nicht sein. Wir sind doch –« Doch nun sah Henry den schwarzen Fleck, der einmal ihr Haus gewesen war, und den kleineren schwarzen Fleck, wo der Hühnerstall gestanden hatte. Es war ihre Insel.

»Wir müssen wenden«, sagte Sarah resigniert.

»Nein!« Henry hievte sich auf zur Ruderpinne, bevor Sarah wenden konnte. »Nein, Sarah! Gott muß das gewollt haben. Jetzt werde ich –«

Achselzuckend überließ ihm Sarah das Ruder und langte nach ihrer Flasche. Die Flasche war leer, aber es war ein Trost, sie in der Hand zu halten.

Henry brauchte nicht zu steuern, denn der Wind brachte sie geradewegs an ihren Strand. Auch das war gewiß ein Zeichen von Gott. Gott würde ihnen nun zeigen, wie sie auf ihrer Insel überleben konnten. Frohsinn und Hoffnung stiegen in Henry auf, obgleich die Ehefrau zu seinen Füßen nur ein Jammerlappen war. Ewig lebt die Hoffnung! Er würde ein Paradies aus der Wildnis schaffen. Er würde ein Mittel finden, um Tura schneller wachsen zu lassen, und so ihrer beiden Leben retten. Wo ein Wille ist, da ist auch ein Weg!

Sarah sah ihn an und lächelte geringschätzig, als wisse sie, was in seinem Kopf vor sich ging.

»Habe ich vielleicht keinen Schaukelstuhl erfunden?« sagte Henry »Ich werde ein besseres Mittel zum Whiskymachen erfinden.«

Sarah lachte albern. Doch schon als der Bug des Bootes über den Sand scharrte, hatte Henry den ersten Einfall.

»Wir leeren das Boot aus!« sagte er zu Sarah. »Und dann füllen wir es bis oben hin mit Turabrei.«

Ursula Curtiss
Die alte Scheune am Weiher

An einem unwirtlichen, regenfeuchten Tag im März kam er zurück, aber es war keineswegs die triumphale Rückkehr, die er geplant hatte. Es war eine hastige, überstürzte Geschichte, wie wenn man grob auf eine Bühne hinausgestoßen wurde, noch ehe die erhobenen Trompeten einen einzigen Ton geschmettert hatten.

Conlons Brief – der Brief, der ihn veranlaßt hatte, Hals über Kopf von New York in diese ungastliche Gegend des ländlichen Neuengland zu reisen – war noch in seiner Tasche. Er hatte Conlon nie gemocht, aber der Architekt war Marians Vetter, und es hätte einen merkwürdigen Eindruck gemacht, wenn er den Auftrag zur Renovierung der alten Scheune einem anderen gegeben hätte. Und nun schrieb also Conlon: »... haben sich Freunde bei mir erkundigt, ob die Möglichkeit besteht, Ihr Haus hier für den Sommer zu mieten, eventuell auch zu kaufen. Da sie ein kleines Kind haben, würden sie gern den Weiher ablassen. Ich habe ihnen zwar gesagt, daß Sie das sicher nicht erlauben werden –«

Einen Moment lang hatten sich die mit Maschine geschriebenen Zeilen vor Howard Hildreths Augen verwischt – nur diese eine bohrende Bemerkung nicht.

Den Weiher ablassen.

Noch nicht, dachte er klar und deutlich, nicht nach erst sechs Monaten. In der Anonymität der öffentlichen Bibliothek in der 42. Straße hatte er einiges zu dem Thema nachgelesen und in Erfahrung gebracht, daß unter bestimmten Umständen – dabei spielten Wassertiefe, Niederschlagsmenge und andere klimatische Faktoren eine Rolle – ein Boden dieser Beschaffenheit sich sein Geheimnis nach Ablauf eines Jahres einverleibt haben konnte, immer vorausgesetzt, es fanden keine größeren Grabungen statt.

Aber noch nicht. Er hatte sich gleich niedergesetzt, um einen kurzen ablehnenden Brief zu schreiben, aber da sprang ihm eine andere Bemerkung aus Conlons Brief ins Auge: »... daß Sie das sicher nicht erlauben werden ...«

Eine bewußte Herausforderung? Man durfte nicht vergessen, daß Bill Conlon Marians Vetter war und damals verreist gewesen war. Am besten fuhr er hin, blieb ein, zwei Wochen, um so den Eindruck zu erwecken, daß er das Haus als ländlichen Zufluchtsort behalten wollte, in den er sich jederzeit zurückziehen konnte. Nur vor Conlon war das notwendig; die Leute aus dem Ort, da war er sicher, nahmen die Renovierung der Scheune als Beweis seiner Überzeugung, daß seine verschwundene Frau eines Tages wiederkehren würde.

Howard Hildreth, allein in seiner komfortablen Wohnung, schauderte bei dieser Vorstellung ...

Auf dem Bahnsteig empfingen ihn wohltuendes Getuschel – »Ist das nicht Howard Hildreth, der Theaterschriftsteller? Doch, ganz bestimmt, er ist es« – und allgemeines Kopfdrehen, das er nicht zu sehen vorgab. Er konnte allerdings nicht so tun, als sähe er Conlon nicht, der, den blonden Kopf ein wenig emporgereckt, über den Bahnsteig direkt auf ihn zuschritt. Conlon hatte Marians Augen, hellgrau, mit eigenwillig geformten Lidern; aber das war die einzige äußere Ähnlichkeit zwischen ihnen.

Hildreth bot Conlon die Hand und sagte mit scheinbarer Herzlichkeit: »Das ist aber wirklich nett. Ich hoffe, Sie haben nicht den ganzen Tag am Bahnhof verbracht?«

Conlon schickte einen suchenden Blick über den Bahnsteig. »Ehrlich gesagt, einer unserer Mitarbeiter sollte mit diesem Zug kommen, aber er scheint ihn verpaßt zu haben. Kommen Sie, ich nehme Sie im Wagen mit.«

Nach dem ersten Ärger über Conlons kalte Dusche war Hildreth erfreut; hier bot sich die Gelegenheit, seine Gelassenheit zu demonstrieren. Als sie in den Wagen stiegen, sagte er: »Ich kann schon verstehen, daß Sie dachten, ich würde diesen Sommer nicht heraufkommen. Ich hätte mich eher gemeldet, aber wir hatten ein paar Probleme mit dem Ensemble.«

Er erwartete, daß Conlon Interesse zeigen würde, doch der sagte nur: »Oh, unangenehm. Und das Stück läuft noch gut?«

»Sehr gut, danke.«

»Ganz besonders« – Conlon nahm mit Sorgfalt eine scharfe Kurve – »gefiel mir der dritte Akt. Das ist ein toller Knalleffekt. Arbeiten Sie an einem neuen Stück?«

»Ja. Gerade deshalb dachte ich, ein bißchen Ruhe und Frieden – Sie kennen ja New York«, sagte Hildreth stöhnend, und sein Ton sprach von Autogrammjägern, Bergen von Verehrerpost, Fluten von Einladungen.

Und teilweise stimmte es auch. »Der Schrei aus der Ferne« war jenes seltenste aller Dinge, ein Erstlingswerk, das es gleich zum Hit gebracht hatte, und das im Theaterzettel enthaltene Bekenntnis, daß es bis zu seiner Ausreifung acht Jahre gebraucht hatte, hatte ihm zusätzlichen Auftrieb gegeben. Acht Jahre – welche Beständigkeit! Kein Wunder, daß dieser glänzende dritte Akt wie ein von Meisterhand geschliffener Brillant funkelte. Das war kein zungenfertiger junger Schnellstarter, der sich auf die Produktion flotter Dialoge verstand, sondern ein wirklich begabter Schriftsteller, der an seiner Arbeit feilte und schliff wie an einem Edelstein.

Das sagten die Kritiker und die wichtigen Mäzene in der Theaterszene, und Howard Hildreth, den man in seiner kleinen Vaterstadt ausgelacht, dem man ein Darlehen abgeschlagen und den Strom ausgeschaltet hatte, trank den ganzen Winter seinen Champagner und vergaß die paar verzweifelten Stunden an der Schreibmaschine.

»... nicht ein einziges Wort«, sagte Conlon gerade, und Hildreth riß sich gewaltsam aus seinen Gedanken an das Stück, sein *Alter ego.* Sie hatten den Ort hinter sich gelassen und kletterten in sanftes, bewaldetes Hügelland hinauf, das, noch feucht vom Regen, jetzt unter klarem Himmel einen gelblichen Glanz hatte.

Hildreths Gedanken eilten zurück und fingen den Sinn der Worte seines Begleiters ein. Er sagte: »Ich auch nicht. Aber ich kann einfach nicht glauben – Sie kannten doch Marian ...«

»Für mich ist sie tot«, erklärte Conlon mit schonungsloser Offenheit, ohne den Kopf zu drehen. »Ich glaube, sie war schon tot, als die Polizei noch nach ihr suchte.«

»Aber – wo ...?« fragte Hildreth bestürzt.

Conlon deutete mit einer kurzen Geste auf die außergewöhnliche Landschaft. »Hier gibt es beinahe so viel Wasser wie Land«, bemerkte er. »Seen, Moore, und Flugsand auch noch. Wissen Sie noch, wie ihr vor Dingen graute, die im Wasser langsam zersetzt wurden?«

»Hören Sie auf!« rief Hildreth heftig. »Sie dürfen nicht von ihr reden, als wäre sie – außerdem war Marian glücklich, sie hätte niemals –«

»– Selbstmord begangen, meinen Sie?« sagte Conlon, als klar wurde, daß Hildreth den Satz nicht vollenden würde. »Das habe ich auch nie geglaubt. Wie Sie sagen, ich kannte Marian. Hier sind wir schon –«

In sachten Biegungen ging es abwärts. Unten, bei der Birkengruppe, etwa dreißig Meter von der Straße entfernt, war der Weiher, so rund und klar wie ein staunendes Auge, von Weiden bewimpert, die im nahenden Abend wie von Lampen angestrahlt wirkten.

Auf der anderen Seite des Sees, auf einer kleinen Anhöhe, stand der helle neue Bau, die renovierte Scheune, vor sechs Monaten noch alt und verwittert und mit einer windschiefen, braungestrichenen Tür. Kein Lüftchen regte sich; das

Haus und sein Spiegelbild stießen in unbewegter Stille aneinander.

Howard Hildreth sah sich um, und sein Herz begann in solchem Entsetzen zu rasen, daß er Angst hatte, er bekäme gleich einen Herzschlag. Mit zitternder Hand riß er an seiner Hornbrille und hörte Conlon neugierig fragen: »Ist Ihnen nicht gut, Howard?«

»Doch, doch. Diese verdammte Brille – der Arzt hat mir schon gesagt, daß ich eine neue brauche.« Allein die Anstrengung, ruhig zu sprechen, wirkte wie der Druck einer Zange auf sein Herz. »Die Renovierung ist Ihnen wirklich gelungen, Bill. Wunderschön. Auf den Fotos, die Sie mir geschickt haben, sieht man das gar nicht so. Wollen wir hineingehen?«

Die Auffahrt zum Haus war von Weiden abgeschirmt. Als Conlon ihm geholfen hatte, sein Gepäck hineinzutragen, konnte Hildreth in beinahe normalem Ton sagen: »So, da wären wir. Sie trinken doch ein Glas mit mir, nicht wahr?«

Conlon schüttelte den Kopf. Eine Hand schon auf dem Türknopf, sagte er: »Sarah – Sarah Wilde, Sie wissen schon – hat ein paar Grundnahrungsmittel heraufschicken lassen, so daß Sie bis morgen sicher nicht verhungern werden. Also dann –«

Hildreth drängte ihn nicht zum Bleiben. Ohne sich auch nur nach dem langen Atelierraum umzusehen, der den größten Teil des Erdgeschosses einnahm, blieb er an der offenen Tür stehen und wartete angespannt auf Conlons Abfahrt. Als die letzten Nachklänge des Motorengeräuschs seines Wagens verhallt waren, trat Hildreth aus dem Haus und ging in den einsamen, vom Quaken der Frösche erfüllten Abend hinaus.

Das Licht reichte noch aus – gerade noch –, ihm die gleiche erschreckende Vision zu zeigen. Auf der anderen Seite des Weihers stand die neue Scheune, strahlend hell, ohne die geringste Ähnlichkeit mit dem früheren verwitterten Braun. Doch zu seinen Füßen, auf der Wasserfläche glasklar umrissen, lag die alte Scheune, mit ihren Astlöchern und Wetterflecken und der breiten windschiefen braungestrichenen Tür.

Hildreth holte einmal tief und zitternd Atem. Niemand sah, wie er durch den Morast zum schilfbewachsenen Rand des Weihers stieg und eine Hand ins eisige Wasser tauchte. Die alte Scheune erzitterte unter den Weiden, kräuselte sich, war wieder still – aber es war immer noch die alte Scheune.

Er trank nicht – Marian hatte das getan –,aber er nahm ein Beruhigungsmittel und flüchtete sich zu seinen Besprechungen wie ein Kind in den Schoß der Mutter. Die »Times«, »Tribune«, »Daily News«, Zeitungen aus anderen Städten. »Gestern abend wurde uns Zuschauern im Odeon-Theater ein erfrischender Schock bereitet ...«

»›Der Schrei aus der Ferne‹ ist ein Glanzstück in einer Theatersaison, die bisher nur durch ihre Ereignislosigkeit aufgefallen ist ...«

»Hoffentlich müssen wir nicht wieder acht Jahre auf das nächste Hildreth – Stück warten ...«

Und da wußte er auf einmal, was ihm da draußen am Ufer des Weihers geschehen war. Autosuggestion, Halluzination – auf jeden Fall gab es dafür einen festen Ausdruck; wenn die Schönheit im Auge des Betrachters lag, dann galt das auch für andere Dinge. Er wußte, was sich unter diesem freundlich-ländlichen Wasserspiegel befand, und durch die unbewußte innere Spannung, die Reaktion auf Conlons Anwesenheit, hatte seine Retina die passende Kulisse hervorgebracht.

Unsichtbar für Conlon, trotz all seines Argwohns – und rückblickend mußte man wirklich sagen, daß der Mann nach Argwohn förmlich gerochen hatte. Conlon hatte zum Weiher geblickt und nichts Ungewöhnliches gesehen; ihm hatte das stille Wasser nur das Bild seines Werkes aus Stützbalken, Mörtel und cremehellem Anstrich gezeigt, und was eben sonst noch zur Renovierung eines alten Baus gehörte. Bei diesem Gedanken verspürte Hildreth eine Genugtuung, die in seinem gegenwärtigen Zustand der Erregtheit an Triumph grenzte.

Ein guter Witz, dachte er, während er das Steak briet, das Sarah Wilde ihm in den Kühlschrank gelegt hatte, wenn nur er, Hildreth, diesen wäßrigen Zeugen sehen konnte, ihn in Gegenwart der anderen betrachten, lässig sagen konnte: »Ein schöner Tag, nicht wahr«, während er ruhig und gelassen in ihrer Blindheit stand.

Aber am Morgen würde das Bild sowieso nicht mehr auf dem Weiher liegen. Es war schließlich nichts weiter gewesen als ein Produkt seiner überreizten Nerven, eine ruhige Nacht würde es auslöschen. Dennoch war er erschrocken und trank nach dem Essen vorsichtshalber keinen Kaffee. Nachdem er unten dunkel gemacht hatte, schaltete er das Licht auf der Treppe ein und ging zu seinem Schlafzimmer hinauf.

Und stand plötzlich einer Porträtaufnahme Marians gegenüber, die er nie gesehen hatte.

Als der erste Schreck sich etwas gelegt hatte, sah er, daß die gerahmte Photographie auf der Kommode gar kein Porträt war, sondern ein vergrößerter Schnappschuß, bei näherer Betrachtung verräterisch körnig und verschwommen. Es war eine Farbaufnahme, die eine lachende Marian zeigte. Flirrendes Sonnenlicht lag auf den Locken, die ihren schöngeformten Kopf umrahmten, spielte um den lachenden Mund, während der kurze, weiche, weiße Hals in Schatten getaucht war.

Die lachende Marian ...

... wie sie über sein Theaterstück gelacht hatte, das er ihr eigentlich erst hatte zeigen wollen, wenn das letzte Wort – Vorhang – geschrieben war. Wie sie lachend gesagt hatte: »Mein lieber Stückeschreiber, du willst mir doch nicht im Ernst sagen, daß du acht Jahre an diesem Ding rumgefummelt und die Pointe überhaupt nicht erfaßt hast? Am Schluß muß es Satire sein, verstehst du, du mußt das Publikum im dritten Akt überrumpeln, anstatt diese schwerfällige russische Düsternis endlos weiterzuführen! Das wäre ein irrsinniger Knalleffekt, und du könntest Annas Auftritt streichen, wo sie reinkommt und sagt« – sie drehte einen Finger in ihr Haar, das dazu viel zu kurz war – »na ja, wenn sie diese lange Leichenrede hält.«

Ihr Gesicht strahlte vor lachender Erregung.

»Warte nur, wenn ich Bill und Sarah sage, daß wir endlich das Mittel gefunden haben, der Odyssee ein Ende zu machen. Sie werden ganz – Howard, um Gottes willen! Ich wollte doch nur – Howar –«

Der volle Hals, so weich und schwach wie der eines Kindes ...

Am Morgen ging Hildreth zum Weiher, und die alte verwitterte Scheune war immer noch da, wabernd und verzerrt unter sachte fallendem Regen. Verwirrenderweise war er weder erschreckt noch bestürzt, nicht einmal sonderlich überrascht. Es war, als hätte irgendwann im Schlaf sein Hirn dieses Phänomen so bereitwillig angenommen, wie der Weiher Marian angenommen hatte.

Nach dem Frühstück telefonierte er mit einem Autoverleih, weil er sich einen Wagen mieten wollte, dann rief er Sarah Wilde an.

Bei Sarah, die ebenfalls in dem Haus in der East Tenth Street gewohnt hatte, hatte er Marian Guest kennengelernt. Sie waren beide Texterinnen bei derselben Werbeagentur, und obwohl Hildreth eine ausgeprägte Abneigung gegen Werbetexte und sämtliche Leute hatte, die sie verfaßten – sie waren von einer Oberflächlichkeit, die er entsetzlich fand –, hatte er die Bekanntschaft mit Sarah gepflegt, weil sie gute Beziehungen hatte. Eine ihrer Tanten war eine höchst erfolgreiche Schriftstellerin, und es hatte einem Theaterschriftsteller in spe noch nie geschadet, ein Entree zu einem Verlag zu haben. Er hatte Sarah im Aufzug angesprochen, das scheinbar zufällige Zusammentreffen mit ihr gesucht, ihr eines Tages einen Regenschirm geliehen und war schließlich zu einer Party in ihrer Wohnung eingeladen worden.

Und dort begegnete er Marian, die auf dem Boden hockte, obwohl es genug Stühle gab. Sie trug eine schwarze Hose und eine weiße Seidenbluse mit einer Sicherheitsnadel an der Stelle, wo eigentlich ein Knopf hätte sein müssen, und erklärte, das leicht nach rückwärts geneigte Profil vom Lampenlicht scharf umrissen, mit viel Temperament, wie sie sich das Veilchen über dem Auge und die Schramme an der Wange geholt hatte. Sie hatte ihren Hund George spazierengeführt und war über ein angeleintes Schaf gefallen.

»Der Mann behauptete, es wäre ein Bedlington-Terrier, aber das tat er nur, weil er sich geniert hat. Der arme George hat ihn gebissen, nicht den Mann, meine ich, und hat sich an den Haaren verschluckt.«

Obwohl noch zwei oder drei andere Frauen da waren, typische Madison-Avenue-Schönheiten, die aussahen, als wären sie gerade der Verpackung entstiegen, konzentrierte sich die Aufmerksamkeit auf Marian. Nach einer Weile sagte sie burschikos und ohne jede Schüchternheit zu Howard Hildreth: »Sie machen ein Gesicht, als wollten Sie gleich ein Ei legen. Was brüten Sie aus?«

»Ein Theaterstück«, antwortete er ihr distanziert, und vielleicht war es gerade diese Distanziertheit, die sie anzog, so wie die allgemein auf sie gerichtete Aufmerksamkeit ihn anlockte. Auf jeden Fall brachte er sie am Ende des Abends nach Hause, trank in ihrer Wohnung in der Barrow Street zahllose Tassen schwarzen Kaffee, während er ihr von seinem Stück erzählte. Er begann in herausforderndem Ton, auf Belustigung gefaßt, wenn sie hörte, daß er bereits drei Jahre an dem Stück arbeitete; doch sie hörte ruhig zu, und ihre hellen, klaren Augen waren so offen und ernsthaft wie die eines Kindes.

»Und was arbeiten Sie – ich meine, um zu leben?« fragte sie.

Als er ohne Beschönigung antwortete: »Ich bin Schuhverkäufer«, sah sie mit einer Art staunender Traurigkeit an ihm vorbei.

»Es muß wunderbar sein«, hatte sie gesagt, »sich für irgend etwas so stark engagieren zu können.«

Das war Marian, in einem einzigen Satz zusammengefaßt; selbst nach ihrer Heirat hatte sie ihm nie wieder etwas so Enthüllendes über sich selbst gesagt. Unter dem Einfluß ihrer Achtung vor seiner Hingabe hatte seine Arbeit, die für ihn immer das Wichtigste gewesen war, sich auch als das Wichtigste in seinem Leben zeigen dürfen. Bis sie abtrünnig geworden war …

Aber Hildreth hatte gelernt, seine Gedanken zu disziplinieren, und genau das tat er jetzt.

»Sarah«, sagte er ins Telefon, »ich habe ein ganz schlechtes Gewissen, daß ich dich nicht gestern abend schon angerufen habe, um dir zu sagen, wie gut mir die Einrichtung gefällt, die du für das Haus ausgesucht hast – und um dir für die Einkäufe zu danken, aber –«

»Gefällt es dir?« unterbrach ihn Sarah Wilde unbefangen. »Das freut mich. Es ist ein bißchen viel Lavendel, aber du sagtest ja extra –«

»Ja.« Hildreth betrachtete insgeheim erheitert die lavendelblauen Vorhänge, die lavendelblauen Kissen, rund, eckig und dreieckig, die auf der dunklen Couch lagen. Lavendel – Marians Lieblingsfarbe. Die skeptischen unter Marians Freunden würden nicht umhin können, sich zu sagen, nun, wenn er damit leben kann …

»Es hat etwas sehr Beruhigendes«, sagte er im Ton des loyalen Ehemanns, der für die kleinen Launen seiner Frau eintritt. »Sehr besänftigend. Übrigens, mir gefällt das Bild auf meiner Kommode.«

Plötzlich knisterte es zwischen ihnen vor Spannung.

»Ja, das Foto ist gut, nicht wahr? Ich hab es – warte mal, irgendwann im letzten Sommer, glaube ich, gemacht. Ich hatte es ganz vergessen, bis Bill Conlon es zufällig sah und meinte, du würdest dich über eine Vergrößerung sicher freuen.«

»Das war sehr aufmerksam von euch beiden«, sagte Hildreth völlig ruhig. »So sehe ich sie vor mir, weißt du. Lachend.

Bill wird dir wohl gesagt haben, daß ich die Hoffnung nicht aufgegeben habe.«

»Natürlich, das kann ich verstehen«, erwiderte Sarah in einem Ton, der etwas Künstliches hatte. Beide dachten sie in dem kurzen Schweigen, das folgte, an die vielen Fahrten, die er und Conlon gemacht hatten, um unidentifizierte weibliche Leichen zu besichtigen, deren körperliche Merkmale, und wenn auch nur ungefähr, mit Marians Beschreibung übereinstimmten. Es waren schreckliche Fahrten, und das war ganz nützlich; er war danach immer leichenblaß und völlig mitgenommen. Und mit jeder fruchtlosen Fahrt, das lag in der Natur der Sache, hatte sich die amtliche Überzeugung, daß Marian Hildreth tot war, verdichtet. Hildreth hörte Sarah an, daß auch sie es glaubte – womit sie natürlich ganz recht hatte.

Sie lenkte jetzt rasch vom Thema ab, indem sie vorschlug, man solle in dieser Woche einmal zusammen essen. Hildreth nahm ihre Einladung für den Donnerstagabend an und fügte mit einem kleinen Lachen hinzu, er hoffe, sie hätte nicht vor, einen offiziellen Anlaß daraus zu machen; er wäre heraufgekommen, um mit seinem neuen Stück anzufangen.

»Nein, ich lade nur zwei oder drei Leute ein«, beruhigte ihn Sarah. »Ich habe dir doch gesagt, nicht wahr, wie gut mir ›Der Schrei aus der Ferne‹ gefallen hat? Ich dachte, ich wüßte, was im dritten Akt kommt, aber das war ja eine köstliche Überraschung. Da hat es mir nicht einmal etwas ausgemacht, gründlich hereingelegt worden zu sein.«

Hildreth dankte ihr ein wenig distanziert, und nicht das kleinste Kribbeln der Beunruhigung durchlief seine Nerven. Er vermutete, daß Sarah und Conlon, die noch vor sechs Monaten bloße Bekannte gewesen waren, noch vor Ende des Jahres heiraten würden, aber daß sie das Stück zweifellos zusammen gesehen hatten, spielte keine Rolle. Sie konnten nicht sagen, der letzte Akt klingt nach Marian, weil Marian, soweit sie wußten, das Manuskript nie zu Gesicht bekommen hatte. Tatsächlich hatte sie zwei oder drei Tage vor jenem letzten Abend mit Bitterkeit gesagt: »Howard glaubt, ich verzaubere ihm sein Baby mit dem bösen Blick, wie eine Zigeunerin ...«

(Was für eine prachtvolle Anekdote wäre es gewesen, was für ein unwiderstehlicher Leckerbissen für die Klatschkolumnisten – denn Marian konnte nun mal keine Geheimnisse für sich behalten –, wenn herausgekommen wäre, daß Howard Hildreth acht Jahre lang unermüdlich an seinem Stück herumgeschustert hatte und daß seine Frau dann, die nie etwas anderes geschrieben hatte als Lobpreisungen auf Kunststofffliesen und Reißverschlüsse, innerhalb einer einzigen Stunde die satirische Wendung aus dem Ärmel geschüttelt hatte, die das Stück zum großen Erfolg machte.)

Allein bei dem Gedanken kam Hildreth die Übelkeit hoch. Obwohl seine Reiseschreibmaschine mit einem frischen Pakken Papier daneben auf dem Schreibtisch am anderen Ende des Ateliers bereitstand, trat er in den sachte fallenden Regen hinaus und ging zum Weiher. Dort war die alte Scheune, leise zitternd unter den fallenden Tropfen, und er spürte, daß er auf eine schreckliche Weise Kraft aus dieser geheimen Vision zog, die da unter den Weiden seiner Blicke harrte und allem Anschein nach seiner allein.

Der Gedanke an beginnenden Wahnsinn schoß ihm durch den Kopf, doch als er sich hastig umsah, war alles andere klar und normal wie immer. Wenn Marian vorhatte, sich nach ihrem Tod zu rächen ...

Mit einem Ruck richtete er sich auf.

Am Nachmittag war er nett und freundlich zum Redakteur der Lokalzeitung, mit dem Ergebnis, daß in der Ausgabe am nächsten Morgen das Foto von ihm veröffentlicht wurde, das er am liebsten hatte. Er hielt sinnend seine Hornbrille in der Hand, einen Bügel umgeknickt, das Gesicht im Halbprofil, so daß das Doppelkinn, das er sich seit dem Ende der mageren Jahre zugelegt hatte, beinahe nicht zu sehen war.

»... sich zu seinem neuen Stück inspirieren zu lassen«, hieß es in dem Bericht darunter stolz, und weiter, »die Einwohner unserer Stadt werden sich an das noch immer ungeklärte Verschwinden Marian Hildreths vor sechs Monaten erinnern. Mrs. Hildreth, achtunddreißig, sagte am späten Abend des 4. Oktober 1963 zu ihrem Mann, sie wolle noch einen Spaziergang machen. Sie kam nie zurück, und es wurde seither auch keine Spur von ihr gefunden. Mr. Hildreth ist der festen Überzeugung, daß seine Frau noch am Leben ist, möglicherweise an Gedächtnisverlust leidet ...«

Hildreth las mit stillem Genuß den Rest – wie der Weiher auf dem Landsitz ergebnislos abgesucht worden war. Tatsächlich hatte die Polizei sich da einfach über seine Einwände hinweggesetzt: »Aber hören Sie mal, sie ist bestimmt nicht in einen Teich gefallen, an dem sie nun seit fünf Jahren wohnt.« Und natürlich war auch die bemüht taktvolle Frage nicht ausgeblieben: »Mr. Hildreth, Ihre Frau war nicht vielleicht – äh –«

Denn Marians Hang zu mehr oder weniger verrückten Eskapaden war der örtlichen Polizei natürlich nicht unbekannt. Man zeigte sich ihr gegenüber tolerant, gelegentlich auch nachsichtig – das war die Wirkung, die sie auf die meisten Leute hatte; aber angesichts der gegebenen Umstände konnte man die Möglichkeit eines tragischen Unfalls infolge einer beschwipsten Laune nicht ausschalten.

»Nein«, hatte Hildreth mit durchsichtiger Heftigkeit gesagt. »Natürlich, es kann sein, daß sie nach dem Essen ein oder zwei Gläser getrunken hat ...«

Er wußte, hatte es schon im Moment ihres Todes gewußt, daß der Ehepartner im allgemeinen der Hauptverdächtige ist. Doch das hatte für den kleinen Ort Ixton in Connecticut nicht gestimmt. Wenn es auch nur den leisesten Hinweis auf Zwistigkeiten, auf Seitensprünge des einen oder anderen Ehepartners gegeben hätte, wenn Aussicht auf eine Erbschaft bestanden hätte oder auch wenn Marians Leben versichert gewesen wäre, hätte die Polizei wahrscheinlich gründlichere Nachforschungen angestellt. So aber marschierten die Beamten an den in Sackleinwand gehüllten Eiben, den in Sackleinwand gehüllten Rosen, Marians in Sackleinwand gehüllter Leiche vorbei und verkündeten, daß sie den Weiher mit einem Schleppnetz absuchen würden.

Dieses Unterfangen brachte ihnen zwei uralte Autoschläuche, ein verrostetes, mit Scharnieren versehenes Ding, das früher einmal die Kühlerhaube eines Kabrioletts gewesen war, ein rostiges, zerfressenes Ölfaß und eine riesige Menge Bierdosen. Wäre die Polizei gleich nach Einbruch der Dunkelheit noch einmal gekommen, als die Leiche zwischen den vermummten Eiben aus ihrer Verhüllung von Sackleinwand genommen und dem nunmehr ganz offiziell harmlosen Weiher übergeben worden war ... Aber wie vorauszusehen war, hatte sie das nicht getan.

Es gab jetzt keinen Grund mehr, den Weiher mit Netzen abzusuchen – nein, dachte Hildreth, wenn sie das tun wollten, brauchten sie eine gerichtliche Verfügung. Und um eine gerichtliche Verfügung zu erwirken, brauchten sie Beweismaterial.

Das eben war das Sicherheitsmoment bei einem im Affekt begangenen Mord. Die gerissensten Planer – Hildreth lehnte das Wort Mörder ab – waren über mühsam ausgetüftelte Zeitpläne, unerwartete Briefe, ein Wort düsterer Vorahnung, das irgendwo gefallen war, gestolpert. In diesem Fall konnte nichts dergleichen passieren. Weder er noch Marian hatte bis zu dem Moment ihres gackernden Gelächters, mit dem sie die Verschwiegenheit und die Ernsthaftigkeit seiner Arbeit in den Schmutz gezogen hatte, gewußt, was kommen würde.

Das Schlimme war nicht, daß Marian ihrer Neugier nachgegeben und es irgendwie fertiggebracht hatte, die Schreibtischschublade aufzusperren, in der sein Manuskript lag; das Schlimme war auch nicht, daß sie sich, wenigstens vorübergehend, unter die Leute eingereiht hatte, die ihn so belustigend fanden wie einen dummen August. Das Schlimme war, daß sie recht hatte. Wie jemand, der gewissenhaft an einem großen Teppich arbeitet, hatte er Stich um Stich getan und dabei den großen Zusammenhang aus dem Blick verloren, der Marian augenblicklich ins unbefangene und mutwillige Auge gesprungen war.

Es war, als ob ... Er konnte es damals nicht sagen, weil seine Logik in Rauch aufgegangen war wie Zellophan in einer Flamme. Später, als er ruhiger war, konnte er sich mit einer Frau vergleichen, die nach langen, schweren Wehen zusehen muß, wie der Arzt den Säugling vergnügt in sein eigenes Haus trägt.

Aber es gab keine Hinweise, und er würde sich nicht überlisten oder in eine Falle locken lassen. Sein Besuch hier – der erste seit den ungefähr fünf Wochen, nachdem er Marians Verschwinden gemeldet hatte – würde seine Unschuld beweisen. Nicht der Polizei – da machte er sich keine Sorgen –, aber Bill Conlon und Sarah Wilde, den einzigen Menschen, die, da sie Marian nahegestanden hatten, vielleicht ...

In dem hellen Atelier mit den weißen Wänden und der in Schwarz und Lavendelblau gehaltenen Einrichtung schob Hildreth das gelbe Schreibpapier neben seiner Maschine hin und her, aber weder an diesem Morgen noch am nächsten noch an einem der folgenden Morgen begann er mit der Vorarbeit zu seinem neuen Stück.

Er sagte sich selbst zu seiner Verteidigung, daß er monatelang unter starker seelischer Belastung gelebt hatte; davon erholte man sich nicht von einem Tag auf den anderen. Außerdem hat der Erfolg bei den Kritikern etwas Lähmendes; unweigerlich kehrte man immer wieder zum ersten Werk zurück, um das magische Element zu finden, das den Erfolg gebracht hatte, und unweigerlich fürchtete man den Vergleich mit einem zweiten Werk.

Zu keiner Zeit gestattete er sich die Überlegung, daß es unter den Theaterschriftstellern ebenso wie unter den Romanciers Leute gab, die nie mehr als ein einziges Werk zustande gebracht hatten, und daß sein einziges Stück noch jetzt unfertig in der Schublade läge, wäre nicht Marians frecher Witz gewesen. Doch kam, als er mit leerem Hirn vor der Schreibmaschine saß, ein Moment, wo er dachte: Sehe ich aus wie der Weiher? Da stand er auf und ging durchs Zimmer, um sich im Spiegel zu betrachten.

Aber nein, er hatte sich nicht verändert, trotz des feinen Bebens der Furcht, das ihn durchrann. Und wenn er die Wahrheit im See sehen konnte, dann konnte er sie doch auch an sich selbst sehen? Gewiß, er war dicker geworden, aber seine dunklen Augen hatten den alten ernsthaften Ausdruck, seine Augenbrauen waren düster in ihrer Geradheit, noch immer hing ihm eine Schmachtlocke – jetzt von seinem New Yorker Friseur kultiviert – in die Stirn.

Doch als er lange genug und angespannt genug in den Spiegel starrte, das Gesicht ganz nahe an ihn heranschob, spähten winzige kleine Howard Hildreths aus den Pupillen, und hinter ihnen –

Ah, hinter ihnen …

Er entwickelte eine Art triumphierende Leidenschaft für den Weiher. Er sah ihn voll schwimmender Wolken oder in einem plötzlichen Windstoß von nervösen kleinen Wellchen gekräuselt. Er sah die verwitterten Balken und die braune Tür sich unter den Wellen verziehen und auflösen, die Wasserflöhe oder vielleicht Frösche geschlagen hatten. Während er so tat, als hätte er auf einem Spaziergang eine Zigarettenpause eingelegt, beobachtete er die vorüberkommenden Autos, die die Fahrt verlangsamten, um einen bewundernden Blick auf das saubere helle Haus hinter dem weidenverhangenen Weiher zu werfen, und keiner der Wagen kam mit einem schreckhaften Ruck zum Stehen, niemand schrie.

Hildreth hatte eine Polaroid, und eines Nachmittags machte er zur Probe eine Aufnahme des Weihers. Conlons Photographien hatten nichts Ungewöhnliches gezeigt, diesmal aber war er es, der den Auslöser betätigte. Der Tag war wie geschaffen für einen Farbfilm – die Weiden spielten grün um das runde Auge aus Wasser, das ruhig und wie Emaille glänzend dalag.

Wäre es nicht komisch, dachte Hildreth, während er aufgeregt bis sechzig zählte, wenn nur der Apparat und ich –?

Er war gerade dabei, das Papier abzuziehen, als Sarah Wilde neben ihm sagte: »Oh, darf ich mal sehen?«

Die Aufnahme mitsamt dem Deckblatt flatterte zu Boden.

Hildreth sah nur flüchtig Sarahs weiße Wange, hörte nur den Anfang ihres bedauernden »Ach, das tut mir leid, ich wollte nicht –«, ehe er sich bückte und ihr mit knapper Not auswich. Wenn nötig, hätte er seinen Fuß auf die Aufnahme gestellt. Er hob sie auf und wandte sich ab, wobei er einen künstlichen Hustenanfall produzierte, während er das Deckblatt ganz abzog. Eine Sekunde später drehte er sich wieder um, sagte: »Nicht schlecht, wie?« und reichte Sarah die völlig harmlose Farbaufnahme. Nein, nicht der Photoapparat und er – nur er allein.

Sarah, dachte er aufmerksam, war eine bemerkenswert schöne junge Frau. Die gesenkten Wimpern schimmerten silbrigbraun, das seidige Haar hatte eine etwas tiefere Brauntönung; dazu graue Augen. Mit dem leuchtendroten Lippenstift als Kontrapunkt zu den natürlichen Aquarelltönen war sie überall eine auf unaufdringliche Art auffallende Erscheinung.

»Sehr gut geworden«, sagte sie und reichte ihm das Foto zurück. »Der Weiher ist wirklich schön, nicht wahr? Und besonders jetzt.«

Sie blickte auf das runde Wasser hinaus, dann zurück zu Hildreth, der, ihrem Blick folgend, immer noch die alte Scheune im ruhigen Spiegel sah. Durch seinen Hals rann ein nervöses Zittern. Um einen wilden Impuls, laut zu lachen, zu zügeln, sagte er im nachdenklichen Ton des Landbesitzers: »Er hat ziemlich viel Wasser, aber diesen Monat hat es hier auch recht stark geregnet, nicht wahr?« und ließ die Aufnahme wie beiläufig in seine Tasche gleiten.

»Ja, das Wasser ist hoch«, sagte Sarah in ihrem eigenen nachdenklichen Ton, und es konnte keinen Zweifel geben: In den Augen, die vom Weiher zu seinem Gesicht blickten, war eine Art – Zweifel? Herausforderung?

Hildreth sagte kühl: »Tja, wenn du mich jetzt entschuldigst, ich muß an die Maschine zurück.« Damit setzte er sich in Bewegung.

»Warte, beinahe hätte ich vergessen, weswegen ich überhaupt gekommen bin.« Sarah griff in ihre Handtasche. »Hier – der Postbote hat das in meinen Kasten gesteckt statt in deinen. Muß toll sein, Verehrerpost zu bekommen. Vergiß das Essen heute abend nicht – die Bar ist ab halb sieben offen.«

Es war kein Verehrerbrief, den Hildreth öffnete, als der rote Volkswagen hinter der Hügelkuppe verschwunden war, sondern eines jener Schreiben, wie sie, das hatte die Polizei gesagt, in Mengen auf das Verschwinden eines Menschen zu folgen pflegten. Dieses war von »jemandem, der helfen kann« und versprach, ihn gegen Bezahlung von zweihundert Dollar, die an das angegebene Postfach in Vermont geschickt werden sollten, mit seiner verschwundenen Frau in Verbindung zu bringen.

Das Lästige an solchen Mitteilungen war, daß sie nicht einfach ignoriert werden konnten – zumindest nicht von einem Mann, in dem angeblich die Hoffnung niemals erlosch. Hildreth setzte sich wieder, um die Standardantwort zu schreiben, in der er dem Schreiber dankte und ihm mitteilte, daß er den Brief dem Ermittlungsbeamten übergeben werde, und dachte zornig, daß es gegen so etwas ein Gesetz geben müßte.

Der Nachmittag verstrich langsam. Conlon rief an, um ihm zu sagen, daß ein Installateur vorbeikommen würde, um irgend etwas im unteren Bad zu richten, und Hildreth erwiderte gereizt: »Also wirklich, Bill, Sie müssen mir schon verzeihen, aber ich dachte, das wäre inzwischen alles erledigt. Mitten in der ersten Szene ist man nicht gerade dazu aufgelegt, Installateure zu empfangen.«

Etwas später besänftigte ihn das Auftauchen einer Delegation der örtlichen Schülerzeitung, die demütig um ein Foto mit seiner Widmung für die Sonderausgabe zum Schulabschluß bat. Eines der langhaarigen, großäugigen Mädchen wagte sich recht nah an seine Schreibmaschine, in der Hildreth umsichtigerweise ein beschriebenes gelbes Blatt zu stecken hatte – die Eröffnungsszene von ›Der Schrei aus der Ferne‹ –, und er sagte sofort streng: »Bitte nicht – ich bin da ziemlich empfindlich, wenn ich gerade mitten in der Arbeit bin.«

Das erhöhte nur ihre Ehrfurcht. Aber er hatte genug, dachte Hildreth, als er sie zur Tür brachte; er hatte genug von der Speichelleckerei der Leute. Als er mit hochmütiger Miene in dem einzigen Geschäft, das sie führte, ein paar Delikatessen eingekauft hatte, hatte er das devot lächelnde Gesicht des Geschäftsführers gesehen, der ihm erst ein Jahr zuvor mit einer Klage gedroht hatte, falls er seine Rechnung nicht sofort bezahlen würde.

Im Ort grüßte ihn jeder mit Hochachtung. Er hatte Einladungen zu den Honoratioren erhalten, die er durchweg abgelehnt hatte. Was wichtiger war, überall hatte man ihn ohne eine Spur von Argwohn aufgenommen; wenn neben der allgemeinen Bewunderung noch etwas anderes Platz hatte, so war es eine Art verlegenen Mitleids mit dem tapferen Mann, der die Hoffnung nicht sinken ließ.

In ein oder zwei Tagen, wenn er Bill Conlon und Sarah Wilde und allen anderen klargemacht hatte, daß ein Verkauf oder auch nur eine Vermietung seines Landsitzes mit dem hübschen, tödlichen Weiher nicht in Frage kam, konnte er nach New York zurückkehren.

Kein Wunder, daß es ihn erschreckte, als mitten in all diese behaglichen Überlegungen um kurz nach drei ein Anruf von einem Sergeant Fisk von der örtlichen Polizeidienststelle platzte. Ein paar kleine Mädchen, die auf einer Wiese am Ortsrand beim Blumenpflücken gewesen waren, hatten eine lederne Damenhandtasche und einen Teil eines Kleides mit verdächtigen Flecken entdeckt; ob Hildreth auf die Dienststelle kommen und sich die Sachen einmal ansehen könne?

»Aber selbstverständlich«, antwortete Hildreth, während er zornig zum Fenster hinausblickte. »Wenn sie allerdings die ganze Zeit im Freien gelegen haben, sind sie wahrscheinlich ziemlich –?«

»Nein, Sir, die Sachen lagen in der Ritze einer Mauerruine. Sie sind noch in recht gutem Zustand. Auf jeden Fall erkennbar.«

»Gut, ich fahre sofort los«, versprach Hildreth und mischte gerade genug Grauen in seinen entgegenkommenden Ton.

Auf der Polizeidienststelle bat man ihn zu warten, Sergeant Fisk würde gleich kommen.

Um vier Uhr war Sergeant Fisk noch immer nicht gekommen; um halb fünf Uhr stapfte Hildreth wutschnaubend zu dem uniformierten Beamten am Klappenschrank und sagte scharf: »Ich bin auf Bitte von Sergeant Fisk hierhergekommen, um ein paar Sachen zu identifizieren. Ich kann nicht länger warten. Bitte richten Sie ihm aus –«

»Augenblick, Sir«, gab der Polizeibeamte seelenruhig zurück, stöpselte ein und fragte nach Sergeant Fisk. »Hier ist ein Mr. Hildreth, der schon seit – okay, ich sag ihm, daß er reingehen kann.«

Doch als Hildreth Sergeant Fisks Büro betrat, wurde ihm mitgeteilt, daß Handtasche und Kleiderrest an Lieutenant Martin weitergegeben worden waren, um zu klären, ob eine Verbindung zu dem spurlosen Verschwinden eines Ehepaars aus Colorado vor vier Monaten bestand. Hildreth zügelte seinen Zorn und ging mit dem Sergeant zu Martin. Er war schließlich, das durfte er nicht vergessen, ein Mann, der alles zu tun bereit war, um einen Hinweis auf das Schicksal seiner Frau zu finden.

Kurz nach fünf Uhr betrachtete er eine vermoderte dunkelblaue Handtasche, leer, und das zerrissene Oberteil samt Ärmel eines ehemals gelben Wollkleides und widerstand nur mit Mühe der Versuchung. Warum nicht einfach sagen, ja, die Sachen haben meiner Frau gehört, die Hände vors Gesicht schlagen und Schluß damit?

Weil Marian niemals Gelb getragen hatte, dachte er mit einem Gefühl, als wäre er im letzten Augenblick vom Rand des Abgrunds zurückgetreten; sie hatte immer gesagt, in Gelb sehe sie aus wie die wandelnde Migräne. Und weil im Lederfutter der Handtasche noch etwas zu erkennen war, das leicht die fast ausgelöschte Spur eines Namens oder Monogramms sein konnte. Hildreth hatte einiges darüber gelesen, was moderne Polizeilaboratorien heutzutage mit solchen Spuren anzufangen wußten. Er schüttelte also den Kopf und sagte: »Die Sachen sind nicht von meiner Frau.« Und mit einem Schaudern angesichts der Flecken auf der modrigen gelben Wolle: »Gott sei Dank.«

Drei Stunden, dachte er, als er wütend durch den regnerischen Abend fuhr; drei Stunden für einen Gang, von dem er von vornherein gewußt hatte, daß er umsonst sein würde, den abzulehnen er sich aber nicht hätte leisten können. Gerade noch genug Zeit, um sich für das Abendessen bei Sarah Wilde umzuziehen – und dann nichts wie weg von hier, gleich morgen.

Der Gedanke machte ihn wieder ruhiger, genau wie der flüchtige Blick auf die alte Scheune, deren Bild im letzten Licht zitternd auf dem See lag, als er zu Sarah fuhr. Sarahs großes, ungezwungen freundliches Wohnzimmer – zwei ineinander übergehende Räume in einem sehr alten Haus – und der wohltuende Kontrast zwischen dem lodernden Feuer im offenen Kamin und dem kalten Regen, der an die Fenster trommelte, hellten seine Stimmung weiter auf.

Die anderen Gäste waren schon da, alle mit Gläsern in den Händen – Conlon, ein Ehepaar namens Slater und Mrs. Slaters attraktive Schwester, die gerade zu Besuch da war.

Hildreth taute auf, sein Körper entspannte sich, seine Stimmung lockerte sich. Er hatte das Gefühl, die Slaters zu kennen, als er mit ihnen bekannt gemacht wurde, aber wahrscheinlich war er ihnen irgendwann einmal am Bahnhof oder in einem Laden am Ort begegnet. Er registrierte beifällig, daß Sarah für den Abend offenbar eine Hilfe engagiert hatte, denn in der Küche hörte man es rumoren, während Sarah im kleinen Schwarzen mit Perlenkette neben Conlon auf der Couch saß.

Bei den seltenen Gelegenheiten, wo er und Marian Gäste gehabt hatten, war Marian dauernd wie eine Verrückte zwischen Küche und Wohnzimmer hin und her geschossen, hatte entweder entsetzt gerufen: »Mein Gott, hat jemand auf die Bohnen aufgepaßt? Nein, natürlich niemand!« oder verlegen gefragt: »Wir mögen doch alle lieber Muskat als Pfeffer im Kartoffelpüree, nicht wahr?«

Sarah hatte den Kopf gedreht und sah ihn an; offenbar hatte ihn jemand etwas gefragt. Hildreth wischte sich mit einem Taschentuch über seine plötzlich feuchte Stirn und sagte: »Ich bin doch ganz schön naß geworden – schlimmer, als ich dachte.« Damit stand er auf und stellte sich ans Feuer.

Der schlimme Moment war schon vorbei, und Sarah half ihm weiter darüber hinweg, indem sie bemerkte: »Du hast gesagt, daß du diesmal vielleicht nicht lange hier bist, Howard, deswegen gibt es heute dein Lieblingsessen – du weißt schon, was du im Restaurant niemals bestellst.«

»Sag bloß nicht –?« rief Hildreth entzückt, aber es gab tatsächlich Forelle, goldbraun und knusprig die Haut, weiß und saftig das Fleisch, im Geschmack delikat abgerundet mit einem Hauch feiner Kräuter. Er aß mit bewußtem Genuß und erlag erst gegen Ende des Essens seiner alten Gewohnheit, Leute, die er nicht kannte, mit einer Geschichte auszustatten.

Die ungewöhnlich gutaussehende Schwester aus New Haven – sie hieß Vivian Hughes – schien ihm jene Art von Frau zu sein, die, als junges Ding überzeugt, jeden Mann haben zu können, am Ende gar keinen abbekommen hatte; die Art und Weise, wie sie ständig den Kopf drehte, hatte etwas erzwungen Anmutiges, und um die wirklich auffallend grünen Augen zogen sich feine Linien der Unzufriedenheit.

Mrs. Slater kam als Testperson für seine Menschenkenntnis eigentlich nicht mehr in Frage, da sie sich vorher durch eine Bemerkung über ihre kleinen Zwillinge, die sie in der Obhut einer Babysitterin zurückgelassen hatte, sowie durch ihre Ungezwungenheit abgestempelt hatte. Sie war die neue und im großen und ganzen beste Art von Mutter, dachte Hildreth beifällig; schlank, liebenswürdig, intelligent, hob sie sich ihre mütterlichen Neigungen ausschließlich für den heimischen Herd auf.

Slater? Hildreth sah durch Kerzenschimmer zu dem anderen Mann hinüber, der vielleicht ein, zwei Jahre jünger war als er selbst. Das schmale, gebräunte Gesicht schien zu verraten, daß der Mann viel im Freien war, alles andere jedoch deutete auf einen Mann in leitender Position. Er sah ihn weiter an, und wie auf einem belichteten Foto, das sachte in der Entwicklerflüssigkeit hin und her schwappte, begannen sich Umrisse zu zeigen.

Ein Schreibtisch, nicht aus dem Holz der Chefetage geschnitzt, sondern aus verkratzter Eiche. Zwei Telefonapparate darauf. An einer Tür ein Mann in Uniform, der sagte: »Ja, Sir, sofort«, dann durch einen Korridor davoneilte.

Ja, Slater war ein Polizeibeamter oder Kriminalbeamter, den er im ersten Stadium der Ermittlungen vor sechs Monaten einmal gesehen haben mußte, mit dem er vielleicht sogar gesprochen hatte. Und Sarah und Conlon hofften, daß ihn diese Begegnung zu Tode erschrecken und dazu führen würde, daß er die Fassung verlor. Das war der einzige Zweck dieses netten, freundschaftlichen Abends.

Wie enttäuscht sie sein mußten. Hildreth rührte seelenruhig in seinem Kaffee. Bis sechzig Sekunden vor Marians Tod hatte ein Mordmotiv überhaupt nicht existiert, und es gab nicht einen einzigen Hinweis. Die Aufmerksamkeit genießend, die, wie er wußte, auf ihn gerichtet war, sagte er in sattem Ton: »Ein köstliches Essen, Sarah. Ich weiß nicht, wann ich das letzte Mal eine solche Forelle gegessen habe.«

Und Sarah antwortete: »Noch nie, mein Lieber.« Sie beugte sich im Kerzenlicht ein wenig vor. Ihr Blick war kalt. »Die Forelle war aus deinem Weiher, Howard, und wurde heute nachmittag gefangen, während du auf der Polizeidienststelle warst. Du wußtest nicht, daß Marian, kurz bevor sie – verschwand, den Weiher mit Forellen besetzen ließ, als Geburtstagsgeschenk für dich, weil du Forelle so gern ißt, aber den Restaurantköchen nie traust. Wir erfuhren es auch erst, als der Bekannte, der ihr den Gefallen tat, vor zwei Wochen hier war, um Bill zu besuchen.«

Hildreth hatte das Gefühl, als wäre sein Hals in einem dieser hohen steifen Kragen gefangen, die Leute mit Halswirbelgeschichten tragen mußten; er war nicht imstande, den Kopf zu drehen, nicht einmal, als er Conlon sagen hörte: »Prachtvolle dicke Forellen, dachte ich, aber faul. Sie haben auf alles gebissen.«

... während er auf der Polizeidienststelle gesessen hatte, von einem abgekarteten Anruf dort hingelockt.

»Ihr alle habt Forellen gegessen«, rief Hildreth triumphierend in den Kerzenschein, der angefangen hatte zu zittern und sein Gesicht zu erhitzen. »Ihr alle –«

»Nein. Wir hatten Flußbarsch vom Markt«, unterbrach ihn Sarah, und während sie seinen Blick festhielt, trat auf ihre Stirn ein kaltes Leuchten, und ihr Mund schien zusammengepreßt, als wollte sie einen Schrei unterdrücken.

Da versanken sie alle für Hildreth. Er senkte den Blick, doch anstelle seiner Kaffeetasse sah er seinen Teller mit den sauberen nadeldünnen Gräten, von denen all das saftige weiße Fleisch abgelöst worden war. Marians weicher weißer Hals, und die geschäftigen, neugierigen, knabbernden Mäuler auf dem Grund des Weihers, und das pralle Tier, das man ihm auf den Teller gelegt hatte –

Er hörte, wie sein Stuhl krachend nach rückwärts stürzte, er hörte den erstickten Schrei des Entsetzens, der aus seiner eigenen Kehle kam, als er blindlings aus dem Zimmer stürzte, weil er sich übergeben mußte; und er hörte wie durch eine Nebelwand Slaters Stimme: »... sieht ganz danach aus. Scheint mir eindeutig. Wir gehen gleich morgen früh an die Arbeit.«

Nedra Tyre
Rezept für eine glückliche Ehe

Heute ist einfach nicht mein Tag.

Dabei ist es noch nicht einmal Mittag.

Vielleicht wird es ja besser.

Auf jeden Fall wäre es blöd, sich aufzuregen.

Dieses Mädchen, das vorhin kam, um mich zu interviewen, war eigentlich ganz nett. Ich hatte sie bloß nicht erwartet. Und ganz sicher hatte ich nicht erwartet, daß Eliza McIntyre so früh am Morgen in mein Schlafzimmer stolpern und ihre Rosen mit einer Miene auf meinen Nachttisch stellen würde, als ob ich meinen Fuß einzig und allein gebrochen hätte, damit sie mir um halb acht Uhr morgens einen Blumenstrauß bringen muß. Sie kam zwar oft genug, seit ich meinen Fuß gebrochen habe, aber nie vor elf oder zwölf.

Diese junge Frau vom »Bulletin« ließ sich sofort nieder, und ehe sie noch ihren Rock glattgestrichen oder ihre Beine gekreuzt hatte, schaute sie mir direkt ins Gesicht und fragte, ob ich ein Rezept für eine glückliche Ehe hätte. Ich finde, sie hätte zumindest damit anfangen können, daß es ein schöner Tag sei, oder damit, wie es mir ginge, vor allem, da es so offensichtlich war, daß ich einen gebrochenen Fuß hatte.

Ich sagte ihr, daß ich ganz bestimmt kein Rezept für eine glückliche Ehe hätte, aber gerne wüßte, warum man mich fragte, und sie sagte, es sei bald Valentinstag, und sie sei beauftragt, einen Artikel über die Liebe zu schreiben. Da ich über Liebe mehr wissen müßte als sonst jemand in der Stadt, hätten sie und der Redakteur gedacht, meine Ansichten sollten an wichtigster Stelle in dem Artikel stehen.

Ihre Erklärung verblüffte mich mehr als ihre Frage. Aber was auch immer ich sonst sein mag, gutmütig bin ich jedenfalls. Ich nehme an, es war mein gebrochener Fuß, der mich reizbar machte.

In diesem Moment war über die Hintertreppe Elizas Gekicher aus der Küche zu hören und gleich danach das Gelächter meines Mannes, und ich hörte Geschirr klappern und Töpfe klirren, und all das steigerte meine Reizbarkeit noch.

Wenn ich etwas nicht leiden kann und nie habe leiden können, dann ist es, wenn jemand in meiner Küche ist. Bleibt raus aus meiner Küche, das ist mein Motto. Die Leute nehmen immer an, sie würden die Sachen wieder an den richtigen Platz stellen, aber das tun sie nie. Ich erinnere mich gut, wie Tante Mary Ellen sagte, sie wolle uns nur rasch eine Tasse Tee machen und ein paar Zitronenscheiben dazu schneiden. Ich hätte den Tee genausogut machen können wie sie, aber sie ließ mich nicht. Ich konnte zwar überhaupt keinen Unterschied zwischen ihrem Tee und meinem feststellen, aber sie räumte mein Lieblingsmesser so gut weg, daß es erst acht Monate später unter einem Haufen von Raffeln und Reiben wieder auftauchte. Das ist gut zwanzig Jahre her, und Tante Mary Ellen liegt seit zehn Jahren im Grab, aber trotzdem denke ich noch immer an dieses Messer und vertrage es schlecht, wenn jemand in meiner Küche hantiert.

Die junge Frau lehnte sich vor und kam mit einer weiteren, ebenso blödsinnigen Frage. Sie fragte, was für einen Ehemann ich gerade hätte.

Ich betrachte Dinge – vor allem Ehemänner – nicht auf diese Art. Also antwortete ich ihr nicht. Ich war zu empört.

Und dann kam aus der Küche erneut Elizas Gekicher und Lewis' Gekrächze.

Ich habe Eliza Moore, jetzt Eliza McIntyre, mein ganzes Leben gekannt. In der Schule war sie von Anfang an zwei Klassen über mir, aber heute tut sie so, als sei sie drei Klassen unter mir gewesen. Aber die Schulzeugnisse gibt es ja noch irgendwo, wie vergilbt und verkrumpelt sie auch sein mögen, und Eliza braucht gar nicht vorzugeben, sie sei jünger als ich, wenn sie zwei Jahre älter ist. Nicht, daß es was ausmachen würde. Ich will sie bloß nicht in meiner Küche haben.

Die junge Frau mißdeutete mein Schweigen. Sie lehnte sich noch weiter vor, als ob ich taub wäre oder ein kleines

Kind, das nicht aufgepaßt hat. Wie oft waren Sie verheiratet? fragte sie mit sehr lauter Stimme.

Wenn sie es so hinstellte, wie konnte ich ihr dann antworten? Ehemänner sind nicht wie Teetassen. Ich kann sie nicht aufzählen und mich daran weiden wie Kusine Brenda, wenn sie vor ihren Geschirrschränken stand und sagte, sie hätte soundso viele von diesem Muster und so viele von jenem.

Du meine Güte, ich hatte sie nacheinander, einen Ehemann nach dem anderen und völlig legal. Sie sind mir einfach weggestorben. Ich konnte die Hand des Schicksals nicht aufhalten. Ich war immer Witwe – dabei gibt es in unserer Familie sonst gar keine Witwen. Wie Mama immer sagt, liegt es bei uns in der Familie, verheiratet zu sein, bis der Tod uns scheidet. Aber so wie dieses Mädchen seine Frage stellte, klang es, als hätte ich eine ganze Horde von Ehemännern auf einmal gehabt, wie eine Tanztruppe in einem Musical.

Ich wußte nicht, was ich ihr antworten sollte. Ich legte mich, ohne was zu sagen, in die Kissen zurück, als ob mir jemand die Zunge abgebissen hätte.

Dabei war es reiner Zufall, daß ich überhaupt geheiratet hatte. Ich wollte gar nicht. Nicht, daß ich was gegen Heiraten gehabt oder irgendwas Besonderes vorgehabt hätte. Aber Mama überredete mich. Baby, sagte sie, andere Frauen schauen auf Frauen, die nicht heiraten, herunter. Außerdem hast du keine ausgesprochenen Begabungen, und Tante Sally Mae hinterläßt dir vielleicht keinen Penny, auch wenn sie dauernd davon redet. Ich glaube, sie hat mir nie verziehen, daß ich dich nicht nach ihr genannt habe, und das ganze Gerede, daß sie dir ihr Geld hinterläßt, ist wahrscheinlich nur ihre gehässige Art, sich an mir zu rächen.

Außerdem, sagte Mama, wie die an ihrem Geld klebt, wären, selbst wenn sie es dir hinterläßt, derart viele Bedingungen dran geknüpft, daß du eine ganze Armee von Anwälten beschäftigen müßtest, bloß um das Kleingedruckte zu lesen, ehe du auch nur einen Fünfer davon abheben könntest. An deiner Stelle, Baby, sagte Mama, würde ich heiraten. Und wenn du nicht heiratest, wirst du nirgends eingeladen, außer als Lückenbüßer, wenn sie in letzter Minute irgend jemanden brauchen, um nicht dreizehn bei Tisch zu sein. Und es ist nett, jemanden zu haben, der einem die Tür aufhält und die Pakete trägt. Ein Ehemann kann sehr praktisch sein.

Also heiratete ich Ray.

Ray und ich waren gerade ein halbes Jahr verheiratet, da kam Mama mit dem Taschentuch in der Hand an und betupfte sich die Augen. Baby, sagte sie, die Ehefrau erfährt es immer zuletzt. Ich muß dir einfach erzählen, worüber alle reden. Ich weiß, wie lieb und wie wenig mißtrauisch du bist, aber die ganze Stadt redet darüber. Über Ray und Marjorie Brown.

Ray war nett, und ich mochte ihn. Er nannte mich Lucyliebchen, als ob es ein Wort wäre. Manchmal sagte er einfach auch nur Lucylieb. Er hatte nicht besonders viel Ausdauer oder Rückgrat – wie hätte er auch sollen, wo er als einziges Kind von seiner Mutter, Großmutter und drei unverheirateten Tanten maßlos verwöhnt worden war!

Baby, sagte Mama, und ihre Tränen waren getrocknet, und sie benutzte ihr Taschentuch jetzt, um sich Luft zuzufächeln, sei nicht einfältig. Ich kann es nicht ertragen, daß du schlecht behandelt oder betrogen wirst. Soll ich zum Pfarrer gehen und ihn bitten, mit Ray zu sprechen und ihn darauf hinzuweisen, was seine Pflichten sind? Oder soll ich Onkel Jonathan auffordern, von Mann zu Mann mit Ray zu reden?

Ich sagte, Mama, das ist einzig und allein meine Schuld. Laß, um Himmels willen, Ray machen, was er will. Er braucht niemanden, der ihm sagt, wann er kommen oder gehen kann und wen er treffen darf. Es ist sein Haus, und er bezahlt die Rechnungen. Außerdem ist das mit Marjorie Brown keine Schande für mich – sie ist eine ganze Portion hübscher als ich. Ich finde das romantisch und mutig von Ray. Marjorie Brown ist schließlich eine verheiratete Frau. Ihr Ehemann könnte Ray erschießen.

Ich weiß nicht genau, was Ray abkühlte. Jedenfalls kam er

reumütig und schafäugig zurück und bat um Verzeihung. Ich bin stolz auf dich, Ray, sagte ich. Bis du mich geheiratet hast, warst du so schüchtern, daß du nicht mal Buh zu einer Gans gesagt hättest, und jetzt hast du sogar eine heimliche Affäre gehabt. Ich finde das großartig. Marjorie Browns Ehemann hätte dich auspeitschen können.

Ray grinste und sagte, ich hab wirklich eine tolle Frau.

Und er hat nie wieder eine andere Frau angeschaut, so lange er lebte. Was leider Gottes nicht sehr lange war.

Ich stellte mir vor, daß er Schuldgefühle haben und sich Vorwürfe machen könnte; dabei war ich doch selber schuld – ich hatte nicht genug für ihn getan, und so wollte ich etwas wirklich Nettes für ihn tun und kam auf die Idee mit dem Kuchenrezept. Es war seit Jahren in der Familie – seit Jahrhunderten, könnte man sagen, feierlich von Mutter zu Tochter weitergegeben, so lange man denken kann.

Und als mich dieses Mädchen nun nach einem Rezept für eine glückliche Ehe fragte, dachte ich mit keinem Gedanken an dieses Rezept. Außerdem bin ich sicher, daß sie auch nicht wirklich ein Rezept meinte, sondern eine Art Regel wie Laß-den-Mann-immer-spüren-daß-er-der-Herr-ist oder sonst so einen Blödsinn.

Jedenfalls empfand ich Reue darüber, daß ich Ray nicht die Aufmerksamkeit geschenkt hatte, die er offensichtlich brauchte, und ich ihm so langweilig war, daß er losging und den Tod durch die Hand von Marjorie Browns eifersüchtigem Ehemann riskierte.

Nun dachte ich, das ist zwar das schwierigste Rezept, das ich je gesehen habe, und es verlangt mehr Zutaten, als ich je gehört habe, aber es ist das mindeste, was ich für Ray tun kann. Ich ging also in Drogerien und Apotheken, zu Leuten, die sagten, mein Gott, so was haben wir nicht, aber wenn Sie es unbedingt brauchen, versuchen Sie es doch bei Soundso, und es stellte sich heraus, daß Soundso jemand war, der weit draußen auf dem Land wohnte und mich anschaute, als ob ich nach einem Mittel gefragt hätte, das Metall in Gold verwandelt, bis er schließlich mit einem Päckchen und der idiotischen Frage rausrückte, für was in aller Welt ich das brauchte.

Als ich nach Hause kam, fing ich an mit Zerkleinern und Hacken und Mischen und Kneten und saß in der Küche und wartete, bis der Teig aufging. Ausgebacken war mein Werk das hübscheste, was ich je gebacken hatte.

Ich servierte es am Abend zum Nachtisch.

Ray aß von dem Kuchen, er schmeckte ihm, er machte mir die extravagantesten Komplimente, und nach dem ersten Stück sagte er, Lucylieb, kann ich noch ein Stück haben, aber ein großes, bitte.

Aber natürlich, Ray, sagte ich, der ist nur für dich.

Nach einer Weile stieß er den Teller weg und sah mich mit einem wundervollen Ausdruck von Dankbarkeit im Gesicht an und sagte, Lucylieb, ich könnte vor Glück sterben. Und soviel ich weiß, tat er genau das.

Als ich am nächsten Morgen an seine Tür klopfte, um ihm seinen Morgenkaffee zu bringen, die Läden zu öffnen und sein Badewasser einzulassen, war er tot, und auf seinem Gesicht lag ein glückliches Lächeln.

Aber während ich so meinen Erinnerungen nachhing, schaute mich die junge Frau immer noch an, und sie blätterte unruhig in ihren Notizen und feuchtete ihre Lippen mit der Zunge an wie ein Redner, der noch eine Menge zu sagen hat. Und sie brüllte mich an, als wäre ich ein ganzes Publikum, dessen Aufmerksamkeit nachgelassen hatte: Glauben Sie, daß der Weg zum Herzen eines Mannes durch den Magen führt?

Entschuldigen Sie, meine Beste, hätte ich gerne gesagt, aber ich habe noch nie gehört, daß Kleopatra zu Mark Anton oder einem der vielen anderen, die ihre Gunst genossen, gesagt hätte: Möchtest du nicht von meinem Kartoffelsalat kosten? Vielleicht irre ich mich, denn meine Bildung ist lükkenhaft, aber es klingt ein bißchen unwahrscheinlich, daß Madame Pompadour je Ludwig XV. ins Ohr geflüstert hat: Ich habe dir einen herrlichen Auflauf gebacken.

Daß ich nicht antwortete, verwirrte das Mädchen, und ich

hatte das Gefühl, ich müßte mich entschuldigen, konnte mich aber nicht dazu aufraffen.

Sie suchte in ihren Notizen nach der nächsten Frage und war beinahe knallrot vor Verlegenheit, als sie fragte: Hatte die finanzielle Situation Ihrer Ehegatten je damit zu tun, daß Sie sie geheiratet haben?

Ich öffnete nicht mal den Mund. Ich war schweigsam wie ein Grab. Ihre Fragen wurden immer abwegiger. Und ich wurde noch verwirrter, als ihre Augen den Fragenkatalog rauf und runter glitten.

Sie versuchte es mit einer anderen Frage: Was, glauben Sie, ist die beste Art, einen Mann zu finden?

Das ist nun eine Frage, die ich mir selber noch nie gestellt habe und zu der ich niemandem etwas in einem Valentinstagartikel oder sonstwo anzubieten habe. Ich habe niemals einen Mann gesucht. Ich habe nie, wie der altmodische Ausdruck so schön sagt, meine Netze nach jemandem ausgeworfen.

Zum Beispiel Lewis, der jetzt gerade mit Eliza McIntyre in der Küche herumschäkert. Ich habe bestimmt nicht versucht, ihn einzufangen. Das war einige Monate nach Altons – nein, Edwards Tod, und die Leute versuchten mich aufzumuntern. Nicht, daß ich Aufmunterung gebraucht hätte. Ich meine, nach all den Verlusten, die ich erlitten habe, bin ich philosophisch geworden. Aber der Enkel meiner Kusine Wanda veranstaltete eine Ausstellung. Der arme, irregeleitete Junge hat kein bißchen Talent. Trotzdem kaufte ich zwei seiner Bilder, die übrigens, allen Blicken entzogen, unten im Dielenschrank eingeschlossen sind.

Jedenfalls war auf der Vernissage auch Lewis und sah sehr verloren aus. Er war gekommen, weil der Junge ein entfernter Vetter seiner verstorbenen Frau ist. Lewis sprang von einer Bank auf, als er mich sah, und sagte: Lucy, dich habe ich ja ewig nicht gesehen, und wir standen da und redeten miteinander, während sich die anderen in Bewunderung über die Bilder des Jungen ergingen, und Lewis sagte, er sei hungrig, und ich fragte ihn, ob er mit zu mir kommen wolle, um was zu essen.

Ich machte rasch was zu essen, und Lewis aß wie ein Verhungernder, und dann saßen wir im Wohnzimmer und sprachen über dies und das, und um Mitternacht sagte er, Lucy, ich möchte hierbleiben. Ich fühle mich so wohl hier bei dir. Ohne respektlos gegen Tote zu sein, aber Ramona und ich haben uns nicht besonders geliebt. Ich würde gern für immer hierbleiben.

Nach so was – wenn ein Mann einem seine innersten Gefühle aufgedeckt hat – kann man ihn doch nicht vor die Tür setzen. Außerdem konnte ich ihn auch nicht raussetzen, weil es angefangen hatte zu schneien und der Schnee nach einer Weile zu Graupelregen wurde. Er hätte hinfallen und sich auf den Stufen das Genick brechen können, und ich hätte das für den Rest meines Lebens auf dem Gewissen gehabt.

Lewis, sagte ich, es klingt vielleicht dumm, wenn ich in meiner Situation noch um meinen guten Ruf besorgt bin, aber, dem Himmel sei Dank, Kusine Alice ist für die Ausstellung von Washington rübergekommen und wohnt bei mir, und so kann sie die Anstandsdame für uns spielen, bis wir alles legal und über jeden Zweifel erhaben unter Dach und Fach gebracht haben.

Und genau das geschah.

Solche Sachen plant man nicht, hätte ich dem Mädchen gerne gesagt. Sie passieren, ob man will oder nicht. Und deshalb ist es töricht von Ihnen zu fragen, wie man am besten einen Mann findet.

Mein Schweigen störte sie kein bißchen. Sie kniff ein Auge zu, wie jemand, der mit einem Gewehr zielt, und fragte: Wie oft waren Sie verheiratet?

Sie hatte sich gefangen. Sie wiederholte sich. Praktisch war das dieselbe Frage, die sie mir schon früher gestellt hatte. Ein bißchen anders, aber das war auch alles.

Ich hatte keineswegs die Absicht, ihr die Wahrheit zu sagen, weil ich mir über die selber nicht ganz im klaren war.

Manchmal werden meine Ehemänner etwas unscharf und vermengen sich. Manchmal muß ich mich mit Bleistift und Papier hinsetzen und nachrechnen.

Auf jeden Fall ist das nicht unbedingt die richtige Art, Ehemänner zu betrachten – die genaue Anzahl oder die genaue Reihenfolge.

Meine Ehemänner waren außergewöhnlich, wenn ich so sagen darf. Und gutaussehend. Sogar Art, obwohl der eine Hasenscharte hatte. Und sie waren alle sehr fürsorglich. Reich und bereit, ihr Geld auszugeben – nicht wie gewisse andere reiche Leute. Nicht, daß ich Geld gebraucht hätte. Denn Tante Sally Mae hatte mir ihres hinterlassen, trotz aller Verdächtigungen Mamas, und es waren keine boshaften Bedingungen daran geknüpft. Ich konnte an das Geld ran, wann und wie ich wollte.

Ich habe mir auch nie viel aus Geld, oder was man dafür kaufen kann, gemacht.

Für mich selbst kann ich es kaum ausgeben. Schmuck steht mir nicht. Meine Finger sind kurz und knubblig, meine Hände grob – unnötig, die Aufmerksamkeit durch Ringe drauf zu lenken. Außerdem stören mich Ringe. Ich koche gern, und Ringe sind da nur im Weg. Halsketten würgen mich, und Ohrringe zwicken. Und Pelzmäntel, ob Nerz, Chinchilla oder schlicht Karnickel – ich mag den Gedanken nicht, daß irgend etwas, das mal gelebt hat, um meinen Hals drapiert endet.

Geld bedeutet mir persönlich also wenig. Aber es ist hübsch, es weiterzugeben. Nichts macht mir größeres Vergnügen; und nicht einer meiner Ehemänner ist gestorben, ohne daß eine Klinik, eine Schulbibliothek, ein Spitalflügel, ein Forschungslabor oder irgend so was zu seinem Andenken gestiftet und nach ihm benannt wurde. Manchmal mußte ich Peter berauben, um Paul zu bezahlen. Das heißt, manche haben mehr hinterlassen als andere, und manchmal mußte ich von dem, was mir der eine hinterlassen hatte, an die Stiftung des anderen zahlen. Aber am Ende ging es immer auf.

Außer bei Buster. Bei Buster gab es einen hübschen Überschuß. Er lebte am kürzesten und hinterließ mir am meisten von all meinen Ehemännern. Für jeden Monat, den ich mit ihm gelebt hatte, erbte ich eine Million. Fünf im ganzen.

Meine schweigenden Erinnerungen halfen dem Mädchen nicht für seinen Valentinstagartikel. Wenn ich bei jemandem zu Besuch wäre und die Gastgeberin wäre derart schweigsam, wie ich es war, dann hätte ich mich längst entschuldigt und nach der Türklinke gegriffen.

Aber wenn überhaupt möglich, wurde diese junge Dame noch impertinenter.

Hatten Sie einen Lieblingsmann unter Ihren Ehemännern? fragte sie, und ihre Zunge schnellte hervor wie die einer Schlange.

Sogar wenn meine Ehemänner mich das fragten, schwieg ich. Manchmal zeigten sie sich etwas eifersüchtig auf ihre Vorgänger und machten unfreundliche Bemerkungen. Aber ich tat dann natürlich alles in meiner Macht Stehende, um den zu beruhigen, der eine unziemliche Bemerkung über einen anderen machte.

Alle meine Ehemänner waren hochanständige Menschen, pflegte ich in einem solchen Fall zu sagen, aber ich finde, du bist der Beste von allen. Das sagte ich, ob ich es glaubte oder nicht. Aber diesem Mädchen hatte ich zu dem Thema nichts zu sagen.

Wenn man mich je zwingen würde, meine Ehemänner einzustufen, dann würde wohl Luther als unterster auf der Liste stehen. Er war der einzige Abstinenzler. Ich hatte erst gemerkt, wie er über Alkohol dachte, als wir schon verheiratet waren – das sind so Dinge, die man während der Verlobungszeit übersieht und die einen dann wie ein Schlag ins Gesicht treffen. Luther wand sich, wenn Gästen Wein zum Essen serviert wurde, und seine Augen blickten salbungsvoll zum Himmel, wenn jemand ein zweites Glas nahm. Wenigstens hielt er sich soweit zurück, einem Gast keinen Vorwurf zu machen, aber Mama sagte, sie erwartete immer, er würde Traktätchen verteilen, in denen vor den Fallgruben gewarnt wird, die der Trinker harren.

Armer Mensch. Er wurde von einem Bierwagen überfahren.

Was für eine Ironie des Schicksals, sagte Mama. Da steckt eine Lektion für uns alle drin. Und am hellichten Tag, sagte sie kopfschüttelnd, statt im Dunkeln, so daß wir uns nicht mal damit trösten können, daß Luther nicht wußte, was ihn traf.

Nicht lange nach Luthers unglückseligem Unfall erschien Matthew – quasi auf Zehenspitzen. Er war schrecklich klein und reckte sich immer in die Höhe, um größer zu erscheinen. Er entschuldigte sich dauernd für seine Kleinwüchsigkeit. Ich würde dich bitten, mich zu heiraten, Lucy, sagte er, aber alle deine Ehemänner waren über einsachtzig groß. Die Größe hat damit nichts zu tun, sagte ich ihm, und gar nicht lange danach waren Matthew und ich verheiratet.

Er schien nur auf Zehenspitzen zu gehen, und ich krümmte mich zusammen, aber der Unterschied war immer noch schrecklich, und er redete auch weiterhin dauernd davon, daß Napoleon fast die ganze Welt erobert hatte, obwohl er so klein war. Ich begann niedrige Absätze zu tragen und gebückt zu gehen, und Mama sagte, um Himmels willen, Baby, man kann den Takt auch zu weit treiben. Du warst zwar nie eine Schönheit, aber du hattest immer so was Gewisses an dir, und keine Königin hatte je einen eleganteren Gang, und jetzt kommst du zusammengesunken daher. Deine Tante Francine war mit einem Zwerg verheiratet, wie du weißt, aber da gab' s kein Sichkrümmen und Insichzusammensinken. Sie ließ ihn so groß sein, wie er nun mal war, und er sie auch. Also hör auf mit diesem Blödsinn.

Aber das konnte ich nicht. Ich versuchte buchstäblich, mich mit Matthew in der Mitte zu treffen. Und ich hatte das Gefühl – wie sollte ich es auch nicht haben, wo ich doch erlebt hatte, wie sie mir alle weggestorben waren –, daß Matthew nicht mehr lange auf dieser Welt sein würde. Deshalb war es meine Pflicht, ihn sich während der Zeit, die ihm noch blieb, so wichtig und so groß fühlen zu lassen wie ich nur konnte.

Matthew starb glücklich. Ich habe allen Grund, das zu glauben. Aber eben, wie Mama sagte, sie starben alle glücklich.

Nie wieder, Mama, sagte ich. Nie wieder. Ich komme mir vor wie die Typhus-Mary oder jemand, der Verderben über die Häupter der Männer bringt.

Nie ist eine lange Zeit, sagte Mama.

Und sie hatte recht. Ich heiratete Hugh.

Ich glaube, es war Hugh.

Auf zwei Dinge war und bin ich stolz. Ich habe niemals ein hartes Wort zu einem meiner Ehemänner gesagt, und ich habe nie einen mit dem Namen eines anderen genannt, und das kostete eine Menge Mühe, denn nach einiger Zeit flossen sie in meinen Gedanken alle irgendwie zusammen.

Nach jedem Verlust war Homer die größte Hilfe und der größte Trost für mich. Bis er letztes Jahr pensioniert wurde, war Homer der Leichenbeschauer, und er war ein Kindheitsfreund von mir, obwohl ich ihn außerhalb seiner Pflichterfüllung praktisch nie sah.

Wenn jemand sehr plötzlich oder aus unersichtlichen Gründen stirbt, muß der Leichenbeschauer benachrichtigt werden, so will es das Gesetz bei uns und vielleicht auch anderswo.

Die ersten paar Male, als ich Homer rufen mußte, war mir das peinlich. Ich hatte das Gefühl, mich entschuldigen zu müssen, wie wenn man mitten in der Nacht den Arzt ruft und, wenn einen die Schmerzen auch noch so plagen, Angst hat, falschen Alarm zu schlagen und den Arzt unnötig im Schlaf zu stören.

Aber Homer war immer fröhlich, wenn ich ihn rief. Ich fürchte, das ist nicht das richtige Wort. Homer war beruhigend, nicht fröhlich. Jederzeit, Lucy, jederzeit, sagte er, wenn ich anfing, mich zu entschuldigen, weil ich ihn rufen mußte.

Ich glaube, es war gleich nachdem Sam starb. Oder war es Karl? Es könnte auch Georg gewesen sein. Jedenfalls war Homer da, beruhigend wie immer, aber plötzlich glitt ein

Ausdruck von Betrübnis oder Bedauern über sein Gesicht. Verdammt schade, Lucy, sagte er, daß du mich nicht auf irgendeine Art auch mal berücksichtigen kannst. Du warst zwar nicht das hübscheste oder das klügste Dingelchen in der dritten Klasse, aber du hattest immer so was Besonderes an dir, verdammt noch mal, von Anfang an. Ich erinnere mich, sagte er, in der vierten Klasse war ich so verrückt nach dir, daß ich außer im Rechnen alle Klassenarbeiten verpatzte und die Klasse wiederholen mußte. Du wurdest natürlich versetzt und bist damit für den Rest meines Lebens für mich unerreichbar geblieben.

Also, das ist das Hübscheste, was mir je jemand gesagt hat, sagte ich.

Ich hatte die Absicht, Homer mal zum Abendessen einzuladen, nachdem die Beerdigung vorbei war und alles wieder normal lief. Aber es schien mir zu berechnend, so als ob ich ihn an seiner hübschen Bemerkung aufhängen wollte, ich solle ihn irgendwo als künftigen Ehemann in Betracht ziehen. So entschied ich mich dagegen.

Statt dessen heiratete ich Beau Green.

Da lachen sie grade wieder – Eliza und Lewis in der Küche. In *meiner* Küche.

Merkwürdig, daß Eliza in meiner Küche auftaucht und so tut, als ob sie darin zu Hause sei, wo sie doch die eine und einzige Person in dieser Stadt ist, die ich nie gemocht habe – zumindest nicht, seit ich gehört habe, daß sie gesagt hat, ich hätte ihr Beau Green direkt vor der Nase weggeschnappt.

Das war nicht sehr nett von ihr. Außerdem ist da auch nicht ein Körnchen Wahrheit dran. Den Mann möchte ich sehen, den man vor irgend jemandes Nase wegschnappen kann, wenn er nicht will.

Eliza hätte Beau Green gerne haben können, wenn sie ihn gewollt hätte und wenn er sie gewollt hätte.

Ich hatte eine Reise um die Welt geplant, hatte schon die Fahrkarten und Reservierungen und mußte alles rückgängig machen, weil Beau sich nicht weiter von zu Hause wegrühren wollte als bis zum Green River – der heißt nach seiner Familie –, um zu fischen. Ich wollte wirklich auf diese Weltreise – mir lag besonders daran, den Tadsch Mahal im Mondlicht zu sehen –, aber Beau hörte nicht auf zu sagen, er würde was Verzweifeltes tun, wenn ich ihn nicht heiratete, so daß ich glauben mußte, er würde Selbstmord begehen oder sich dem Alkohol ergeben. Also machte ich alle Reservierungen rückgängig, gab alle Fahrkarten zurück und heiratete ihn.

Eliza hätte Beau gerne haben können.

Ich habe schon betont, daß ich meine Ehemänner nicht gerne einstufe, aber in vieler Beziehung war Beau der am wenigsten befriedigende, den ich je hatte. Er war von Natur aus ein Freudentöter – er hatte keinen Sinn für Lebensfreude, und wenn er sich was in den Kopf gesetzt hatte, setzte er es durch, egal ob es anderen paßte oder nicht.

Er wußte ganz genau, daß ich mir nichts aus Schmuck mache. Aber meine Wünsche kümmerten Beau Green kein bißchen. Er kam also mit einem Päckchen an, und ich öffnete es. Ich bemühte mich, meine ganze Höflichkeit aufzubieten, als ich sah, daß es ein Brillant war. Liebling, sagte ich, es ist so lieb von dir, mir was zu schenken, aber ist das nicht ein bißchen zuviel?

Es sind siebenunddreißig Karat, sagte er.

Ich hatte das Gefühl, ich müßte den Ring auf einem Sofakissen vor mir hertragen, statt ihn an den Finger zu stecken, aber ich tat das zweimal und kam mir so auffällig und protzig vor, als ob ich mit einem Fächer aus Pfauenfedern herumgewedelt hätte.

Wenn ich mich über jemanden aufrege, war und ist es meine Angewohnheit, auf mein Zimmer zu gehen, meine Kümmernisse aufzuschreiben und meine gute Laune zurückzugewinnen, genau wie jetzt wegen der Fragerei dieses Mädchens. Aber manchmal schien es mir auf der ganzen Welt nicht genug Papier zu geben, um meine Klagen über Beau draufzuschreiben.

Dann gab ich mir selbst die Schuld. Beau war eben Beau. Wie alle Kreaturen Gottes benahm er sich so, wie er gemacht war, und ich hatte solche Schuldgefühle, daß ich beschloß, was zu tun, um ihm zu zeigen, daß ich ihn wirklich liebte und achtete, wie ich es tief in meinem Herzen ja auch tat.

Ich beschloß, ihm einen Kuchen nach dem komplizierten Rezept zu backen, das schon seit wer weiß wie langer Zeit in meiner Familie ist. Ich brauchte einen ganzen Tag, um dafür einzukaufen. Am nächsten Tag stand ich um fünf Uhr morgens auf und blieb bis zum späten Nachmittag in der Küche.

Beau war ein bißchen wählerisch, wenn's ans Kuchenessen ging. Doch von allen meinen Ehemännern mochte er Süßes am meisten.

Darling, sagte ich, als er sich wegen des Kuchens störrisch zeigte, ich habe ihn extra für dich gebacken und fast zwei Tage dafür geopfert. Ich lächelte ihn an und fragte ihn, ob er ihn mir zuliebe nicht wenigstens probieren wollte. Ich war wirklich außer mir, wenn ich an all die Arbeit dachte, die ich reingesteckt hatte. Eine schreckliche Sekunde lang wünschte ich, es wäre eine Sahnetorte und ich könnte sie ihm ins Gesicht schleudern wie in einem von diesen alten Buster-Keaton-Filmen. Und dann erinnerte ich mich, daß wir geschworen hatten, einander zu lieben, und legte nun einen Arm um ihn und rückte mit der freien Hand den Kuchen ein bißchen näher und sagte, Belle möchte so gerne, daß Beau wenigstens ein winzig kleines bißchen probiert. Belle war ein blöder Kosename, den er mir manchmal gab, weil er es toll fand, daß er Beau und ich Belle wäre.

Er guckte dämlich, und ich wußte, er wollte mir den Gefallen tun, so wie ich ihm zu Gefallen zweimal den Siebenunddreißigkaratbrillanten getragen hatte.

Du liebe Zeit, Belle, sagte er, als er den ersten Bissen herunterschluckte, das ist ja köstlich.

Sei vorsichtig, Liebling, sagte ich, der Kuchen ist schwer.

Das Beste, was ich je gegessen habe, sagte er und suchte

auf dem Teller die Krümel zusammen, und ich sagte, Liebling, willst du nicht ein bißchen Kaffee zum Runterspülen?

Er antwortete nicht, saß einfach da und lächelte. Nach einer Weile sagte er, er fühle sich wie gelähmt. Ich hab überhaupt kein Gefühl mehr in den Füßen, sagte er. Ich rannte nach Franzbranntwein, zog ihm Schuhe und Socken aus und fing an, ihm die Füße zu reiben; er hatte eine Art Krampf, und seine Zehen krümmten sich, aber nichts berührte das Lächeln auf seinem Gesicht.

Homer, sagte ich ein wenig später – ich mußte ihn natürlich anrufen wegen Beaus Tod –, was in aller Welt ist los? Kann es irgendwas sein, was er gegessen hat? Und Homer sagte, wie kommst du denn darauf, irgendwas, was er gegessen hat? Natürlich nicht. Du bist die beste Köchin in der ganzen Stadt. Du bist berühmt für deine Kocherei. Es kann nichts sein, was er gegessen hat. Sei nicht dumm, Lucy. Er tätschelte mir die Schulter und sagte, ich habe ein Buch gelesen über Schuld und Verlust, und darin steht, daß Hinterbliebene sich oft verantwortlich für den Tod ihnen Nahestehender fühlen. Aber ich dachte, du wärst vernünftiger, Lucy.

Diesmal war Homer ein bißchen streng mit mir.

Julius Babb regelte Beaus Hinterlassenschaft. Beau hat Ihnen eine hübsche Summe hinterlassen, sagte er, und ich hätte am liebsten geantwortet: Keine so hübsche wie die meisten anderen, tat es aber nicht.

Genau in dem Moment wiederholte die junge Frau vom »Bulletin« ihre letzte Frage.

Hatten Sie einen Lieblingsmann unter Ihren Ehemännern? Sie hatte dabei einen Ton wie ein Staatsanwalt und nichts von einer Reporterin, die einen Artikel über Liebe für den Valentinstag schreiben will.

Ich hatte genug von ihr und ihren Fragen. Ich zog mich mühsam hoch in eine sitzende Stellung. Hören Sie mal zu, junge Frau, sagte ich. Es kommt mir so vor, als seien wir beide mit dem falschen Fuß aufgestanden – und dann lachten wir beide über den unfreiwilligen Witz, den ich gemacht hatte.

Das Gelächter versetzte uns beide in gute Laune, und dann versuchte ich ihr klarzumachen, daß unten unverhoffter Besuch wartete, um den ich mich kümmern sollte, und daß ich zwar herzlich gerne an ihrem Valentinstagartikel mitarbeiten wollte, all diese Fragen mich aber erst mal aus der Fassung gebracht hätten. Es sei wie bei einem Examen, wo einen die Fragen überraschen. Ich sagte ihr, wenn sie mir ihre Liste daließe, würde ich sie durchackern, und sie könnte morgen zurückkommen, und dann hätte ich meine Antworten bereit und wäre etwas präsentabler als jetzt mit meinem zerknautschten Morgenrock und den ungekämmten Haaren.

Sie war honigsüß, gab mir die Liste mit den Fragen und sagte, sie hoffe, zehn Uhr morgen vormittag sei mir recht, und ich sagte, ja, das sei es.

Und wieder hörte ich Elizas Lachen, mehr ein Gekrächze als ein Lachen. Ich sollte nicht so denken. Aber es war solch ein komischer Tag mit dieser jungen Reporterin und Elizas frühem Besuch.

Wenn ich so drüber nachdachte, dann hatte Eliza sehr gut für sich gesorgt, was das Heiraten anbetraf. Diese Reporterin sollte Eliza ein paar von den Fragen stellen.

Mama war ihr Leben lang eine gutmütige Frau, und sie lebte neunundachtzig Jahre lang, aber Eliza war ihr immer zuwider. Um ehrlich zu sein, Eliza war allen Frauen dieser Stadt immer zuwider. Es ist einfach nicht recht, Baby, sagte Mama, alle anderen Frauen haben sich ihr ganzes Leben lang krumm gelegt, gespart und geknausert, und dann, wenn sie schließlich alt und krank werden, kommt Eliza daher, nur weil sie Krankenschwester ist. Und als nächstes hört man, daß Eliza den Witwer geheiratet hat und sich mit einem Schlag schnappt, was die arme tote Frau während eines ganzen Lebens angesammelt hat.

Das war von Mama zwar nicht gerade die großmütigste Art, es hinzustellen, aber von anderen habe ich es viel schlimmer gehört. Zum Beispiel von Mrs. Perkerson. Eliza ist wie ein Geier, sagte Mrs. Perkerson. Zuerst schaut sie zu, wie die

Frau stirbt, dann heiratet sie, und dann schaut sie zu, wie der Mann stirbt. Und schon heißt es Witwenschleier und ein gutgepolstertes Bankkonto für Eliza, nicht zu reden von den wertvollsten Liegenschaften in der Stadt.

Das letztemal, als ich sie traf, sagte Mrs. Perkerson, ich weiß, daß sich Luise Eubanks McIntyre im Grab umdrehen würde, wenn sie wüßte, daß Eliza ihr Haus mit den Gärten, die nach dem Muster der Villa d'Este angelegt wurden, geerbt hat. Und dann heißt es noch, Krankenpflege sei harte Arbeit!

Ich hatte Eliza lange nicht gesehen. Wir kannten uns gut, waren aber nie Freundinnen gewesen, und ich war sehr gekränkt, als ich hörte, was sie über mich gesagt hatte, nämlich daß ich ihr Beau Green weggeschnappt hätte. Aber wir pflegten stehenzubleiben und ein bißchen zu plaudern, wenn wir uns zufällig in der Stadt trafen, und sagten beim Verabschieden dann immer, wir sollten uns mal sehen. Aber da wurde nie was draus.

Und dann rief Eliza vor drei Wochen an, und ich war überzeugt, jemand sei gestorben. Aber nein, sie war süß wie Zuckerwasser und turtelte herum, als ob wir uns täglich sehen würden, und lud mich für den Nachmittag zu einer Tasse Tee oder einem Glas Sherry ein. Ich fragte sie, ob es was Besonderes gäbe, und sie sagte, sie fände, für alte Freunde sei doch kein besonderer Anlaß nötig, um sich zu sehen, aber ja, es gäbe was Besonderes. Sie wolle mir ihre Gärten zeigen – natürlich waren es nicht ihre Gärten, sondern die von Luise Eubanks McIntyre –, sie hätte sie doch neulich zur Besichtigung für den Kirchenchor geöffnet, aber ich sei nicht gekommen. Deshalb wolle sie sie mir an diesem Nachmittag zeigen.

Das kam alles so plötzlich, daß sie mich überrumpelte. Ich wollte nicht hingehen, und es gab auch gar keinen Grund für mich, hinzugehen, aber mir fiel ums Verrecken keine Ausrede ein. Und so ging ich hin.

Die Gärten waren wirklich wunderschön, und ich bin verrückt nach Blumen.

Eliza unternahm mit mir eine persönliche Besichtigungstour. Es gab eine Menge Wege und steile Stufen und unerwartete Biegungen, und ich war so entzückt von den Blumen, daß ich blödsinnigerweise nicht auf den Weg achtete. Ich war nicht gewöhnt, auf soviel Kies zu laufen oder unebene Stufen rauf und runter zu steigen, und Eliza warnte mich nicht.

Plötzlich – und es war ein ganz komisches Gefühl, nicht als ob ich hingefallen wäre, sondern als ob mich jemand gestoßen hätte – lehnte Eliza über mir und sagte, sie könne sich nie verzeihen, daß sie mir nichts über die geborstene Stufe gesagt hätte, und ich solle ganz ruhig liegenbleiben und mich nicht bewegen, bis der Arzt käme, und was für ein Jammer es wäre, daß das, was sie als Vergnügen für mich geplant hatte, nun zur Tragödie geworden sei. Wobei sie eine Menge mehr draus machte, als notwendig gewesen wäre, weil es sich ja nur um einen gebrochenen Fuß handelte – obwohl das unangenehm genug war.

Aber Eliza flatterte drei Wochen lang in der Gegend herum, sagte, ich sollte sie verklagen, denn sie sei versichert, und wie gut es doch sei, daß sie Pflegerin sei und dafür sorgen könne, daß ich die notwendige Pflege erhielte. Ich brauche keine Pflegerin, aber sie bestand darauf, jeden Tag vorbeizukommen, an manchen Tagen sogar mehrere Male. Sie scheint in meinem Haus ein und aus zu gehen wie der Kukkuck in einer Kuckucksuhr.

Doch ich sollte besser mit den Fragen dieser Reporterin weitermachen.

Haben Sie ein Rezept für eine glückliche Ehe?

Ich habe ihr ja schon gesagt, daß ich das nicht habe, und natürlich gibt es auch kein Rezept für eine glückliche Ehe, aber ich könnte ihr von der Praxis erzählen, wie ich mit Kummer und Gram fertig werde, indem ich niederschreibe, was mich bedrückt, und dann zerreiße, was ich geschrieben habe. Vielleicht kann das jemand anderem auch helfen, was weiß ich.

Ich hörte Eliza nicht die Treppe heraufkommen. Ich erschrak, als ich aufblickte und sie neben meinem Bett stehen sah. Wenn sie nun entdeckte, daß ich über sie schrieb? Wenn sie mir das Notizbuch aus den Händen riß und zu lesen begann? Ich wußte nicht, wie ich sie daran hätte hindern können.

Aber sie lächelte nur und fragte, ob ich essen wollte, und sie hoffte, ich hätte mir richtig Appetit geholt. Wie um alles in der Welt sie auf die Idee kommt, ich könnte mir richtig Appetit geholt haben, wo ich doch im Bett liege, weiß ich nicht, aber so ist Eliza eben, und alles, was sie gekocht hatte, war Büchsensuppe, und die war nicht mal heiß.

Ich wollte nur noch alles auslöschen – die Fragen von dem Mädchen, Elizas Gegenwart in meinem Haus, meinen gebrochenen Fuß. Ich hätte gedacht, in tausend Jahren nicht einschlafen zu können. Aber ich war so dösig, daß ich nicht mal mehr mein Notizbuch zuklappen, geschweige denn es unter der Decke verstecken konnte.

Ich weiß nicht, was mich aufweckte. Es war stockdunkel, doch die Dunkelheit bricht in diesen Wintertagen so schnell herein, daß man nicht mehr sagen kann, ob es früher Abend oder Mitternacht ist. Ich fühlte mich nach meinem langen Schlaf erfrischt und allem gewachsen. Ich war bereit, jede Frage auf der Liste dieses Mädchens zu beantworten.

Das Notizbuch lag immer noch aufgeschlagen neben mir, und wenn Eliza hiergewesen war und gesehen hatte, was ich über sie schrieb, geschah es ihr recht, dachte ich.

Von der Küche stieg ein köstlicher Duft herauf, und eine Menge Geräusche waren zu hören. Plötzlich waren Hintertreppe und Diele hell erleuchtet, und dann standen Eliza und Lewis in der Tür und sagten, sie hätten eine Überraschung für mich. Lewis nahm etwas von einem Tisch im Treppenhaus und brachte es mir voller Stolz. Ich konnte nicht sagen, was. Es war rot und herzförmig mit was Weißem obendrauf. Zuerst dachte ich, es sei vielleicht ein Hut, dann tastete ich nach meiner Brille, aber auch jetzt konnte ich immer noch nicht sagen, was Lewis da vor sich her trug.

Lewis hielt mir das Tablett hin. Ein Valentinskuchen, sagte er, und Eliza sagte, wir haben ihn mit Zuckerguß für dich dekoriert. Lewis kippte ihn ein wenig, und ich sah, daß in ungelenken Buchstaben LUCY draufstand.

Im allgemeinen esse ich nichts Süßes, und so war ihre Arbeit verlorene Liebesmüh. Dann dachte ich, wie nett es doch war, daß sie sich all diese Mühe gemacht hatten, und ich verzieh ihnen, daß sie in meinen Rezepten rumgekramt hatten – vielleicht hatten sie ja auch eine Fertigmischung benutzt. Jedenfalls hatte ich das Gefühl, daß ich meine Anerkennung zeigen mußte, und es würde mich ja nicht umbringen, etwas von ihrem Kuchen zu essen.

Sie beobachteten mich derart stolz und entzückt, als ich von dem Kuchen aß, daß ich noch ein zweites Stück nahm. Als ich fertig war, sagten sie, es sei am besten für mich, auszuruhen, und ich bat sie, den Kuchen mitzunehmen und so viel davon zu essen, wie sie wollten, und ihn dann in Folie einzupacken. Und jetzt ist es still im ganzen Haus.

Ich habe mich in meinem ganzen Leben nie wohler gefühlt. Ich lächle vor mich hin, ein großes, dickes, zufriedenes Lächeln. Es muß genauso aussehen wie das letzte glückliche Lächeln auf den Gesichtern meiner Ehemänner – außer auf dem von Luther, der vom Bierwagen überfahren wurde.

Ich fühle mich wunderbar und ganz entspannt.

Aber ich kann kaum mehr den Bleistift halten.

O Gott, er entgleitet mir, f ä l l t.

Christa Jankowiak
Kotelett-Karriere

Das Telefon schrillte einmal, zweimal, dreimal ... Elke blieb unschlüssig an der Tür stehen. Hätte sie den Raum eine Minute früher verlassen, wäre alles klar gewesen: Feierabend. Der ewig gleiche Konflikt zwischen unbekümmerter Lässigkeit und Pflichtgefühl ließ die junge Frau innehalten. »Übertriebenes Pflichtgefühl« hätte Karl gelästert. Wahrscheinlich hatte er sogar recht. Sie würde hinter sich abschließen, auf dem Heimweg noch eine Flasche Rotwein von Karls Lieblingssorte besorgen, sich zu Hause umziehen – der dunkelviolette Hausanzug aus weichem Nickistoff paßte genau zu ihrer Stimmung.

Das Telefon schrillte unablässig, als wüßte der Anrufer, daß sie ihr Büro noch nicht verlassen hatte. Allem inneren Widerstreben zum Trotz ging Elke zum Schreibtisch zurück, hob den Hörer ab und meldete sich kurz und unverbindlich mit der Apparatnummer.

»Hallo Elke, gut, daß ich dich noch erwische!« Karl war spürbar erleichtert. »Warte nicht mit dem Abendessen auf mich, es kann spät werden. Die Verhandlungen ziehen sich noch hin. Und du weißt ja, ohne mich wird der Vertrag nicht unterzeichnet. Tschüß, und mach dir einen schönen Abend!« Er legte auf, ehe Elke etwas erwidern konnte.

Sie war plötzlich unendlich müde. Schwunglos setzte sie sich, ließ die Ledertasche, die sie vorhin unternehmungslustig und erwartungsfroh umgehängt hatte, von der Schulter gleiten und legte sie gedankenlos auf den abendlich aufgeräumten Schreibtisch. Auf einmal hatte sie Zeit, viel Zeit.

Einkaufen? Wozu? Das hatte sich also für heute erledigt. Es würde kein stimmungsvolles Abendessen zu zweit bei Kerzenschein geben. Der Wein würde nicht dunkelrot und geheimnisvoll in den geschliffenen Gläsern funkeln. Schallplattenmusik –? Sie hatte die alte Platte mit der Schnulze aus Studentenzeiten zurechtgelegt. Allerdings hatte sie dabei nicht »Schnulze« gedacht! Nun ja, der Abend war verkorkst. Für Sentimentalitäten bin ich nicht mehr jung genug, entschied sie, um Sachlichkeit bemüht. Man heiratet eben keinen Aufsteiger, oder man bleibt ewig die Nummer Zwei in seinem Schatten. Elke lachte bitter. »Schlagschatten«, sagte sie laut in den stillen, leeren Raum.

Sie raffte sich auf. Vielleicht gab es ein vernünftiges Abendprogramm im Fernsehen …

Während Elke sich später am Küchentisch stehend eine

Leberwurstsemmel zurechtmachte, dachte sie an die vielen Abende zurück, die ähnlich erwartungsfroh angefangen und ebenso enttäuschend geendet hatten.

Resignierend schaltete sie den Fernsehempfänger ein. Fußball, »Ein Kessel Buntes«, ein Abendkommentar ... Unlustig suchte sie alle erreichbaren Kanäle ab. Ein uralter Western. Vielleicht würde der sie ablenken und helfen, die Zeit totzuschlagen.

Als Studenten hatten sie beide von gemeinsamer Arbeit geträumt, von einem Leben, das nicht nur von Verliebtheit, Zweisamkeit und zusammen verbrachter Freizeit bestimmt wurde, sondern auch von beruflichen Interessen und gemeinsam zu lösenden Aufgaben. Ein Traum, der an der Wirklichkeit schnell zerschellt war. Karl hatte einen Posten in der Verwaltung der Intourist-Filiale bekommen und sich rasch hochgearbeitet.

Elke saß nun schon seit Jahren in der Rechtsabteilung einer Produktionsgenossenschaft. Und dabei würde es wohl bleiben. Die Haushaltskasse stimmte, Existenzsorgen gab es nicht, allerdings auch keine spannungserfüllten Höhen und Tiefen. Eher ein alltägliches Einerlei. Alles ging, wie man so sagte, seinen sozialistischen Gang. Warten war ein Teil davon – Warten auf die Urlaubsreise nach Bulgarien, Warten auf den vor nunmehr siebzehn Jahren bestellten PKW LADA, Warten auf unzählige kleine Dinge – auf den Brief aus dem Westen, der ewig unterwegs war, auf ein vor Stunden angemeldetes Ferngespräch, auf die vorweihnachtliche Bananenzuteilung in der HO an der Ecke, auf den freien Tisch im Restaurant, der den geduldig Schlange stehenden Gästen zugewiesen wurde. »Sie werden plaziert!« hieß es lakonisch.

Elke schaltete das Fernsehgerät aus. Während sie ihren Gedanken nachhing, war ihr die Filmhandlung mehr und mehr entglitten. Entschlossen kehrte sie auf den Boden der Tatsachen zurück. Eigentlich war sie ja sogar stolz auf den erfolgreichen Partner. Wozu also der ganze Frust? »Mach das Beste aus dem freien Abend, genieß die Ruhe des Alleinseins!« sagte sie laut zu sich selbst und befolgte diesen Appell ohne Zögern. Sie schaltete die Stehlampe an, goß sich einen Weinbrand ein und griff nach dem Buch, das noch von gestern auf dem Couchtisch lag.

Wenn ihr jemand gesagt hätte, daß dieses einer ihrer letzten friedlichen, allein verbrachten Abende sei, hätte sie ihn wahrscheinlich verständnislos angesehen. Und die Prophezeihung, das Ende der DDR stehe bevor, wäre vermutlich für sie Anlaß gewesen, dem Klugschwätzer unumwunden einen Vogel zu zeigen. Studentenmanieren, aber bisweilen eindeutiger als ein langes Palaver.

Und doch war es so. Gut ein Vierteljahr später hielt die Welt den Atem an, weil da welche selbstbewußt riefen: »Wir sind das Volk!« und wenig später: »Wir sind ein Volk!«

Allmählich, ganz allmählich legte sich der Jubel der Wendewochen. Die Freudentränen über die Wiedervereinigung Deutschlands versiegten. Worte wie Treuhand, Abwickeln, Stasiakten, Telekom gehörten schnell zum vertrauten Sprachgebrauch. Die Begriffe Rückübertragung, Investor, Joint Venture wurden Bestandteile des Alltags. Die Ereignisse überschlugen sich. Die Zeit schien zu galoppieren. Zunächst unmerklich drängten sich neue Probleme in den Vordergrund. Das erschreckendste war die Arbeitslosigkeit. Ein Fremdwort, mit dem der ehemalige DDR-Mensch nicht umzugehen wußte. Nicht mit dem Wort und schon gar nicht mit der Tatsache. Ein schwieriger Lernprozeß stand bevor. Auch für Karl, der eines Tages wie ausgehöhlt, ratlos und hilflos in seine Zukunft starrte. Ohne Arbeit, ohne Verdienst, ohne Perspektive. Mit leeren Händen. Die Worte Arbeitslosengeld, Sozialhilfe, Obdachlosigkeit gellten pausenlos in seinen Ohren, obwohl niemand sie bislang ausgesprochen hatte.

Eine Weile schrieb Karl noch Bewerbungen und ging täglich mit banger Hoffnung zum Briefkasten. Doch irgendwann gab er auf. Zu alt. Keine Computerkenntnisse. Privilegierter – wieso eigentlich? Er hatte doch nur seine Arbeit getan – gewissenhaft, wie es seinem Wesen und seinem Können entsprach. Aber das interessierte niemanden.

Elke versuchte vergeblich, ihn aufzurichten. Auch sie war gekündigt worden, hatte aber Glück gehabt. Ein Büroplatz in einer Maklerfirma bot sich an. Allerdings mußte sie sich verpflichten, berufsbegleitend einen Computerkurs zu absolvieren. Aber das müßte zu schaffen sein.

Als sie mit dem Arbeitsvertrag nach Hause kam, ihn vor sich her trug wie eine frohe Botschaft, ihn ihrem Mann hinhielt wie ein Weihnachtsgeschenk, stieß Karl das Blatt wütend beiseite. »Gefällst dem Chef wohl? Was für Zugeständnisse verlangt er dafür? Hast wohl mit dem Unterrock gewinkt?« Immer weiter steigerte er sich in seine verzweifelte Wut hinein, wurde von Minute zu Minute beleidigender und gehässiger.

Elke kam sich vor, als wäre sie an einem sonnigen Frühlingstag ins eiskalte Wasser gestoßen worden.

Trostlose Wochen folgten, in denen Elke müde und zerschlagen nach einem ungewohnten Arbeitstag und einer schier endlosen Fahrt in der überfüllten Straßenbahn die Küche aufräumte und am Abwaschbecken stand, während Karl gelangweilt vor dem Fernsehgerät saß, vermutlich schon seit Stunden, die Beine hochgelegt und unansprechbar.

Nur ganz allmählich fanden sich beide in die neue Lage. In langen Debatten, in denen sich stets dasselbe wiederholte, bemühte Elke sich, ihrem Mann den notwendig gewordenen Rollentausch als Teil des Zusammenlebens schmackhaft zu machen. »Du erledigst alles, was im Haushalt nötig ist, und ich schaffe uns das nötige Kleingeld ran«, entschied sie nüchtern.

Es gab Tage, an denen Karl ihr schweren Herzens zustimmte. Er übte sich im Kartoffelnschälen und probierte, die Waschmaschine in Betrieb zu setzen. Mit einem Zettel in der Hand, auf dem er Schritt für Schritt notiert hatte, welchen Knopf er wann drücken mußte. Er lernte Nudeln zu kochen und Konservendosen zu öffnen.

Doch es gab auch andere Tage. Da saß er erneut vor dem Fernsehempfänger, reagierte auf nichts, und Elke stand hoffnungslos überfordert und bis zum äußersten gereizt in einem totalen Küchenchaos.

Dann wieder betrachtete sie nachsichtig die geplatzten Bockwürste, die Karl, anstatt sie zu wärmen, offensichtlich ausdauernd gekocht hatte. Mit den steinharten Frühstückseiern hätte man die Fensterscheiben einwerfen können. Eine hellbraune lauwarme Flüssigkeit, in der dunkle Blätter schwammen, beanspruchte die Bezeichnung »Tee«, und den leeren Schmortopfboden bedeckte eine fast zentimeterdicke schwarze Kruste, der ihr ursprünglicher Zustand als Gulasch nicht mehr anzusehen war.

Die Atmosphäre am gemeinsamen Eßtisch wurde immer unerträglicher. Wenn Elke ihrem Mann erklären wollte, was er falsch gemacht hatte, verbat er sich aufbrausend ihre Schulmeisterei, schlug die Wohnungstür krachend hinter sich zu und kam erst nach Stunden total betrunken zurück. Lobte sie ihn ob seiner Kochkünste, wenn einmal nichts schiefgegangen war, kam er sich verspottet oder bemitleidet vor. Als sein mühsamer Versuch scheiterte, einen Erbseneintopf zu kochen, und Elke ihn ärgerlich fragte, ob die harten Kullern in dem heißen Wasser Schrotkugeln wären, schmiß er die Suppenschüssel wütend auf den Fußboden und stürzte davon.

Ohne sich der Tatsache bewußt zu sein, entfernten sich die beiden mehr und mehr voneinander. Gemeinsame Unternehmungen gab es nicht mehr. Zu wirklichen Gesprächen kam es kaum noch.

Fast nie fragte einer den anderen, wie er den Tag verbracht habe. Elkes berufliche Probleme interessierten Karl nicht, er fühlte sich ausgebootet, seine Reaktionen auf ihre Fragen waren bisweilen von Gleichgültigkeit, meistens jedoch von Neid und Mißgunst geprägt.

Wie anders hatten die beiden früher jedesmal ihren Hochzeitstag vorbereitet, ein Fest daraus gemacht! Statt dessen jetzt – keine Vorfreude, keine Pläne, keine Gäste, nichts.

Nicht einmal eine Tischbestellung für ein Abendessen zu zweit beim »Italiener« an der Straßenecke.

Und dann im allerletzten Moment doch noch ein kläglicher Versuch Elkes, den Abend von anderen abzuheben. »Statt belegter Brote und einer Tütensuppe brätst du jedem von uns ein Kotelett. Ich bringe ein frisches Baguette von Penny mit und eine Flasche Wein.«

Es war wie ein Auftakt zu einem Neubeginn. Voller Bereitschaft hörte Karl sich an, wie er als »angehender Meisterkoch« zu Werke gehen sollte, machte sicherheitshalber ein paar Notizen und wiederholte Elkes Anweisungen.

Der Abend nahte. Etwas wie freudige Erwartung regte sich in beiden. Während Elke nach Hause eilte, deckte Karl den Tisch. Sogar ein paar Blumen hatte er besorgt. Seit der Wende gab es die an jeder Ecke in Hülle und Fülle. Die Erinnerung an wochenlange Vorbestellungen, an bestochene Verkäuferinnen in der Blumenhandlung und die ewig gleichen Nelkensträuße in DDR-Zeiten wirkte angesichts des jetzigen üppigen Blumenangebots geradezu makaber.

Karl band sich Elkes Schürze um, stellte die Pfanne auf den Herd, Eier und Reibsemmel für die Panade auf den Tisch, legte die Koteletts auf dem Küchenbrett nebeneinander und kramte dèn Fleischklopfer aus der Schublade. Prüfend wog er ihn in der Hand. Ganz schön schwer für einen Holzhammer! Mit der sternförmig eingekerbten stählernen Aufschlagfläche fing er an, das Fleisch zu bearbeiten. Erst von der einen Seite, hatte Elke gesagt, und dann von der anderen. Wenn er kräftiger zuschlug, prägte sich das Muster des Fleischklopfers in die Kotelettoberfläche. Nun rhythmisch – man könnte einen Takt damit schlagen und ihn mit Worten unterlegen …

Karl lauschte der Klopfmelodie und sprach laut vor sich hin: »El-ke, El-ke, El-ke …« Dann: »Kü-che, Kü-che, Küche …« Plötzlich überkam ihn sein ganzer Jammer. Sollte das sein künftiges Leben sein? Küche? Koteletts?

Der Klopfrhythmus wurde hektischer, die Schläge fielen schneller und härter. Jetzt zwei Worte: »Kar-riere, Kote-lett, Kar-riere, Kote-lett. Nein, andersrum: Kote-lett, Karriere, Kote-lett, Kar-riere …« Schneller, wilder: »Kote-lett-kar-riere, Kote-lett-kar-riere …« Mehr und mehr steigerte Karl das Tempo, geriet in eine regelrechte Ekstase. Völlig in Trance vergaß er alles um sich her. Der leichte Geruch des rohen Fleisches war das einzige, was ihn an die angefangene Küchenarbeit hätte erinnern können. Aber der verstärkte nur die Benommenheit des aus der Bahn geratenen Mannes. »Kote-lett-kar-riere, Kote-lett-kar-riere …« Mit verzerrtem Gesicht hämmerte er weiter und weiter, taub und blind für alles ringsum.

Er hörte nicht, wie Elke die Wohnungstür aufschloß, sah nicht, wie sie die Küche betrat, reagierte nicht auf ihren Anruf.

Entsetzt über den Anblick, der sich ihr bot, beugte Elke sich über den Tisch, um ihrem Mann den Fleischklopfer zu entreißen. Da schlug er blindwütig auf ihren vorgebeugten Kopf ein.

Erst als ein erstaunter, ungläubiger Blick aus den brechenden Augen ihn traf, als Elkes Halt suchende Hände kraftlos von der Tischkante abrutschten und eine dünne Blutspur über die Stirn der reglos am Boden liegenden Frau rann, kam Karl langsam zur Besinnung.

Ruth Rendell
Der Fieberbaum

Wo es Malaria gibt, dort wächst der Fieberbaum.

Er hat fedrige, farnähnliche Blätter, frischgrün und zart, wie sie bei vielen Bäumen in tropischen Regionen vorkommen. Sein Erscheinungsbild ist anmutig und hat ein Flair von Jugendlichkeit, so als warte jeder Fieberbaum erst noch darauf, erwachsen zu werden. Das Hervorstechendste an ihm ist jedoch die Farbe seiner Rinde. Es ist das Gelb unreifer Zitronen. Fieberbäume unterscheiden sich von allen anderen durch ihre schlanken gelben Stämme.

Ford wußte, wie der Baum genannt wurde, und er erkannte ihn auch, aber seinen botanischen Namen wußte er nicht. Auch hatte er nie gehört, weshalb man ihn Fieberbaum nannte – ob die Eingeborenen seine Blätter oder Rinde oder Früchte als Arznei gegen die Malaria verwandten oder ob der Name einfach nur von seiner warnenden Gegenwart herrührte, überall dort nämlich, wo es die Malaria übertragenden Moskitos gab. Bei seinem Anblick hier in Ntsukunyane spürte er denn auch förmlich ein Fieber in seinem Blut aufsteigen.

Ein Afrikaner in Khakishorts und -hemd öffnete ihnen den Schlagbaum, so daß sie das Tor in der Umfriedung passieren konnten. Drinnen sah es nicht anders aus als draußen; derselbe Busch, still, reglos, von keinem Windhauch bewegt, erstreckte sich nach beiden Richtungen. Während er auf der Teerbetonstraße die zweieinhalb Kilometer zur Rezeptionsbaracke dahinfuhr, dachte Ford, wie es wohl wäre, wenn er jetzt den Kopf wandte und Marguerite neben sich auf dem Beifahrersitz sähe. Eine Illusion, der nachzuhängen er gar nicht erst wagte, und sie währte auch ohnehin kaum eine Minute. Tricia zerstörte sie. Sie begann ihn mit ihren Schulmädchenfragen zu traktieren, vorgebracht mit hoher, unnatürlicher Stimme.

Es war wieder ein Schwarzer, aber in schmuckerer Uniform, mit weit mehr Verzierungen, der ihren Buchungsbeleg entgegennahm und ihn mit der Gästeliste verglich. Man mußte Wochen im voraus zahlen für das Privileg, sich hier aufzuhalten. Ford hatte einen Tag, nachdem er Marguerite Lebewohl gesagt hatte und, für immer, zu Tricia zurückgekehrt war, seine Buchung vorgenommen.

»Meine Frau wüßte gern die Gebietsgröße von Ntsukunyane«, sagte er.

»Vier Millionen Morgen.«

Ford ließ ein angemessenes Pfeifen ertönen. »Haben wir die Chance, einen Leoparden zu sehen?«

Der Mann zuckte die Achseln und lächelte. »Wer weiß?

Sie können Glück haben. Sie sind ja eine ganze Woche hier, da werden Sie sicherlich Löwen, Elefanten und Flußpferde sehen, vielleicht auch einen Geparden. Der Leopard aber ist ein Nachttier, und Sie müssen ja immer bis sechs Uhr abends im Camp zurück sein.« Er sah auf die Uhr. »Ich rate Ihnen auch, fahren Sie jetzt weiter, Sir, wenn Sie es noch bis Thaba schaffen wollen bevor die dort die Pforten schließen.«

Ford stieg wieder in den Wagen. Es war beinahe vier. Die Sonne Afrikas, eine lebende Allgegenwart, eine eigene Gottheit, brannte durch einen Dunstschleier. Es ging kein Windhauch. Tricia, in blaugelbem Sonnenkleid mit Rüschen, hatte ihren Arm aus dem offenen Fenster gehängt, und die blondbehaarte Haut war glutrot. Er teilte ihr mit, was der Mann gesagt hatte, und auch daß drinnen in der Baracke ein Anschlag gehangen hatte: »Es ist streng verboten, Schußwaffen ins Wildreservat mitzunehmen, Tiere zu füttern, die Geschwindigkeitsgrenze zu überschreiten und Abfälle zurückzulassen.«

»Und vor allem darf man nicht aus dem Wagen steigen«, ergänzte Ford.

»Was? Überhaupt nicht?« Tricia machte ihre blaßblauen Augen rund und – wie Murmeln.

»So steht es da.«

Sie zog ein Gesicht. »Dämliche olle Vorschriften!«

»Man braucht sie halt«, erwiderte er.

Ja, man brauchte sie – hier drinnen genauso wie draußen in der Welt. Es ist streng verboten, sich zu verlieben, seine Frau zu verlassen und zu versuchen, ganz von vorn anzufangen. Er warf einen Blick zu Tricia hinüber, um zu sehen, ob ihr wohl die gleichen Gedanken durch den Kopf gingen. Sie hatte ihren neckischen Gesichtsausdruck, lieb, niedlich.

»Eine Belohnung«, rief sie eifrig, »für den, der zuerst ein Tier sieht!«

»Na schön.« Er hatte sich auf diese Versöhnung eingelassen, auf diese Ferienreise mit ihr, diese zweiten Flitterwochen, und jetzt mußte er es eben versuchen. Er mußte sich

Mühe geben. Es würde nicht so einfach geschehen, wie die Liebe zwischen ihm und Marguerite dagewesen war, unvermutet und unbeabsichtigt.

»Und wer gibt die Belohnung?« fragte er.

»Wenn ich gewinne, du, und wenn du gewinnst, dann ich. Und wenn ich es bin, dann möchte ich ein kleines Geschenk aus dem Camp Shop; ein sehr hübsches teures Sächelchen.«

Der Gewinner war Ford. Er sah ein einzelnes Zebra aus dem Dornengestrüpp auf der rechten Seite heraustreten, und dann eine kleine Herde. »Krieg *ich* nun ein Geschenk aus dem Shop?«

Er spürte es mehr, als daß er es sah, ihr affektiertes Kopfschütteln. »Nein«, sagte sie, »du kriegst einen Kuß.« Und sie preßte warme, trockene Lippen auf seine Wange.

Es machte ihn unmerklich schaudern. Ford verlangsamte das Tempo, damit das Zebra die Straße überqueren konnte. Das Dornengebüsch hatte fünf Zentimeter lange Stacheln. Am Straßenrand wuchs eine Art wilder Zinnie mit winzigen Blüten, korallenrot, die rote Tupfer zwischen das trockene, bleiche Gras setzten. Im Busch gab es rostrote Ameisenhügel mit hohen Spitzen, wie Zinnen von Märchenburgen. Noch achtunddreißig Kilometer bis Thaba. Er beschleunigte wieder, hielt sich knapp unter der Geschwindigkeitsgrenze und ignorierte, so gut er konnte, Tricia jedesmal, wenn sie ihn bat, langsamer zu fahren. Sie würden jetzt ohnehin keins der großen Raubtiere mehr sehen, nicht an diesem Nachmittag, da war er ganz sicher, höchstens Impalas, Zebras und vielleicht eine Giraffe. Er hatte sich früher bei seinen Geschäftsreisen öfter Urlaub genommen, um nach Serengeti oder in den Krügerpark zu fahren, er kannte sich aus. Er holte das Fernglas für Tricia heraus, stellte es ein und hängte ihr den Lederriemen um den Hals, denn er hatte weder all die Ferngläser und Kameras vergessen, die sie bereits fallen gelassen und kaputtgemacht hatte, eben weil sie das unterlassen hatte, noch ihre Tränenströme hinterher. Der Wagen hatte keine Klimaanlage, und die Hitze lag schwer und stumm zwischen ihnen. Sie fahren westwärts, vor ihnen versank die Sonne mit mattem gelbem Glanz. Der Schweiß rann Ford aus den Achselhöhlen und zwischen den Schulterblättern herunter, durchnäßte sein ohnehin schon feuchtes Hemd und überzog seine Haut mit einem kalten, klebrigen Film.

Auf der Mitte einer Straßenkreuzung stand eine Steinpyramide mit Pfeilen darauf und wies den Weg nach Thaba, dem größten Camp bei Waka-Suthu, und zur Hippo-Brücke über den Suthufluß. Oben auf der Spitze saß ein Pavian mit einem grauen, flauschigen Jungen auf den Knien. Tricia streckte schmachtend die Arme danach aus. Sie hatte nie ein Kind gehabt. Die Pavianmutter begann auf dem Kopf ihres Babys Flöhe zu fangen. Tricia stieß einen kleinen nervösen Schrei aus, halb entsetzt, halb belustigt. Ford fuhr die Straße nach Thaba hinunter und passierte die Einfahrt zum Camp zehn Minuten, bevor sie für die Nacht das Tor schlossen.

Die Dunkelheit setzt unvermittelt ein in Afrika. Die Dämmerung ist nur von kurzer Dauer; kaum hat man sie bemerkt, ist sie schon vorüber, und die Nacht fällt herein. In den kurzen Momenten der Dämmerung leuchten all die blassen Dinge förmlich auf, und die Vögel lassen ein sanftes Murmeln hören. Im Camp von Thaba gab es ein Restaurant und einen Laden, runde Hütten mit Strohdächern und hölzerne Chalets mit Veranden davor. Ford und Tricia war ein Chalet an der nördlichen Begrenzung zugewiesen worden, und von ihrer Veranda aus konnte man hinter dem hohen Drahtzaun den Suthufluß gemächlich und still zwischen dem hohen Röhricht an seinen Ufern dahinfließen sehen. Die Dämmerung hatte gerade eingesetzt, als sie die hölzernen Stufen hinaufstiegen. Ford trug ihre Koffer. Und da sah er die Fieberbäume, zwei Stück, die fedrigen Blätter vom Zwielicht ins Graue verblichen, die Stämme jedoch von schärferem, stechenderem Gelb als am Tage.

»Ganz gut, daß wir unsere Malariatabletten genommen haben«, meinte Ford, als er die Tür aufstieß. Als das Licht brannte, sah er an der gegenüberliegenden Wand zwei Moskitos sitzen. »Anopheles sind die Überträger der Malaria, bloß unglücklicherweise verraten sie einem nicht, ob sie Anopheles sind oder nicht.«

Getrennt stehende Betten, Lampen, ein Ventilator, ein Kühlschrank, eine offenstehende Tür zu Toilette und Duschbad. Tricia setzte ihren Make-up-Koffer, ohne den sie nirgendwo hinging, auf dem Bett am Fenster ab. Das Licht war nicht besonders hell. Das war keine der Lampen im ganzen Camp, denn die Elektrizität kam von einem eigenen Generator. Dies hier war eine kleine Kolonie von Menschen in einer Welt, die den Tieren gehörte, eine Umkehrung der gewöhnlichen Ordnung der Dinge. Vom Fenster aus konnte man andere Chalets sehen, andere trübe Lichter, andere parkende Wagen. Tricia redete mit den beiden Moskitos.

»Ist dein Name Anna Phyllis? Nein? Liebling, du kannst ganz beruhigt sein. Sie sagt, sie heißt Mary Jane und ihr Mann John Henry.«

Ford brachte ein Lächeln zustande. Er hatte Tricias Scherzhaftigkeit hingenommen und sich daran gewöhnt, bis er Marguerites Witz entdeckt hatte. Er schob seinen Koffer in den Schrank, ohne ihn auszupacken, und ging unter die Dusche. Tricia stand auf der Veranda und lauschte den Zikaden, Tausenden von Zikaden. Es war stockdunkel geworden, während sie ihre Kleider aufgehängt hatte, und der Himmel war übersät mit hellen Sternen.

Sie hatte Ford zurückbekommen von dieser Frau, und jetzt mußte sie ihn festhalten. Sie hatte ein paar Pfund abgenommen, eine Menge neuer Kleider gekauft und sich Strähnen ins Haar färben lassen. Eigentlich hatten Männer ihr von jeher Angst eingeflößt, angefangen mit ihrem Vater, als sie ein Kind war. Und damals, als sie ein Kind war, hatte sie auch damit begonnen, Kind zu spielen mit all den kleinen Vorteilen, die sich daraus ergaben. Sie hatte herausgefunden, daß ihr Vater gegenüber kleinen Mädchen freundlicher und nachgiebiger war als gegenüber ihrer Mutter. Ford hatte ein kleines Mädchen geheiratet, anschmiegsam und niedlich, und es hatte ihm sehr wohl gefallen, bis er einer erwachsenen Frau begegnet war. Tricia wußte das alles, aber wie sie ihn halten sollte, das wußte sie jetzt nicht besser als früher. Die alten Methoden erschienen ihr genauso langweilig und abgestanden, wie auch er sie vermutlich empfand. Wie sie da so auf der Veranda stand, wünschte sie sich halb und halb, sie wäre allein, müßte nicht partout einen Ehemann haben, müßte sich nicht aus Gründen der Konvention und des Stolzes, wegen des Unterhalts und wegen der Gesellschaft an ihm festklammern. Sehnsüchtig horchte sie hinaus, ob nicht ein Löwe brüllte da draußen im Busch hinter dem Zaun; aber es gab nirgends einen Laut, abgesehen von den Zikaden.

Ford kam in einem Frotteemantel heraus. »Wo hast du das Mückenzeug? Den Spray?«

Sofort verängstigt, sagte sie: »Ich weiß nicht.«

»Was heißt das, du weißt nicht? Du mußt es doch wissen. Ich hab dir im Hotel die Sprühdose gegeben und gesagt, du sollst sie in dein Dingsda, diesen Make-up-Koffer tun.«

Sie machte den Koffer auf, obwohl sie wußte, daß die Mückenspraydose nicht darin war. Natürlich nicht. Sie sah sie ja im Geiste vor sich auf der Badezimmerablage im Hotel, zurückgelassen, weil sie so sperrig war. Sie biß sich auf die Lippen und blickte Ford verstohlen von der Seite an. »Wir können ja im Laden was kaufen.«

»Tricia, der Laden schließt um sieben, und es ist jetzt zehn nach.«

»Dann kaufen wir eben morgen früh was.«

»Moskitos sind aber zufällig nachts höchst aktiv.« Er wühlte zwischen den Flaschen und Töpfchen in ihrem Koffer herum. »Nun sieh dir diesen ganzen nutzlosen Quatsch an: ›Reinigungsmilch‹, ›Perlglanz-Tönung‹, ›Feuchtigkeitscreme‹ – wie ein blutjunges Mannequin! Den Mückenspray mitzunehmen und dafür die ›Perlglanz-Foundation‹ zurückzulassen, darauf bist du wohl nicht gekommen, was?«

Ihre Lippen zitterten. Sie spürte, wie sie – fast unbewußt – ihre runden Augen machte und die Lippen zu einem Lispelmündchen vorschob. »Aber an die Tabletten haben wir gedacht.«

»Das wird die verdammten Viecher nicht am Stechen hindern!« Er ging ins Bad zurück und knallte die Tür hinter sich zu.

Marguerite hätte nicht vergessen, die Sprühdose mitzunehmen. Tricia wußte, er dachte wieder an Marguerite, sein Kopf war angefüllt von ihr, sie hatte sich schon während der ganzen langen Fahrt nach Thaba unabweisbar und mit Macht in seine Gedanken gedrängt.

Tricia fing an zu weinen. Das Wasser floß ihr nur so aus den Augen und wollte nicht aufhören. Sie zog ein anderes Kleid an, und immerfort weinte sie weiter. Die Tränen durchweichten den Puder, den sie auf ihr Gesicht stäubte.

Sie aßen im Restaurant zu Abend. Tricia in ihrem rosa geblümten Crêpe war die einzige aufgemachte Frau dort. Früher hätte sie sich eingebildet, alle anderen Gäste blickten sie an, weil sie sie bewunderten, jetzt aber schien ihr eher Hohn und Spott dahinterzustecken. Sie aß ihr kleines, zu lange gekochtes Stück Seehecht und ihr großes, zu lange gebratenes, unter Semmelbröseln verborgenes Stück Kalbfleisch und betrachtete die roten Flecken der Moskitostiche, die sich auf Fords Arm abzeichneten.

Es gab keine Beleuchtung im Camp außer dem Licht, das aus den Fenstern des Hauptgebäudes und aus den Chalets fiel. Nach und nach gingen die Lichter aus, und es wurde sehr dunkel. Trotz seiner Moskitostiche schlief Ford augenblicklich ein, Tricia aber wurde durch das Geräusch des Ventilators wachgehalten. Um elf Uhr schaltete sie ihn aus und öffnete das Fenster. Da endlich konnte sie einschlafen, aber um vier Uhr erwachte sie schon wieder, lag eine halbe Stunde wach, stand dann auf, zog sich an und ging hinaus.

Es war noch dunkel, aber die Dunkelheit lichtete sich bereits ein wenig, so als ob man ihren dichtesten Schleier bereits fortgezogen habe. Schwerer Tau lag auf dem Gras. Als sie unter einem Merulabaum, überladen mit kleinen grünen aprikosenförmigen Früchten, hindurchging, stob ein Schwarm Fledermäuse aus seinen Zweigen auf und umflatterte ihren Kopf. Wäre Ford bei ihr gewesen, sie hätte losgeschrien und sich an ihn geklammert, da sie aber allein war, verhielt sie sich still. Das Camp und der Busch jenseits des Zauns waren voller Geräusche. Laute, die Tricia an die Gemälde von Hieronymus Bosch gemahnten – Teufelchen, Dämonen und grauenhafte Homunkuli, die, wären ihnen Stimmen verliehen, wohl Laute ausstoßen würden wie diese hier – Knurren, leises Pfeifen und Zirpen und winzige dünne Schreie. Sie spazierte umher, wartete auf den Tagesanbruch, glaubte, es würde ein grandioses Spektakel sein. Aber es war bloß eine graue Blässe am Himmel, bleiche Farblosigkeit zwischen sich teilenden schwarzen Wolken, und ein Gefühl der Enttäuschung erschreckte sie, so, als sei dies Symbol oder Omen für etwas viel Einschneidenderes in ihrem Leben als nur der Anbruch eines beliebigen Tages.

Ford wachte auf und brachte es zuerst wegen der Schwellungen durch die Moskitostiche nicht fertig, die Augen zu öffnen. Wie Flocken von Distelwolle saßen die Moskitos an den Wänden dicht an dicht, von oben bis unten. Er stand auf, stolperte halb blind aus dem Schlafzimmer und ließ sich das Wasser aus der Dusche über das Gesicht laufen. Tricia trat ein, starrte auf sein Gesicht, kicherte nervös, biß sich aber sofort auf die Lippen.

Die Tore des Camps wurden um halb sechs geöffnet, und die Autos begannen hinauszuströmen. Tricia hatte nie den Führerschein gemacht, und Ford konnte nichts sehen, also gingen sie ins Restaurant zum Frühstücken. Als der Laden öffnete, kaufte Ford zwei Sorten Mückenschutzmittel und, innerlich seufzend, weil er ihre Entschuldigungen und ihre bettelnden Augen nicht länger ertragen konnte, für Tricia eine Halskette aus Elfenbeinperlen und einen Rock mit aufgedruckten Giraffen. Um neun Uhr, als die Schwellungen um Fords Augen ein wenig abgeklungen waren, fuhren sie mit dem Wagen los und nahmen die Straße zur Hippo-Brücke.

Der Tag war feucht und brütend heiß. Ford hatte die Mückenstiche gezählt, die er abbekommen hatte, und kam auf die stattliche Anzahl von vierundzwanzig. Schwer zu glauben, daß zwei kleine Chinintabletten ausreichen sollten gegen vierundzwanzig Stiche, von denen einige mit Sicherheit von der Anopheles herrühren mußten. Hatte er nicht sofort, als sie gestern abend gekommen waren, die beiden Fieberbäume gesehen? Jetzt steuerte er den Wagen langsam und verbissen, nahezu wortlos, die geschwollenen Augen hinter einer Sonnenbrille verborgen.

Am Suthufluß hielt er an und später noch einmal an einem Wasserloch, und sie suchten angestrengt die Wasseroberfläche ab. Aber nirgends tauchte etwas auf, wenn man den dikken, dunklen Ast nicht rechnete, der am Ende plötzlich verschwand und sich dadurch nachträglich als ein Krokodil auswies. Es war schon zu spät am Vormittag, um noch viel zu sehen außer Marabustörchen, die regungslos und in sich versunken auf einem Bein in einer Lichtung oder auf dem dürren Ast eines Baumes standen. Ford schwenkte sein Fernglas über den Busch hin, der sich in ungebrochener, scheinbar lebloser Eintönigkeit bis zu den blauen Gebirgszügen am fernen Horizont erstreckte.

Von den Moskitostichen allein konnte man doch kein regelrechtes Fieber bekommen. Wenn Malaria im Anzuge war, dann würde sie nicht jetzt ausbrechen. Dennoch empfand Ford, wie er so im Wagen neben Tricia saß, eine Art Fieberwahn. Vielleicht kam es nur durch die schwere Irritation seiner gesamten Körperoberfläche, durch das Brennen der Haut und die Unfähigkeit, sich zu bewegen, ohne neue Qualen heraufzubeschwören. Aber es zog auch seinen Geist in Mitleidenschaft, und jedesmal, wenn er Tricia ansah, stieg eine Art Panik in ihm auf. Warum war er zu ihr zurückgegangen? War er verrückt? Seine Augen, sein ganzer Kopf pulsierte, als sei seine Temperatur erhöht. Diese rosa Jeans waren zu eng für Tricia, und die Rüschen an ihrer weißen Bluse waren lächerlich. Mit Hilfe des Fernglases hatte sie in den Zweigen eines Peepulbaumes eine Familie kleiner grauer Affen entdeckt, und sie hing aus dem Fenster, machte ständig girrende Lockrufe. Jetzt öffnete sie die Wagentür, hielt sie spaltbreit offen und warf ihm einen Blick zu, wie ein Kind seinen Vater anblickt, wenn er etwas verboten hat, das es dennoch brennend gern tun möchte.

Sie hatten weder Großkatzen noch einen Elefanten zu Gesicht bekommen, sie hatten nicht einmal einen Schakal gesehen. Ford hob die Schultern.

»Okay, aber wenn ein Aufseher vorbeikommt und dich erwischt, dann kriegen wir verdammten Ärger.«

Sie stieg aus dem Wagen und ließ die Tür offen. Das Gras, das am Straßenrand begann und die Wildnis bedeckte, so weit das Auge reichte, war hoch und spröde. Es reichte Tricia bis ans Knie. Eine Löwin oder ein Gepard, die etwa darin lagen, wären vollständig verborgen gewesen. Ford griff nach dem Fernglas und blickte in die andere Richtung, um nicht Tricia ansehen zu müssen, die wieder einmal vergessen hatte, sich den Riemen der Kamera um den Hals zu legen. Sie unternahm Annäherungsversuche bei den Affen, die vor ihr zurückwichen; dabei umarmten sie einander, verbargen Köpfe an Schultern, wie bedrohte Flüchtlinge auf einem kitschigen Gemälde. Langsam schwenkte er sein Glas. Und da sah er knappe hundert Meter von einer unruhig grasenden kleinen Ziegenherde entfernt die beiden Katzengesichter dicht beieinander, die aneinandergeschmiegten Leiber, die gefleckten Rücken ... Geparden! Ihm fiel ein, daß er einmal gehört hatte, sie seien die schnellsten Tiere der Welt.

Er mußte Tricia rufen und sie sofort in den Wagen zurückholen. Aber er rief nicht. Durch das Glas beobachtete er die großen Katzen, die dort so anmutig lagerten, gesättigt und in sich ruhend, wenn auch mit offenen Augen. Marguerite hätten sie gefallen, sie liebte Katzen, sie besaß eine

Burmakatze, ebenso geschmeidig, schlank und gelassen wie diese wilden Kreaturen. Tricia kam in den Wagen zurück, voll lauten Entzückens, wie süß die Affen waren. Er ließ den Motor an und fuhr los, ohne ihr von den Geparden zu erzählen.

Später, so gegen fünf Uhr am Nachmittag, wollte sie wieder aus dem Wagen aussteigen, und er hielt sie nicht zurück. Sie spazierte die Straße auf und ab und redete auf Mungos ein. In kaum mehr als einer Stunde würde es dunkel sein. Wenn er nun den Wagen anließe und ohne sie ins Camp zurückfuhr, schoß es ihm durch den Kopf. Leoparden waren nächtliche Jäger, die bis zur Dunkelheit warteten. Die Schwellungen um seine Augen waren nahezu ganz abgeklungen, aber sein Hals, die Arme und Hände schmerzten noch wegen der Heftigkeit der Stiche. Die Mungos flüchteten ins Gras, als Tricia leise redend näherkam, die Hände beschwörend ausgestreckt. Ein Wagen mit vier Männern kam aus Richtung der Hippo-Brücke angefahren. Er verlangsamte das Tempo, und der Fahrer streckte den Kopf heraus. Sein Gesicht war ziegelrot, hatte grobe Züge, das Haar ein rostiges Blond, und seine Stimme verriet durch ihre gequetschten Vokale den Akzent des in Afrika geborenen weißen Mannes.

»Die Dame sollte aber nicht so auf der Straße rumlaufen!«

»Ich weiß«, erwiderte Ford, »ich hab's ihr gesagt.«

»Verzeihung, wissen Sie, daß Sie da etwas sehr Gefährliches tun, so aus dem Wagen zu steigen?« Die Stimme dröhnte einschüchternd. Tricia errötete. Sie tat geziert beleidigt, lächelte, biß sich auf die Lippen. Dabei hatte sie im Grunde große Angst vor diesem Mann, der sie ansah, als verachte er sie, als widere sie ihn an. Wenn er ins Camp zurückkam, würde er sie verpetzen?

»Versprechen Sie, daß Sie's nicht weitersagen?« stammelte sie, den Kopf zur Seite gelegt.

Er gab ein zorniges Grunzen von sich und zog den Kopf zurück. Der Wagen fuhr weiter. Mit einem Satz war Tricia wieder auf dem Beifahrersitz neben Ford. Sie hatten weniger als eine Stunde Zeit, nach Thaba zurückzufahren. Ford fuhr los und folgte dem Wagen mit den vier Männern.

Beim Abendessen saßen die vier am Nebentisch. Tricia fragte sich, wie vielen Leuten sie wohl von ihr erzählt hatten, denn sie bildete sich ein, daß etliche Gäste sie neugierig oder feindselig anblickten. Der Mann mit dem krausen blonden Haar, den sie Eric nannten, prahlte laut damit, was er und seine Gefährten an diesem Tage alles gesehen hätten – wahre Prachtstücke von Löwen, zwei Flußpferde, Hyänen und die seltene Säbelantilope.

»Sie können nicht erwarten, daß Sie da unten an der Hippo-Brücke viel zu sehen kriegen, wissen Sie., meinte er zu Ford. »Die große Show läuft bei Sotingwe. Nehmen Sie gleich morgen früh die Straße nach Sotingwe, und ich garantiere Ihnen Löwen.«

Mit Tricia sprach er nicht, er sah sie nicht einmal an. Vor zehn Jahren hätten sich die Männer im Restaurant den Kopf verrenkt, um sie anzusehen, und obgleich sie sich insgeheim vor ihnen fürchtete, hatte sie sich doch zitternd in ihren Blicken gesonnt. Als sie durch das Gras zu ihrem Chalet zurückgingen, klammerte sie sich an Fords Arm.

»Um Gottes willen, denk an meine Mückenstiche! sagte er.

Lange lag er wach in seinem Einzelbett, einen Fußbreit von Tricias entfernt, und dachte an die Leoparden dort jenseits der Einfriedung, die nachts jagten. Der Leopard glitt auf dem Ast eines Baumes entlang und ließ sich von dort auf seine Beute fallen. Löwinnen jagten am frühen Morgen und brachten, was sie erlegt hatten, ihren Gefährten und den Jungen. Ford hatte all diese Dinge auf dem Fernsehschirm gesehen. Wie Geparden jagten, wußte er nicht, nur, daß sie sehr schnell waren. Ein wütender Elefant konnte sich auf ein Auto werfen und es zerdrücken oder mit einem Schlag seines Fußes die Windschutzscheibe zertrümmern.

Es war zu dunkel, um Tricia zu sehen, aber er wußte, sie war wach; sie lag ganz still, und manchmal hielt sie den

Atem an. Dann folgte ein tiefes Ausatmen, ein Seufzer, der durch das Rasseln des Ventilators hindurch hörbar war.

Vor Jahren hatte er versucht, ihr das Autofahren beizubringen. Man sagte ja, ein Mann solle nie versuchen, seiner Frau etwas beizubringen, er habe keine Geduld mit ihr und könne keine Zugeständnisse machen. Tricia hatte denn auch nie recht Fortschritte gemacht. Dauernd mußte man gewärtig sein, daß sie die unmöglichsten, lächerlichsten Sachen machte, und dann hatte er sie angebrüllt. Sie machte eine Fahrprüfung und fiel durch, und sie behauptete, das sei bloß passiert, weil der Prüfer sie angeschnauzt habe. Tricia schien zu glauben, kein Mensch dürfe ihr gegenüber auch nur die Stimme erheben, und ein Blick von ihr genüge, um alle Männer als Sklaven zu ihren Füßen niedersinken zu lassen.

Er hätte es gern gesehen, wenn sie imstande gewesen wäre, ihn beim Fahren abzulösen. Schließlich gab es keinen Zweifel, daß man eine Menge versäumte wenn man sich auf die Straße konzentrieren mußte. Aber es hatte gar keinen Sinn, es auch nur vorzuschlagen. Fords Wagen war einer der ersten in der Schlange, die um halb sechs Uhr früh durch das Gatter hinausfuhr in die graue Dämmerung, die stumme Buschlandschaft. An der Steinpyramide, auf der zusammengekauert eine Pavianfamilie saß, bog er in die Straße nach Sotingwe ein.

Ein paar Kilometer weiter stießen sie auf die Löwen. Eric und seine Freunde waren bereits da, lehnten sich mit ihren Kameras aus den Fenstern. Die Löwenfamilie, zwei ausgewachsene Muttertiere, zwei Junglöwinnen und ein halbwüchsiger Löwe mit zaghaft sprießender Mähne, lag mitten auf dem Fahrweg. Ford hielt an und parkte am Rand, Erics Wagen gegenüber.

»Hab ich Ihnen nicht gesagt, hier würden Sie Glück haben?« rief Eric Tricia zu. »Ich hoffe, Sie kommen nicht wieder auf die Idee, auszusteigen und auf Entdeckungen zu gehen!«

Tricia würdigte ihn keines Blickes und antwortete auch nicht.

Sie sah nur die Löwen. Die Sonne ging auf, überstrahlte den Himmel mit rosa-orangenem Glanz, und eine kleine Brise bewegte zitternd all die blaßgrünen farnähnlichen Blätter ringsum. Die größere der erwachsenen Löwinnen erhob sich gemächlich – eher gelangweilt als erschreckt durch Erics aufwendige Fotoausrüstung –, schlenderte ins Gestrüpp, quer durch das hohe, trockene Gras und die roten Zinnien. Die Jungen folgten ihr, die andere Löwin folgte ihr …

Ford beobachtete durch das Glas, wie sie mit stolz erhobenen Köpfen dahinschritten, selbst die Kleinen auf anmutig lässige, gemessene Art. Nirgends ringsumher waren Impalas, auch keine Giraffen, keine Gnus. Die Welt hier gehörte den Löwen.

Das meiste spielte sich bei Sotingwe ab, in der Nähe des Wasserlochs. Ein Elefant mit Ohren wie indische Zimmerfächer überstäubte sich mit rotem Sand, den er aus seinem Rüssel blies. Tricia stieg aus dem Wagen, um den Elefanten zu photographieren, und Ford versuchte nicht, sie daran zu hindern. Er kratzte seine Moskitostiche, die vom brennenden ins juckende Stadium übergegangen waren. Wieder einmal hatte Tricia nicht daran gedacht, sich den Kamerariemen um den Hals zu hängen. Sie bahnte sich einen Weg ans Ufer hinunter und betrachtete aus sicherer Entfernung – war überhaupt irgendeine Entfernung hier sicher? – ein Krokodil. Ohne sich recht darüber klar zu sein und ohne selbst ganz zu verstehen, was er damit meinte, dachte Ford, daß es die falsche Tageszeit war; es war zu früh. Sie fuhren zum Frühstück nach Thaba zurück.

Beim Frühstück und auch später beim Lunch sprudelte Eric förmlich über von dem, was er gesehen hatte. Er hatte den Sandweg genommen, der von Sotingwe zur Suthu-Brücke hinunterführte, und dort, hoch in einem Baum am Wasser, war ein Leopard gewesen. Malcolm hatte ihn zuerst gesichtet – schlafend ausgestreckt auf einem Ast, ein gutes Stück entfernt, aber durch den Feldstecher ganz deutlich zu sehen.

»Massiver, mächtiger Bursche, mit diesen tpischen, mehr rechteckigen Flecken«, sagte Eric, eine Zigarre rauchend.

Tricia wollte nun natürlich auch zur Suthu-Brücke, also nahm Ford, nachdem sie ihre Siesta gehalten hatten, ebenfalls den Sandweg. Malcolm beschrieb ihnen haargenau, wo er den Leoparden gesehen hatte. Er hielt es für möglich, daß das Tier dort immer noch auf seinem Ast schlief.

»Einen guten halben Kilometer hinter der Brücke. Schauen Sie auf die linke Seite. Da ist dann so eine Art Lichtung mit einem von diesen Bäumen mit dem gelben Stamm. Und da lag der Bursche auf einem Ast zur rechten Seite der Lichtung.«

Der Sandweg war nur eine Fahrspur aus roter Erde zwischen grünen Wegrändern. Ford fand die Lichtung mit dem einzelnen Fieberbaum, aber der Leopard war verschwunden. Langsam fuhr er zur Brücke hinunter, die sich über den trägen grünen Fluß spannte. Als er den Motor abstellte, war es totenstill, die Luft heiß und schwer. Nichts regte sich außer den Mücken, die wie aufs Geratewohl torkelnd und dennoch zielstrebig über der Wasseroberfläche tanzten.

Tricia stieg jetzt schon mit größter Selbstverständlichkeit aus dem Wagen. Diesmal machte sie sich nicht einmal mehr die Mühe, ihm ihren scheuen, erlaubnisheischenden Blick zuzuwerfen. Sie trug ein rot und weiß gestreiftes Sonnentop mit Trägern, die zu schmal, und einen Rock, der zu eng war. Sie rannte zum Ufer hinunter, zog eine Sandale aus und tauchte kühn einen Fuß ins Wasser. Sie lachte, schüttelte den Fuß und sprenkelte Wassertropfen über die trockenen runden Steine. Fort mußte daran denken, wie er all diese kleinen Dinge an ihr liebte, als er sie gerade kennengelernt hatte, und nun würde er all das für den Rest seines Lebens ertragen müssen. Der Schweiß brach ihm aus, als sei seine Körpertemperatur sprunghaft angestiegen.

Tricia hüpfte auf den Steinen und im Wasser herum und raffte den Rock hoch. Es waren keine Tiere zu sehen. Den ganzen Nachmittag über hatten sie bloß Impalas gesichtet.

Die Sonne begann zu sinken und den dunstigen, blaßgetönten Himmel zu verfärben. Tricia, jetzt bereits drüben am anderen Ufer, brach ein weiteres Ntsukunyane-Verbot und pflückte Maßliebchen, steckte sich eins hinter jedes Ohr. Mit einer Blüte zwischen den Zähnen wie eine spanische Tänzerin schwenkte sie ihre Hüften und lächelte.

Ford drehte den Zündschlüssel und ließ den Motor an. In wenig mehr als einer Stunde wurde es dunkel, und lange vorher schon wurden die Tore in Thaba verschlossen. Er setzte den Wagen vorwärts, stieß zurück, machte ein Zickzack-Wendemanöver, wie Tricia es sicherlich genannt hätte. Und als er jetzt in Fahrtrichtung Thaba stand, den Schalthebel auf »Drive« gelegt, den Fuß auf dem Gaspedal ... da sog er tief den Atem ein, während ihm der Schweiß zwischen den Schulterblättern hinunterrann.

Die Hitze ließ Luftspiegelungen über dem Weg flirren, aus denen heraus ein Wagen auf sie zukam. Ford stoppte und schaltete den Motor aus. Es war nicht Erics Wagen, sondern einer, der einem jungen amerikanischen Urlauberpaar gehörte. Der junge Mann hob die Hand und grüßte zu Ford hinüber.

Ford rief Tricia zu: »Beeil dich, sonst kommen wir zu spät.« Aber da war sie schon wieder im Wagen. Ihre Blumen hatte sie auf dem Weg fallengelassen.

Ford war also drauf und dran gewesen, sie einfach zurückzulassen, so sehr wünschte er sich, sie loszusein. Sie zitterte am ganzen Körper, und sie preßte die Hände fest zusammen, damit er es nicht sah. Er war wirklich drauf und dran gewesen, wegzufahren und sie hier der Dunkelheit und den Löwen zu überlassen oder den Leoparden, die bei Nacht jagten. Er wäre glatt davongefahren, aber dann war der Wagen der Amerikaner gekommen.

Stumm dachte sie darüber nach. Die Amerikaner kehrten bald nach ihnen um und fuhren auf dem Sandweg hinter ihnen her. Impalas standen um den einsamen Fieberbauen herum, horchten vielleicht auf unhörbare Laute, witterten vielleicht unsichtbare Gefahren. Der Sonnenuntergang überzog den Himmel mit rauchigem Gelb. Tricia grübelte darüber nach, was Ford vorgehabt haben mußte – nämlich, zum Camp zurückzufahren, knapp bevor sie die Einfahrt schlossen, die einsetzende Dunkelheit zu beobachten in dem Bewußtsein, daß sie hier draußen war, niemandem etwas über ihr Verschwinden zu erzählen ... wer würde sie denn auch vermissen? Eric? Malcolm? Und dann wäre Ford eben nicht ins Restaurant gegangen, und morgen früh, wenn sie die Tore öffneten, wäre er einfach weggefahren. Abmeldungen waren überflüssig in Ntsukunyane, wo man Wochen im voraus zahlte.

Der perfekte Mord. Wer sollte nach ihr suchen, wenn niemand wußte, daß es nötig war? Und wenn man ihre Knochen fand? Ein Satz Knochen – Mensch, Impala, Wasserbock –, das sah einander alles sehr ähnlich, nachdem sich Schakale und Geier darüber hergemacht hatten. Und wenn Ford wieder nach Hause kam, würde er sagen, er habe sie Marguerites wegen verlassen ...

An diesem Abend war er netter zu ihr, höflicher. Vielleicht weil er Angst hatte, sie hätte begriffen oder ahnte zumindest, was sich in Wahrheit dort in Sotingwe abgespielt hatte?

»Wir haben doch gesagt, wir wollten eines Abends Champagner trinken. Wie wär's denn jetzt? Nichts geht über die Gegenwart.«

»Wenn du möchtest«, meinte Tricia. Ihr war schon die ganze Zeit übel, und sie hatte keinen Appetit.

Ford prostete ihr mit dem Champagnerglas zu: »Auf uns beide!« Er bestellte sämtliche Gänge des Menüs, Suppe, Fisch, Wiener Schnitzel, Crème brûlée. Sie stocherte in ihrem Essen herum und mußte immer nur daran denken, daß er vorgehabt hatte, sie umzubringen. Nie mehr konnte sie sich jetzt sicher fühlen, denn nachdem es ihm einmal mißglückt war, würde er es wieder versuchen. Vielleicht nicht auf die gleiche Weise, aber dann eben auf eine andere. Wie konnte sie wissen, ob er es nicht bereits getan hatte? Womöglich hatte er zum Beispiel diese Chinintabletten durch Aspirin ersetzt, oder vielleicht würde er versuchen, sie zu ertränken, wenn sie wieder in dem Hotel in Mombasa waren. Nie mehr würde sie vor ihm sicher sein, außer sie verließe ihn.

Und genau das wünschte er sich ja; abgesehen von ihrem Tod wäre es das Beste, was ihm passieren konnte.

In der Nacht lag sie wach und malte sich aus, wie das wäre, wenn sie zurückginge, um bei ihrer Mutter zu leben, während er wieder zu Marguerite zurückkehrte. Er schlief ebenfalls nicht. Sie hörte seine unregelmäßigen, wachen Atemzüge. Sie hörte sein Bett knarren, wenn er sich ruhelos herumwarf, hörte das Mahlen des Ventilators, das Sirren einer Mücke. Wenn sie nicht schon getötet worden wäre, so liefe sie jetzt also womöglich voller Panik dort draußen im Busch umher, in der Dunkelheit, voller Angst, einen Schritt zu tun, voller Angst aber auch, sich still zu verhalten, voller Angst vor jeglichem Laut, ohne indessen zu wissen, welche Laute sie am meisten fürchten mußte. Es schien kein Mond. Das hatte sie gesehen, ehe sie zu Bett gegangen war, und in ihrem Kalender hatte sie festgestellt, daß morgen Neumond sein würde. Der Himmel war während der Dämmerung bezogen gewesen, und jetzt war es stockdunkel. Ein Leopard aber sah – vielleicht durch das Licht der Sterne oder aber durch ein instinktgesteuertes inneres Auge – unfehlbarer, als es normaler Sehkraft möglich war. Lautlos würde er sich von seinem Ast fallen lassen und seine Zähne in die wehrlose Kehle schlagen.

Die sirrende Mücke hatte Ford an etlichen Stellen seines Gesichts, seines Halses und an seinem linken Fuß gestochen. Er hatte am Abend vergessen, sich mit dem Mückenschutzmittel einzureiben. Früh am Morgen, bei Tagesanbruch, stand er auf, zog sich an und machte seinen Spaziergang rund um das Camp. Sonst war noch kein Mensch auf, bloß einer der afrikanischen Bediensteten, der den Wagen eines Gastes abspritzte. Im Busch jenseits des Zaunes hörte man Rumoren und spitze Schreie.

Hatte er allen Ernstes die Absicht gehabt, Tricia loszuwerden, indem er sie, wie man so schön sagte, den Löwen zum Fraß vorwarf? Ja, einen schlimmen Augenblick lang wohl, gestand er sich ein, weil Fieber sein Blut, Gift seine Venen überschwemmt hatte. Und sie wußte Bescheid, das war ihm klar. In gewisser Hinsicht vielleicht gar nicht so schlecht, daß sie es wußte. Es mußte ihr zeigen, wie hoffnungslos diese Ehe war, die sie krampfhaft aufrechtzuerhalten versuchte.

Die Schwellungen an seinem Fuß, obwohl verborgen unter der Socke, ließen den Spann durch die Sandale hervorquellen. Der Fuß fühlte sich steif an und brannte, und er wurde sich bewußt, daß er leicht hinkte. Er lehnte sich an den Stamm eines Fieberbaums, die Haut gegen die kühle, feuchte, gelbe Rinde gepreßt, zog seine Sandale aus und betastete den geschwollenen Fuß vorsichtig mit den Fingerspitzen. Niemals kam eine Mücke Tricia zu nahe, sie schienen den Kontakt mit ihrem bleichen, trockenen Fleisch tunlichst zu meiden.

Sie war auf, als er hereingehumpelt kam, saß auf ihrem Bett und lackierte sich die Fingernägel. Wie konnte man mit einer Frau zusammenleben, die sich in einem Wildreservat die Fingernägel bemalte? Sie fuhren nicht vor neun Uhr aus dem Camp. Auf der Straße nach Waka-Suthu begegnete ihnen Erics zurückkommender Wagen.

»Hier herunter ist kilometerweit nichts los, Sie verschwenden bloß Ihre Zeit.«

»Okay«, sagte Ford, »danke.«

»Sotingwe, das ist und bleibt der Platz. Haben Sie gestern den Leoparden gesehen?« Ford schüttelte den Kopf. »Na ja, wir können nicht alle Glück haben.«

An der Hippo-Brücke spielten Elefanten im Fluß, bespritzten sich gegenseitig mit Wasser und rempelten einander mit schweren Schultern an. Ford dachte schon, das wäre der Höhepunkt des Vormittags, aber dann erlebten sie den

Tod eines Beutetieres. Sehen taten sie ihn genaugenommen nicht, es war schon vor ein paar Stunden zur Strecke gebracht worden, aber die Löwin und ihre Jungen taten sich noch immer an dem Kadaver gütlich, einem von schwarzem Blut verkrusteten Rippenkorb. Sie saßen im Wagen und sahen zu. Nach einer Weile ließen die Löwen das Skelett im Stich und marschierten, einer hinter dem anderen, durch das Gras davon. Aber schon hatten sich die kleinen Schakale gesammelt, ein ganzes Rudel, versteckt hinter Bäumen. Gegen vier kam Ford auf der Rückfahrt den gleichen Weg entlang, und da waren die Geier am Werk und pickten die Knochen ab.

Es war ein heißer Tag mit gnadenlosem Sonnenschein, der Himmel blau und vollkommen klar. Fords Fuß war auf das Doppelte seiner normalen Größe angeschwollen. Ihm fiel auf, daß Tricia heute nicht ein einziges Mal den Wagen verlassen hatte, und sie hatte weder kleinmädchenhaft auf ihn eingeredet, noch gekichert, noch ihm verschämte Küsse verpaßt. Sie glaubte also wohl, er habe versucht, sie umzubringen? Wirklich eine absurde Einbildung! In Wirklichkeit hatte er ihr doch bloß einen Schreck einjagen wollen, damit sie begriff, wie dumm es war, die Vorschriften zu übertreten und den Wagen zu verlassen. Warum sollte er sie denn auch umbringen? Er konnte sie ja einfach verlassen. Er würde sie auch verlassen, und sobald sie wieder in Mombasa waren, *würde* er es ihr sagen. In dem Gedanken daran wandte er sich ihr zu und lächelte. Er hielt an der Lichtung, auf der der Fieberbaum stand; gelb die Rinde, zart und fedrig die Blätter, so stand er da im Sonnenschein wie ein junger Schößling im Frühling.

»Warum steigst du eigentlich nicht mehr aus?«

Sie zauderte. »Ach, es gibt ja nichts zu sehen.«

»Nein?«

Er hatte das Stachelschwein schon mit bloßem Auge ausgemacht, aber er reichte ihr den Feldstecher. Sie blickte hindurch und lachte vor Entzücken. Genau so hatte sie immer gelacht, als sie jung war, nicht aus Belustigung, sondern aus hellem Entzücken. Er schloß die Augen.«Oh, das süße Stachelschwein!«

Sie griff auf den Rücksitz nach der Kamera. Und dann stockte sie. Er sah die Furcht, den Argwohn in ihren Augen. Schweigend zog er den Zündschlüssel ab und streckte ihn ihr auf der flachen Hand hin. Sie errötete. Er blickte sie unverwandt an, genoß ihre Verlegenheit, gekränkt, daß sie ihn solcher Gemeinheit für fähig hielt.

Sie zögerte, aber sie nahm den Schlüssel. Sie packte die Kamera und öffnete die Wagentür; dabei hielt sie den Schlüssel an seinem Etui in der linken, die Kamera in der rechten Hand. Er sah, daß sie schon wieder nicht den Riemen der Kamera, seiner kostbaren Pentax, um den Hals gelegt hatte, das tat sie ja nie. Er hätte es ihr zum tausendsten Mal sagen können, aber er brachte einfach nicht die Energie auf. Sein geschwollener Fuß puckerte, und er dachte an die endlosen Tage in Ntsukunyane, die ihnen noch bevorstanden. Marguerite schien so unendlich weit entfernt, nicht bloß auf der entgegengesetzten Seite der Erde.

Gute fünfzehn Sekunden, ehe es wirklich passierte, wußte er schon, daß Tricia die Kamera fallen lassen würde. Es kam, weil sie den Schlüssel in der anderen Hand hatte. Wenn der Riemen um ihren Hals gelegen hätte, dann wäre das nicht weiter schlimm gewesen. Er wußte, wie es war, wenn man in jeder Hand etwas trug und den sicheren Halt unter Händen oder Füßen verlor. In so einem Augenblick hatte man kein Gefühl dafür, welches der Dinge wertvoll und wichtig war und welches nicht. Tricia hielt prompt den Schlüssel fest und ließ die Kamera fallen. Um das Stachelschwein besser photographieren zu können, war sie auf die verschlungenen Wurzeln eines Baums geklettert, Wurzeln, die so hart aussahen wie Stufen einer Steintreppe.

Sie schrie leise auf. Durch das Krachen und den Schrei erschreckt, stellte das Stachelschwein seine Stacheln auf. Ford sprang aus dem Wagen, zuckte zusammen, als er seinen Fuß auf den Boden stellte, und humpelte durch das Gras auf

Tricia zu, die dastand wie angewurzelt, aus Angst vor ihm. Die Kamera, die Teile seiner Kamera waren zwischen die knorrigen versteinerten Baumwurzeln gefallen. Er ließ sich auf die Knie nieder, brüllte sie an, verfluchte sie.

Da rannte Tricia. Sie rannte zum Wagen zurück und stieß den Schlüssel ins Zündschloß. Der Wagen stand in Richtung Thaba, und die Uhr im Armaturenbrett zeigte fünf Uhr fünfunddreißig. Ford kam angehumpelt, schwenkte die Arme, die Hände voll zerbrochener Teile der Kamera. Sie wandte den Blick von ihm ab und trat das Gaspedal hart durch.

Der Sonnenuntergang überzog den Himmel mit klarem Orangerot; schwarze Balken der heraufkommenden Nacht lagen am Horizont. Sie stellte fest, sie konnte fahren, wenn sie mußte, auch wenn sie keine Prüfung bestehen konnte. Etwa einen Kilometer die Straße hinunter kam ihr das amerikanische Pärchen entgegen. Der Mann steckte den Kopf aus dem Fenster. »Gibt's da irgend etwas, um das es sich lohnt, runterzufahren?«

»Nicht das geringste«, sagte Tricia, »Sie verschwenden bloß Ihre Zeit.«

Der junge Mann wendete seinen Wagen und fuhr hinter ihr her. Es war zwei Minuten nach sechs, als sie nach Thaba hineinfuhren, die allerletzten Wagen. Hinter ihnen schlossen sich die Gatter.

Donald E. Westlake
Häusliche Intrige

»Mrs. Carroll«, sagte das Ekel von Mann, »zufällig weiß ich, daß Ihr Mann wahnsinnig eifersüchtig ist.«

Zufällig wußte ich das auch, also konnte ich ihm nur beistimmen. Robert *war* wahnsinnig eifersüchtig. »Jedoch«, fügte ich hinzu, »ist mir nicht klar, was Sie das angeht.«

Das Ekel grinste mich eklig an. »Darauf komme ich noch zurück«, sagte er.

»Sie sind hier ins Haus gekommen«, erinnerte ich ihn, »unter dem Vorwand irgendeiner Meinungsumfrage. Aber Sie fragen überhaupt nicht nach meinen Fernsehgewohnheiten. Im Gegenteil, Sie fangen sofort mit Bemerkungen über mein Privatleben an. Ich halte es für mehr als wahrscheinlich, daß Sie ein Betrüger sind.«

»Ach, gnädige Frau«, sagte er mit diesem ekligen Lächeln unter dem ekligen kleinen Schnurrbart, »natürlich bin ich ein Betrüger. Sind wir das nicht alle, jeder auf seine – oder *ihre* Weise?«

»Ich glaube«, sagte ich so eisig wie möglich, »es wäre am besten, wenn Sie jetzt gingen. Sofort.«

Er machte keine Anstalten, vom Sofa aufzustehen. Er machte es sich sogar noch bequemer als zuvor und tat, als wolle er jeden Moment die Schuhe abstreifen und ein Nikkerchen machen. »Wenn Ihr Mann«, sagte er, »herauskriegen würde, daß ein anderer Mann ein Verhältnis mit Ihnen hat, so zweifle ich nicht, daß Mr. Carroll diesen Mann auf der Stelle erschießen würde«.

Wieder blieb mir nichts übrig, als ihm recht zu geben, da Robert mir mehr als einmal dasselbe gesagt und dabei mit seiner Riesenpistole gefuchtelt und gebrüllt hatte: »Wenn ich jemals sehe, daß dich ein anderer auch nur *küßt*, verspritze ich sein Gehirn, das schwöre ich!«

Aber das war mein eigenes Kreuz, das ich allein tragen mußte, und wohl kaum ein Gegenstand für ein müßiges Geschwätz mit völlig fremden Leuten, die unter falscher Flagge in mein Wohnzimmer gesegelt waren, und das sagte ich deutlich. »Ich weiß nicht, woher Sie Ihre Informationen beziehen«, fuhr ich fort, »und es ist mir auch egal. Ich habe auch keine Lust, mein Privatleben mit Ihnen zu diskutieren. Wenn Sie nicht gehen, rufe ich sofort die Polizei an.«

Das Ekel lächelte sein ekliges Lächeln und erwiderte: »Ich glaube nicht, daß Sie die Polizei rufen werden, Mrs. Carroll. Sie sind keine dumme Frau. Ich glaube, es ist Ihnen bereits klar, daß ich aus einem bestimmten Grunde hier bin, und ich glaube, Sie möchten wissen, welcher Grund das ist. Habe ich recht?«

Bis zu einem gewissen Grade hatte er recht, insofern nämlich, als ich das ungemütliche Gefühl hatte, er wisse mehr über mein Privatleben, als er schon angedeutet hatte, möglicherweise sogar mehr, als Robert wußte, aber es lag mir kaum daran, ihn die Worte aussprechen zu hören, die meinen Verdacht bestätigen würden, darum erklärte ich: »Ich halte es für unwahrscheinlich, daß Sie mir irgend etwas mitteilen könnten, was mich auch nur im geringsten interessieren würde«

»Bis jetzt habe ich Sie noch nicht gelangweilt«, erwiderte er. Sein Ton war plötzlich schärfer, und ich begriff, daß die faule Rekelei auf meinem Sofa reine Verstellung war und daß er unter dieser Maske schlau und hart und sehr selbstsicher war. Aber dieser Blick in sein Inneres war so kurz wie erschreckend; sogleich rekelte er sich wieder in empörend fauler Pose und sagte: »Ihr Mann hat den Revolver immer bei sich, nicht? Einen Colt-Cobra, nicht wahr? Kaliber achtunddreißig. Eine ziemlich bösartige kleine Waffe.«

»Mein Mann ist Juwelier«, antwortete ich. »Er hat sehr oft wertvolle Steine oder große Geldbeträge bei sich. Er hat einen Zulassungsschein für den Revolver, seines Berufes wegen.«

»Ja, natürlich, das weiß ich alles.« Er sah sich bewundernd um und sagte: »Und in diesem Beruf ist er sehr erfolgreich, nicht wahr?«

»Jetzt langweilen Sie mich aber *wirklich*«, bemerkte ich. Ich wandte mich halb ab und sagte: »Ich glaube, jetzt rufe ich die Polizei.«

Leise sagte das Ekel: »Armer William.«

Ich hielt an. Ich drehte mich um. Ich sagte: »Was war das?«

»Nicht mehr langweilig?« Unter dem kümmerlichen Schnurrbart lächelte er wieder sein ekliges Lächeln.

Ich sagte: »Erklären Sie!«

»Sie meinen, warum ich ›armer William‹ gesagt habe? Ich dachte bloß daran, was William passieren würde, wenn jemand mit einem Colt-Cobra auf ihn zielte und abdrückte und eine Spezialkugel Kaliber achtunddreißig seinen Leib durchschlüge.«

Mir wurde plötzlich schwach. Ich tat drei Schritte nach links und legte die Hände auf eine Sessellehne. »Wie heißt er weiter?« forderte ich, obwohl die Forderung durch das Beben meiner Stimme entschärft wurde. »William wie?«

Er blickte mich an, und wieder sah ich Stahl in seinem Blick aufglimmen. »Soll ich wirklich den Namen nennen, Mrs. Carroll? Gibt es mehr als einen William in Ihrem Leben?«

»In meinem Leben gibt es keine Williams«, sagte ich, aber ich war verzweifelt, ich wußte jetzt, daß dieses Ekel alles wußte. Aber wieso? Wieso?

»Dann muß ich also den Namen nennen«, sagte er. William Car –«

»Halt!«

Er lächelte. Seine Zähne waren sehr ebenmäßig und sehr weiß und sehr blitzend. Ich haßte sie. Er sagte leise: »Wollen Sie sich nicht setzen, Mrs.Carroll? Sie sehen etwas blaß aus.«

Ich ging um den Sessel herum, auf den ich mich gestützt hatte, und setzte mich hinein, ziemlich schwerfällig und wenig anmutig. Ich sagte: »Ich weiß nicht, wann mein Mann nach Hause kommt. Er könnte –«

»Aber ich«, erwiderte er munter. »Nicht vor ein Uhr fünfzehn. Bis eins hat er Verabredungen, und von der letzten fährt er mindestens eine Viertelstunde bis hierher.« Er fläzte sich wieder faul hin und sagte lässig: »Sie sehen, ich komme wohlvorbereitet, Mrs. Carroll.«

»Das merke ich.«

»Jetzt fangen Sie an«, fuhr er fort, »sich zu wundern, was in aller Welt ich eigentlich will. Ich scheine so sehr viel über Sie zu wissen, und bisher habe ich mich anscheinend für nichts anderes als für diese Unterhaltung interessiert. Ist das nicht sonderbar?«

An seiner aufmerksamen, spöttischen Miene erkannte ich, daß er eine Antwort von mir verlangte, also sagte ich:

»Ich nehme an, Sie können machen, was Sie wollen. Sie haben freies Spiel.«

»Das habe ich. Mrs. Carroll, möchten Sie wohl Ihren lieben Freund William tot sehen? Ermordet? Kaltblütig niedergeschossen?«

Mir wurde kalt beim Gedanken daran. William! Mein Geliebter! In dieser ganzen öden und brutalen Welt kenne ich wirklich nur einen Hauch von Zärtlichkeit, von Schönheit, von Hoffnung, und das ist William. Wäre es nicht um diese gestohlenen Augenblicke mit William, wie könnte ich's mit Robert auch nur noch eine Minute lang aushalten?

Wenn nur William reich wäre anstelle von Robert! Aber William war arm, jammervoll arm, und da er ein Dichter war, war es unwahrscheinlich, daß er je etwas anderes als arm sein würde. Und was mich betrifft, so gebe ich zu, daß ich verwöhnt war, daß der Gedanke daran, den Komfort und den Luxus aufgeben zu sollen, die Roberts Geld mir verschaffen konnte, mich ebenso erbleichen ließ wie der Gedanke, William aufzugeben. Beides brauchte ich gleichermaßen dringend, Williams Liebe und Roberts Geld.

Nachdem er vergeblich darauf gewartet hatte, daß ich seine rhetorischen Fragen beantwortete, sagte das Ekel: »Ich sehe, daß Sie das nicht möchten. William ist Ihnen wichtig.«

»Ja«, sagte oder vielmehr flüsterte ich, unfähig, es nicht einzugestehen. »O ja, das ist er.«

Bis zu William hatte ich geglaubt, daß alle Männer gemein seien. Meine Mutter – Gott hab sie selig – hatte immer wieder gesagt, alle Männer seien gemein, während meiner ganzen Jugendzeit, nachdem mein Vater verschwunden war, und ich war in dem festen Glauben aufgewachsen, daß sie recht hatte. Ich hatte Robert geheiratet, obwohl ich wußte, daß er gemein war, weil ich ganz einfach glaubte, daß es in dieser Sache keine Wahl gab, daß man entweder einen gemeinen Menschen heiratete oder überhaupt nicht heiratete. Und Robert hatte den Vorzug, reich zu sein.

Aber jetzt hatte ich William gefunden und die wahre

Liebe, und ich hatte erfahren, was meine Mutter nie gewußt hatte: daß nicht *alle* Männer gemein sind. Fast alle, ja, aber nicht durch die Bank alle. Hier und da kann man eine schöne Ausnahme finden – wie William.

Doch offensichtlich nicht wie dieses Ekel, das ich vor mir hatte. Ich hätte meiner Mutter Erziehung nicht nötig gehabt, um zu erkennen, daß *dieser* Mann gemein war. Vielleicht auf seine eigene heimtückische Art noch gemeiner als der brutale, prahlerische Robert. Vielleicht auf seine Art noch gefährlicher.

Ich sagte: »Was wollen Sie von mir?«

»Oh, liebe gnädige Frau«, widersprach er, »was *ich* von *Ihnen* will? Ganz und gar nichts, bestimmt nicht. Es dreht sich darum, was *Sie* von *mir* wollen.«

Ich starrte ihn an. Ich sagte: »Ich verstehe nicht. Was könnte ich wohl von Ihnen wollen?«

So schnell wie eine Schlange, die zustößt, glitt seine Hand in die innere Jackentasche und wieder heraus, sie hielt einen langen weißen Briefumschlag und schnippte ihn im Bogen auf meinen Schoß. »Die hier«, sagte er. »Schauen Sie sie an.«

Ich öffnete den Umschlag. Ich nahm die Fotos heraus. Ich sah sie an und spürte, daß mein Gesicht glühend rot wurde.

Ich erkannte das Zimmer auf den Bildern, erinnerte mich an das Motel.

Die Gesichter waren auf allen Bildern deutlich zu erkennen.

»Was Sie wohl haben wollen«, sagte das Ekel und grinste, »das sind die Negative.«

Ich flüsterte: »Sie meinen, Sie wollen die meinem Mann zeigen?«

»Oh, das möchte ich viel lieber nicht tun. Möchten Sie sie nicht selber haben? Die Abzüge *und* die Negative?«

»Wieviel?«

»Ach, das hab ich mir wirklich nicht überlegt«, erwiderte er und lächelte und lächelte. »Das würde ich lieber Ihnen überlassen. Was meinen Sie denn, was sie *Ihnen* wert wären, Mrs. Carroll?«

Ich betrachtete wieder die Fotos, und in meinem Gehirn schien etwas einzurasten. Ich sagte: »Ich glaube, ich werde ohnmächtig.« Dann schloß ich die Augen und fiel aus dem Sessel auf den Boden.

Er hatte große Mühe, mich wachzukriegen, klopfte mir die Backen und rieb mir die Hände, und als ich endlich die Augen aufmachte, sah ich, daß er nicht mehr lächelte, sondern sehr beunruhigt aussah. »Mrs. Carroll«, sagte er, »sind Sie okay?«

»Mein Herz«, flüsterte ich. »Ich habe ein schwaches Herz.« Das war gelogen, aber mir schien, eine Lüge könnte nützlich sein.

Sie war es auch. Er sah ängstlicher als je aus, rückte von mir ab, blickte auf mich nieder, wie ich da am Boden lag, und sagte: »Regen Sie sich nicht auf, Mrs. Carroll. Werden Sie bloß nicht nervös. Wir werden schon übereinkommen.«

»Nicht jetzt«, flüsterte ich. »Bitte.« Ich strich mir mit der Hand über die Augen. »Ich muß mich ausruhen. Rufen Sie an. Telefonieren Sie, ich werde Sie irgendwo treffen.«

»Ja, natürlich. Natürlich.«

»Rufen Sie heute abend an. Um sechs.«

»Ja.«

»Sagen Sie, Sie heißen Boris.«

»Boris«, wiederholte er. »Ja. Mach ich.« Eilig las er die verstreuten Fotos auf. »Um sechs anrufen«, sagte er und stürzte aus dem Haus.

Ich stand auf, klopfte meine Toreadorhosen ab und rief William an. »Liebling«, sagte ich.

»Liebling!« rief er.

»Geliebter.«

»O mein Herz, meine Liebste, meine Seligkeit!«

»Liebling, ich muß –«

»Liebling! Liebling! Liebling!«

»Ja, mein Schatz, das ist alles sehr –«

»Mein Leben! Meine Liebe! Mein Alles!«

»William!«

Verdutztes Schweigen, und dann sagte seine Stimme zaghaft: »Ja, Mona?«

Es hatte gewiß seine Vorzüge, einen Dichter zum Liebsten zu haben, aber es hatte auch Nachteile, zum Beispiel manchmal eine gewisse Schwierigkeit, seine Aufmerksamkeit zu fesseln.

Aber jetzt hatte ich sie. Ich sagte: »William, ich kann dich heute abend nicht sehen.«

»Oh, *lieber* Schatz!«

»Es tut mir leid, William, ganz bestimmt, glaube mir, aber es ist soeben etwas dazwischengekommen.«

»Ist es –« – jetzt flüsterte er – »ist *er* es?«

Er meinte Robert. Ich sagte: »Nein, mein Lieber, nicht eigentlich. Ich erzähle dir alles morgen.«

»Seh ich dich morgen?«

»Natürlich. Im Museum. Um zwölf.«

»O Geliebte! Die Stunden werden lahme Schwingen haben.«

»Ja, Liebster«

Mit einiger Mühe beendete ich das Gespräch. Dann nahm ich den Zweitwagen, den Thunderbird, und fuhr zum Einkaufszentrum. Dort kaufte ich im Drugstore eine große, übel aussehende Zigarre und im Mister-Master-Herrenbekleidungsgeschäft einen ziemlich auffallenden, geschmacklosen Schlips. Ich fuhr nach Hause, zündete die Zigarre an und stellte fest, daß sie noch schlechter schmeckte, als ich gedacht hatte. Immerhin, es war alles im Dienst der guten Sache. Ich ging hinauf, fortwährend die Zigarre paffend, und hängte den Schlips über den Türknopf des Kleiderschranks in meinem Schlafzimmer. Dann ging ich wieder nach unten, hinterließ einen auffälligen grauen Aschenkegel in dem Aschenbecher neben Roberts Lieblingssessel und paffte weiter, bis das Zimmer voller Zigarrenrauch war und ich spürte, daß ich grün im Gesicht wurde, und dann wankte ich in die

Küche. Ich löschte die Zigarre unter dem Wasserhahn, verstaute sie ganz unten im Mülleimer, nahm zwei Alka Seltzer und legte mich hin.

Um ein Uhr fünfzehn, als Robert nach Hause gebraust kam, hatte ich mich erholt und war in der Küche dabei, die Sachen für den Lunch aufzutauen. »*Meine* Liebste!« brüllte Robert und zerquetschte mich in seiner Umarmung.

Genau das war der Unterschied. William hätte das andere Wort betont.

Ich ließ seine Aufmerksamkeiten über mich ergehen wie immer, und dann ging er die Morgenzeitung im Wohnzimmer lesen, während ich den Lunch fertig machte.

Als er zu Tisch kam, schien er etwas zahmer zu sein als gewöhnlich. Schweigend verzehrte er seinen Lunch, abgesehen von einer Frage, die er mit spürbarem Bemühen um Beiläufigkeit stellte: »Hm, Liebling, hast du heute Besuch gehabt?«

Ich ließ den Löffel in die Suppe fallen. »Oh! Wie tapsig von mir! Was hast du gesagt, Schatz?«

Er machte schmale Augen. »Ich fragte dich, ob du heute irgendwelchen Besuch gehabt hast.«

»Besuch? Wieso – wieso denn, nein, Schatz.« Ich lachte ein bißchen, wie mit schlechtem Gewissen. »Warum fragst du denn, Herzblatt?«

»Ach nichts«, sagte er und aß seine Suppe.

Nach dem Lunch sagte er: »Heute hab ich Zeit für einen Mittagsschlaf. Weck mich um drei, ja?«

»Jawohl, Schatz.«

Ich weckte ihn um drei. Er sagte, er werde gegen halb sechs zu Hause sein, und ging. Ich sah nach, und der auffallende Schlips hing nicht mehr an dem Schrankknopf in meinem Schlafzimmer.

Als Robert um halb sechs nach Hause kam, war er noch wortkarger als zuvor. Ich überraschte ihn mehrmals dabei, wie er mich beobachtete, und jedesmal fuhr ich nervös zusammen, lachte etwas schuldbewußt und ging in ein anderes Zimmer.

Um sechs war ich in der Küche, als das Telefon läutete.

»Ich geh schon, Schatz!« rief ich. »Schon gut, Schatz! Ich geh schon, ich geh schon!«

Ich nahm den Hörer auf und sagte hallo, und die Stimme von dem Ekel sagte: »Hier ist Boris.«

»Ja, natürlich«, sagte ich gezwungen leise.

»Können wir reden?«

»Ja.«

»Ist Ihr Mann nicht da?«

»Schon gut, er ist im Wohnzimmer, er kann mich nicht hören. Ich möchte Sie heute abend treffen, um alles zu *besprechen.«* Dieses Wort betonte ich sehr stark und gab meiner Stimme einen etwas kehligen Klang.

Er lachte wieder so eklig und sagte: »Wann immer Sie befehlen, Gnädigste. Ich nehme an, Sie haben sich von heute mittag erholt?«

»O ja. Das war nur – die Aufregung. Aber passen Sie auf – so wollen wir uns treffen: Sie nehmen ein Zimmer im Fliegauf-Motel. Buchen Sie auf den Namen Clark. Ich werde –«

»Ein Zimmer nehmen?«

»Wir haben soviel zu – *besprechen.* Keine Angst – ich zahle das Zimmer.«

»Na ja«, sagte er, »in dem Fall ...«

»Ich will versuchen, so bald wie möglich nach neun Uhr dort zu sein. Warten Sie auf mich.«

»Gut, M –«

»Ich muß jetzt auflegen«, sagte ich hastig, ehe er mich mit Mrs. Carroll anreden konnte. Ich legte auf und ging dann ins Wohnzimmer, da stand Robert beim Anschlußtelefon, das sich dort befindet. Ich sagte: »Bald gibt's Dinner, mein Schatz.«

»Wann du willst, Liebes«, erwiderte er. Seine Stimme klang etwas gepreßt.

Das Dinner verlief schweigsam, obwohl ich – ohne viel Erfolg – zu plaudern versuchte. Hinterher saß Robert im Wohnzimmer und las die Abendzeitung.

Um fünf Minuten vor neun kam ich ins Wohnzimmer; ich hatte meine Wildlederjacke an. »Ich muß noch mal eben ausgehen«, sagte ich.

Er schien sich mit Mühe zu beherrschen. »Wohin denn, Liebes?« fragte er.

»Zum Drugstore. Ich brauche Nagellackentferner.«

»O ja«, sagte er.

Ich ging hinaus und stieg in den Thunderbird. Im Wegfahren sah ich das Licht in meinem Schlafzimmer aufleuchten. Wenn Robert Nagellackentferner suchte, würde er ihn leicht finden. Eine fast volle Flasche stand bei den anderen Sachen auf dem Toilettentisch.

Ich fuhr mäßig schnell und kam um zehn nach neun zum Fliegauf-Motel. »Ich bin Mrs. Clark«, erklärte ich dem Mann beim Empfang. »Können Sie mir sagen, in welchem Apartment mein Mann ist?«

»Jawohl, Madam.« Er sah im Register nach und sagte: »Sechs.«

»Danke sehr.«

Ich ging den Kiesweg entlang zum Apartment Sechs, und überlegte noch einmal alles, was mir in einem Blitz von Einfall heute mittag aufgegangen war, ehe ich in Ohnmacht fiel. Die Idee, daß ich Roberts Geld haben konnte, ohne unbedingt auch Robert zu haben, war mir nie vorher gekommen. Aber jetzt war sie da, und sie gefiel mir. Roberts Geld ohne Robert zu haben, das hieß, ich konnte William haben!

Eine tolle Kombination! William *und* Roberts Geld!

Leichten Schrittes näherte ich mich dem Apartment Sechs.

Das Ekel machte auf, als ich klopfte. Er schien etwas nervös zu sein. »Kommen Sie schnell herein, Mrs. Carroll.«

Beim Eintreten blickte ich zurück und sah einen Wagen, der eben in die Motel-Einfahrt einbog. War das ein Lincoln? Ein *blauer* Lincoln?

Das Ekel machte die Tür zu und schloß sie ab, aber ich sagte: »Das gibt's nicht. Schließen Sie die Tür auf.«

»Meinetwegen keine Bange, Gnädigste«, sagte er und grinste eklig. »Alles, was ich von Ihnen will, ist Ihr Geld.« Aber er schloß die Tür wieder auf.

»Schön«, sagte ich. Ich zog die Lederjacke aus.

»Also«, meinte er, kam quer durchs Zimmer und rieb sich dabei die Hände, »jetzt das Geschäftliche.«

»Klar«, sagte ich und zog die Bluse aus.

Er zwinkerte. »Hei«, sagte er, »was machen Sie denn?«

»Nur keine Angst«, sagte ich und öffnete den Reißverschluß der Toreadorhose.

Er machte große Augen, fuchtelte mit den Händen und schrie: »*Nicht* doch! Sie irren sieht *Nicht* das tun!«

»Ich glaube nicht, daß ich mich irre«, sagte ich und streifte die Hose ab.

In äußerster Panik und Verwirrung sagte das Ekel: »Aber William hat doch gesagt, Sie würden ...« und hielt inne.

Da standen wir beide. In plötzlichem Verstehen starrte ich das Ekel an. Auf einmal begriff ich, wieso er so viel von mir gewußt hatte und wie es möglich gewesen war, daß er die Aufnahmen gemacht hatte.

Also William kam mit dem Geld nicht aus, das ich ihm freiwillig gab.

Mutter hatte recht, alle Männer *sind* gemein.

Wie ich da stand und versuchte, mich an diese neue Erkenntnis zu gewöhnen, flog die Tür auf, und Robert stürzte brüllend herein, er fuchtelte mit seiner riesigen, scheußlichen Pistole.

Ich hatte mich noch nicht von meinem Schock erholt. Zu denken – zu denken, daß ich versucht hatte, William davor zu retten, daß er umgebracht wurde –, zu denken, daß ich alle beide, Robert und das Ekel, William zuliebe hatte opfern wollen. Und die ganze Zeit, die ganze Zeit hatte William mich verraten.

Aber dann *hatte* ich den Schock überwunden, und zwar plötzlich, denn ich sah, daß Robert nicht mehr wütend brüllte, sondern mich wild anstierte. *Mich!* Und er zielte mit der Dreckspistole auf mich.

Auf *mich!*

»Nicht mich!« schrie ich und zeigte auf das Ekel. »Den da! *Den!*«

Der erste Schuß pfiff an meinem Ohr vorbei und zertrümmerte das Glas der Waldlandschaft über dem Bett.

Ich rannte nach links, rannte nach rechts. Das Ekel kauerte hinterm Schrank. Roberts zweiter Schuß spritzte in die Wand hinter mir. »Du hast gelogen!« kreischte ich. »Du hast *gelogen!*« Alle Männer sind gem...

Helga Königsdorf
Bolero

Nein, ich weiß wirklich nicht, warum ich es getan habe. Eigentlich war überhaupt nichts Besonderes an ihm.

In jener Sitzung wurde ein Referat verlesen, dem man auch ohne böswilligen Scharfsinn die verschiedenen Zuarbeiter anmerkte. So ließ sich der Redner erst über den zurückliegenden Volkswirtschaftsplan aus, dann über den gegenwärtigen Volkswirtschaftsplan und schließlich über den bevorstehenden Volkswirtschaftsplan. Die langatmigen grundsätzlichen Bemerkungen und Schlußfolgerungen, die die jeweiligen Volkswirtschaftspläne begleiteten, unterschieden sich lediglich durch die ungleiche Sprachgewalt ihrer Schöpfer. Es muß etwa gegen Mitte des laufenden Volkswirtschaftsplanes gewesen sein, als mir die Blutwurststulle in meiner Tasche in den Sinn kam. Und zwar derart eindringlich, daß in mir der Nahrungsreflex und das im Prozeß meiner Persönlichkeitsentwicklung herausgebildete Normverhalten kollidierten. Mein weiteres Konzentrationsvermögen unterlag hoffnungslos der Zwangsvorstellung, während eines grundlegenden Referats in eine Blutwurststulle beißen zu müssen. Solchermaßen verwirrt, blieben meine Augen zum ersten Mal an ihm haften. Vielleicht, weil er weiter unablässig, auch später gegen Ende des kommenden Volkswirtschaftsplanes, aufmerksam und gewissenhaft in ein schwarzes Heft schrieb. Wie ich so zu ihm hinschaute, sah er hoch, wollte wieder seine Augen abwenden und konnte es nicht. Wenn mir in diesem Moment prophezeit worden wäre, daß er in meinem Leben oder, besser, ich einmal in seinem Leben so unerhört bedeutsam werden würde, ich hätte nur gelacht. Denn, wie ich schon sagte, es war nichts, aber auch gar nichts Besonderes an ihm.

Er war in jenem Alter, in dem die Männer über die Intensivierung ihres Lebens nachdenken. Als er sich mir während der Pause in den Weg baute, seine dicke Brille zurechtrückte und über sein schütteres Haar strich, überkam mich die alberne Vorstellung von einer magenkranken Dogge. Dabei waren es aller Wahrscheinlichkeit nach gerade dieser müde und verbrauchte Zug in seinem Gesicht und die Narbe, die seine linke Hand verunstaltete, die mein historisch verbildetes weibliches Mitgefühl mobilisierten. So verblieb meine Blutwurststulle, trotz aller Aufregung, die sie in meinem Nervensystem erzeugt hatte, in der Tasche, und ich gestattete ihm den Erfolg, mich zum Kaffeetrinken verführt zu haben.

Ihn aber beeindruckte dieses Erlebnis derart, daß er mir unsagbar beflügelter erschien, als dies der nackten Wahrheit entsprach. Ich hatte in jenen Tagen so selten etwas vor. Ich hätte aus Langeweile dem Teufel Gefolgschaft geleistet. Warum sollte ich also nicht mit einem angegrauten, lüsternen, dicken Mann ein kleines abgelegenes Restaurant aufsuchen.

Das Zigeunersteak – meine Blutwurststulle verfütterte ich am anderen Morgen vom Balkon aus an die Möwen – und der rote Wein waren seine Wahl. Ich bevorzugte damals eigentlich lieblichen Weißen, er aber sagte, der echte Kenner zeige sich am Rotwein. Ich dachte wieder darüber nach, ob er magenkrank sei.

In unserer Unterhaltung gab es nichts, dessen man sich erinnern müßte. Aber man sollte unserer Mittelmäßigkeit die vielen abgesessenen Stunden zugute halten und die tatsächlich widrige Gesprächssituation: keine verbindenden Erinnerungen, kaum gemeinsame Bekanntschaften, noch undeutlich verbotene Zonen in unseren separaten Welten. So brachten mir zwar seine Berichte über das Verheiraten einer Tochter mittelbar Aufschlüsse über seine familiäre Gegenwart, aber eigentlich konnte sie mir einschließlich seiner genaueren ehelichen Umstände absolut gleichgültig sein.

Wieso beglich ich, als er kurz hinausgegangen war, die Rechnung? Ich glaube, da lag bereits ein entscheidender Fehler. Mir war irgendwie wohl dabei, war ich ihm doch nun zu nichts verpflichtet. Aber es steckte nichts weiter dahinter als eine gründliche Fehlinterpretation der Gleichberechtigung, zumal mir meine Blutwurststulle sicherlich besser geschmeckt hätte als dieses zähe Zigeunersteak und ich den roten Wein nicht mochte. Auf jeden Fall stellte ich damals, als ich den Kellner heranwinkte, eine Weiche in unserer weiteren Rollenverteilung, denn man denke bloß nicht, ein Verhältnis wie unseres erfordere keine innere Ordnung.

Schlamperei oder umwälzender Elan sind hier noch weniger am Platz als bei anderen in das Fundament der Gesellschaft eingelassenen Verbindungen.

Wir sind dann später nie wieder in ein Restaurant gegangen, sondern er besuchte mich in meiner kleinen Wohnung in der zwölften Etage des Hochhauses, an dem die Balkone wie Bienenwaben kleben.

Die Liebe mit ihm war nicht sonderlich erfreulich. Er kam ohne weitere Einleitung über mich und beschäftigte sich an mir mit sich. Hinter der Sinnlichkeit der Frauen mutmaßte er Tonnenideologie, und folglich bemaß er die Kultur seiner Liebeshandlung in deren Quantität. Trotzdem wäre ihm die Offenbarung meines Empfindens wohl nicht als Niederlage nahegegangen, denn durch Statistiken aufgeklärt, schätzte er den Prozentsatz der frigiden Frauen im Abendland auf sechsundneunzig. Welche richtige Frau aber würde nicht ihren Ehrgeiz daransetzen, zu den verbleibenden vier Prozent gezählt zu werden. Außerdem war allen Gedankengängen vorzubeugen, die in der Frage endeten: »Warum ich eigentlich ...?«

Während ich also für seine Befriedigung schwer atmete und leise stöhnte, dachte ich daran, daß das blaue Sommerkleid zur Reinigung müsse. Ich legte seine Hand mit der Narbe zwischen meine Schenkel, doch er begriff nichts. Vielmehr registrierte er mit Staunen die ihm neu erschaffenen Fähigkeiten zur Lust, überließ sich gänzlich dem passiven Genießen, so daß in der Zukunft ich über ihn kommen mußte, was meinem natürlichen Empfinden zuwiderlief.

Vielleicht hätte ich es nicht getan, wenn ich bedacht hätte, daß er so schreien würde. Aber das konnte ich wirklich nicht ahnen, denn er war der ruhigste Mensch, den ich gekannt habe.

Danach übermannte ihn meist die Müdigkeit, und er fiel in einen kurzen tiefen Schlaf, während ich einer kleinen Mahlzeit die letzte Würze verabreichte. Ich wußte bald um seine Neigung zu herausgeputzten Speisen mit überraschenden Nuancen und fremdartigen Namen und kredenzte ihm den Pepsiwein vor der Suppe. Vielleicht kam er anfangs mehr wegen der Liebe und später mehr wegen des Essens.

Ich machte mir nichts aus diesen Essen, denn mir war damals oft übel. Wissen überbrückt nicht immer die Abgründe unserer Furcht, und so quälte mich eine abergläubische Scheu vor der Pille. Dieser Eingriff in das feine Zusammenspiel jener Kräfte, die die Lebensprozesse steuern, schien mir grob und unzulässig. Unnachweisbar, und eben darum unheimlich, würde sich die Struktur meines Seins ändern. War ich dann noch ich? Abwegig verstaubte Anwandlung einer Frau mit im übrigen durchaus moderner Weltanschauung!

Er machte sich Sorgen! Und ich müsse ihm schon erlauben, daß er sich Sorgen um mich mache. Derart beschämt, schluckte ich die Pille und konnte mich nur schlecht daran gewöhnen. Obwohl mein Arzt mir wissenschaftlich nachwies, diese anhaltende Übelkeit könne nur eine Folge psychischer Verkrampftheit sein, war mir doch ganz real schlecht.

Ich sprach nicht länger darüber, schließlich nehmen so viele Frauen die Pille.

Im Winter rochen seine Anzüge nach abgestandener Rauchluft, und ich hängte sie manchmal auf den Balkon. Im Sommer kam er meist verschwitzt, und mich begann der Geruch seines Körpers zu stören.

In unserer späteren Zeit ist er oft müde gewesen. Ich drängte ihn nie. Es war mir einerlei. Wir hätten auch gleich mit dem Essen beginnen können.

Er führte ein einwandfreies Familienleben, in dem ich keinen Platz hatte, nicht einmal als entfernte Kollegin. Ich stimmte dem unbedingt zu. Nüchtern gesehen: Scherereien hätte es nicht verlohnt. Ein Geheimnis war auch eine Waffe. Eine Waffe gegen das unerhörte Gefühl der Verlassenheit, das mich damals wie ein wieder- und wiederkehrender Angsttraum bedrängte. Ein Spannungselement, und hing auch noch so viel Selbstironie daran. Ein Kontrast im Gleichklang meiner Tage.

Nur einmal, ein einziges Mal, habe ich bei ihm angerufen. Das war nach jener Sitzung, die acht Stunden gedauert hatte und in der ich als allerletzte zu Wort kam. Ich sprach und sprach, und keiner hörte mich. Ich sprach nicht nur, um gesprochen zu haben, ich hatte tatsächlich etwas zu sagen. Ich redete mich in Eifer, ich beteuerte, ich gestikulierte, ich beschwor. Und die einen packten schon ihre Taschen, andere sahen mißmutig auf die Uhr, noch andere hatten den Wechsel des Redners gar nicht bemerkt. Danach brauchte ich einfach irgendeinen Menschen. Ich suchte den Zettel mit seiner Telefonnummer, den er mir in Anfangsgroßartigkeit gegeben hatte. Ich wählte die ersten drei Nummern. Hier schaltete sich das Tonband ein: »Kein Anschluß unter dieser Nummer.« Ich versuchte es ein weiteres Mal. Das gleiche. Im Telefonbuch war er nicht eingetragen. Ich vergaß später, ihn danach zu fragen. Ich hätte sowieso nicht wieder angerufen.

Ich arbeitete viel und zuverlässig, damals. Ich ließ mir dieses und jenes aufbürden, das nicht mein Amt gewesen wäre.

Ich war häufig erschöpft. Die Menschen sahen mich freundlich und hastig an. Wie schwer ist es doch, ein bißchen Glücksbedürfnis zu ersticken.

Er kam zu mir, wann es ihm paßte, und manchmal dachte ich: Dieses Mal war das letzte Mal, ich will nicht mehr. Es war und blieb eine verfehlte Sache. Aber wenn ich wochenlang nichts von ihm hörte, wuchs in mir der Ärger, und wenn er dann anrief, war ich erleichtert, daß ich mich nicht mehr zu ärgern brauchte, und da ich gerade nichts anderes vorhatte, kaufte ich ein und bereitete das Essen vor. Manchmal ging ich auch schnell noch zum Friseur Und wenn er kam, erzählte ich ihm die letzten Witze und zog die Vorhänge zu, obwohl nur der Himmel ins Fenster sah. Er protestierte, aber die Vorstellung, er würde mein Gesicht dabei belauern, war mir außerordentlich unangenehm. Danach schlief er etwas, ich deckte den Tisch, schmückte ihn mit bunten Servietten und Gräsern in einer schmalen Vase, und der Klang von Ravels »Bolero« in Stereo erfüllte anschwellend den Raum.

Wenn er gegangen war, räumte ich die Wohnung auf, badete und saß lange gedankenlos an der geöffneten Balkontür.

Nein, wie ich es auch wende, da war kein Grund, es zu tun. Er hat mich immer gefragt, ob er kommen dürfe, und ich hätte nur »nein« zu sagen brauchen. Er wäre sicher recht verwundert gewesen und dann natürlich gekränkt. Hätte ich doch wenigstens ein einziges Mal, wenn er anrief, etwas vorgehabt, vielleicht wäre alles nicht passiert.

Seine Frau erwies sich als eine Enttäuschung.

Ich war vollkommen frei von Skrupeln. Das entsprang nicht so sehr einem Defekt meines Charakters als der Überzeugung, daß die Rechnung sehr zu meinen Gunsten stand, denn ich gab ihm doch ein bißchen Freude, und Freude, gegeben, strahlt im Abglanz weiter.

Ich sah sie bei einem Theaterbesuch. Es war reiner Zufall. Nicht etwa, daß ich ein attraktives Überweib erwartet hätte, aber ein derartig geringes Aufgebot an Persönlichkeit war niederdrückend. Es ist nicht zu verstehen, doch ich fühlte mich unbeschreiblich gedemütigt. Dagegen hat mich sein Erschrecken, sein »Vorbeiseh-Manöver« und seine spätere Beteuerung, er habe mich tatsächlich nicht bemerkt, eher belustigt.

Auch meine Beichte über jene mißglückte Ansprache belustigte uns sehr. Wir genossen das Spiel der kleinen absichtlichen Entstellungen, der riesenhaften Übertreibungen von Winzigkeiten, und ich wuchs zur tragischen Heldin einer amüsanten Posse. Meine Vorschläge und Ideen nahm er wohltuend ernst. Er setzte sich rückhaltlos ein. Wo mich noch Skepsis hemmte, wirkte bereits der Hebel seiner Tatkraft. Als man ihm die Medaille für ausgezeichnete Leistungen an die Brust heftete, war auch ich stolz. Natürlich konnte er unmöglich sagen, daß ich ihm die Sache in meiner kleinen Wohnung im zwölften Stock erklärt hatte.

Ohne Zweifel ist es jetzt, nachdem das alles passiert ist, für mich sehr günstig, daß niemand etwas von unserer näheren Bekanntschaft ahnte.

An jenem Abend kam er direkt nach einer Sitzung zu mir. Ich legte ihm die Kissen im Sessel zurecht, schob die Fußbank heran, draußen wurde es bereits dunkel. Ich sah, er war sehr müde. Ich kochte einen starken Kaffee, würzte ihn mit Zucker und Zimt, gab etwas Himbeergeist in die breiten Schalen, zündete ihn an und goß dann langsam den Kaffee hinein. Ich fand es rührend, daß er sagte: »Ich bin heute sehr abgespannt, aber ich wollte dich unbedingt sehen.« Ich trug den neuen hauchdünnen weinroten Hausanzug, sonst nichts, und als er mich an sich zog, spürte ich, er war doch nicht so müde. Irgendwie mochte ich ihn in diesem Moment wie nie zuvor. Ich war besonders zärtlich zu ihm und ganz ohne Verstellung. Als ich seinen Kopf an meine Schulter legte, knurrte er leise. Ich fragte ihn, was er denke, und er sagte, mich wegschiebend: »Ach nichts. Aber ich bin doch ein altes Schwein.«

Das andere geschah völlig unerwartet. Wir aßen schneller als sonst, weil er zu Hause nicht abgemeldet war. Dann ging er, schon im Anzug, aber noch in Strümpfen, auf den Balkon, lehnte sich über die Brüstung, um nach seinem Auto zu sehen. Wie er so auf Zehenspitzen stand und sich reckte, faßte ich seine Füße und riß seine Beine hoch. Er hat nicht versucht, sich festzuhalten, er war wahrscheinlich zu überrascht. Das erklärt auch, wieso er erst so spät geschrien hat. Da war er schon in der Höhe des siebenten oder sechsten Stocks. Seine Schuhe und seinen Mantel habe ich hinterhergeworfen. Ich räumte die Wohnung auf, badete und setzte mich an die offene Balkontür. Ravels »Bolero« erfüllte anschwellend den Raum.

Manchmal grübele ich darüber nach, wie diejenigen, die seinen Nachruf verfassen, die Tatsache, daß er ohne Schuhe Selbstmord beging, damit in Einklang bringen, daß er der korrekteste Mensch war, den sie oder irgend jemand anderes kannten.

Barbara Frischmuth
Baum des vergessenen Hundes

Mit einemmal erinnerte sie sich an das Geräusch der Metallteile, auf das sie als Kind schon immer gewartet hatte, wenn sie im Zug über eine Eisenbahnbrücke gefahren war. Der Verkehr sickerte auf einer Reihe von Fahrstreifen stadtauswärts, die Sonne schien heißer, als nach dem kühlen, aber klaren Herbstmorgen zu erwarten gewesen war, und sie mußte, eingeordnet in eine nicht endenwollende Kolonne, den Wagen mehrmals anhalten. Sie öffnete beide Vorderfenster, um etwas von der leichten Brise zu spüren, die, wie sie meinte, vom Fluß heraufwehen mußte, und sah einem Dampfer nach, der gerade unter der Brücke hervorgekommen war und sich weiß und breitbäuchig flußaufwärts arbeitete. Sie wußte, daß sich am Ende der Brücke eine Baustelle befand, ihre Ungeduld hielt sich also in Grenzen, da war nichts zu machen

Von Zeit zu Zeit stemmte sie sich gegen die Rückenlehne, ohne dabei das Volant aus den Händen zu lassen, und reckte sich so weit hoch, daß sie ihr Gesicht im Rückspiegel sehen konnte. Sie dachte an eine neue Serie von Pflegepräparaten, die eine der großen Kosmetikfirmen auf den Markt gebracht hatte, und ob sie es nicht damit versuchen sollte. Nicht daß ihr Teint unrein oder ihre Haut schlaff geworden war, aber man mußte rechtzeitig dafür sorgen, daß es nicht dazu kam. Auch hatte sie schon längere Zeit vorgehabt, ihr Make-up und das Parfum zu wechseln, wozu es aber eines echten Entschlusses bedurfte, da das Make-up ihr Gesicht auf charakteristische Weise veränderte und sie sich noch nicht sicher genug fühlte, das neue, das sie zu Hause schon ausprobiert hatte, außer Haus und vor ihren Freunden zu tragen, da es gewissermaßen einen anderen Typ aus ihr machte.

Sie hatte sich getäuscht, die Luft stand still wie an einem Hochsommertag, und auf ihrer Oberlippe bildeten sich Schweißtröpfchen, immer wieder, so oft sie sie auch abwischte. Sie saß mit gespreizten Beinen da und fächelte sich mit dem Saum ihres Rockes Kühle in den Schoß, bis es hinter ihr hupte und sie merkte, daß die Autos vor ihr sich um einige Meter weitergeschoben hatten. Sie fuhr an, holte die paar Meter auf, und als sie wieder stand, lächelte sie dem Mann, der ebenfalls allein in seinem Wagen saß, im Rückspiegel freundlich zu. Es machte ihr großen Spaß, zu sehen, wie das Gesicht des Mannes sich veränderte, wie eine Verlegenheit in ihm aufstieg, ein Mit-der-freundlichen-Geste-nicht-gerechnet-Haben. Es ist so einfach, dachte sie, man muß es nur erkannt haben, ein für alle Male erkannt haben.

Als sie die Baustelle passiert hatten und es immer weiter stadtauswärts ging, wurde die Kolonne langsam schütter, und nach einer Weile bog auch sie ab, einem Seitenarm des großen Flusses folgend, auf einer wesentlich schmaleren Straße, die bald in eine Staubstraße mündete. Als sie eine geeignete Parkmöglichkeit fand, stellte sie den Wagen ab, nahm ihre Handtasche und ihren Fotoapparat und suchte nach einem Pfad an der Uferböschung. Sie war eine Zeitlang unschlüssig, ob sie nicht noch ein Stück den Weg oben entlanggehen sollte, kletterte dann zwischen den Bäumen und Sträuchern umher, die, begünstigt durch das ständige Vorhandensein von Wasser, ziemlich dicht wuchsen, und hielt Ausschau nach einer sandigen Stelle, an der sie sich setzen konnte, ohne sich voller Erd- und Grasflecken zu machen. Dabei blieb sie oft unvermutet stehen, holte tief Luft und wendete dann ihr Gesicht der Sonne zu, die trotz allem nicht mehr die Kraft zum Bräunen hatte.

Sie hatte etwas getan, wozu sie sich selten aufraffen konnte, nämlich sich ins Auto zu setzen und irgendwo hinauszufahren, allein und ohne besonderen Grund, ohne etwas holen oder abliefern zu müssen, ohne verabredet zu sein. Sie war gefahren, weil Theo zu Hause war; er fühlte sich nicht wohl, ohne, wie sie genau zu wissen glaubte, ernsthaft krank zu sein. Er war vom Büro zu Hause geblieben und hatte sich nach dem Frühstück wieder hingelegt, gelesen und darauf gewartet, daß sie sich zu ihm ans Bett setzte, daß sie ihm etwas zu trinken brachte, sich mit ihm unterhielt und auf seine Unpäßlichkeit einging. Sie müsse für kurze Zeit raus, hatte sie gesagt. Sie würde gewiß nicht lange bleiben, aber sie müsse für ein paar Stunden raus. Er solle inzwischen schlafen. Schlaf sei die beste Medizin für jede Art von Krankheit. Er solle sich gesundschlafen, am Abend würde sie dann was zu essen machen, und wenn es ihm gut genug ging, konnten sie dazu eine Flasche von dem französischen Rotwein trinken, den sie in einem Geschäft in der Innenstadt entdeckt und der ihnen beiden so geschmeckt hatte.

Es war unter der Woche, und der Seitenarm des großen Flusses war kaum befahren; ein paar Ruderboote und vereinzelte Segler, die wie Kohlweißlinge mit zitternden Flügeln irgendwo im Wasser aufzusitzen schienen. Enten und Bleßhühner schwammen in dem an sich trüben Wasser, das durch die Bläue des Himmels hell und klar wirkte und dessen schimmernde Oberfläche sich nur um die ersten abgefallenen Blätter der Laubbäume kräuselte, die kaum merklich auf ihr dahintrieben.

Sie tauchte den Blick in die sie umgebenden Farben, in die Rost- und Moostöne, die Stahl-, Achat- und Kobaltfarben, in die Arten des Glanzes und des Flimmerns, in das Honigsanfte, Gelbduftende, sie stellte sich zu jeder Farbe das dazugehörige Wort vor, die Gegenstände, auf die es übertragbar war, und sie hatte eine unglaubliche Sehnsucht nach der Glätte glasierter Keramik, nach der scheinbaren Rauhheit von Milchglas, nach der vom eigenen Griff erzeugten Wärme von aufgesetzten Messingkugeln, nach all den Gegenständen, auf denen sie ihre Hand hatte ruhen lassen, bevor sie sie an einen möglichen Käufer weitergab, Gegenstände, deren Berührung sie mit unaufdringlicher Kühle beruhigt hatte, wenn sie gereizt oder erregt gewesen war. Sie erinnerte sich an einen moirierten Stein, von vielen Fingern blankgegriffen, den sie heimlich gegen die Stirn drückte, wenn sie Kopfschmerzen hatte, und an einen unverkäuflichen Spazierstock, an den sie sich gerne lehnte, vor allem wenn sie ein dazu passendes langes Kleid trug, und dessen silbernen Knauf sie durch den Stoff hindurch auf der Haut ihrer Hüften gespürt hatte, wie damals, als Theo zum erstenmal in den Laden gekommen war, um, wie er sagte, für seine Mutter, die bei seinem Bruder in Amerika lebte, ein nützliches Geschenk auszusuchen. Sie wußte, daß sie mit offenen Armen aufgenommen werden würde, wenn sie zurückkäme. Herr Feininger hatte nie einen Ersatz für sie gefunden. Solange sie den Laden betreut hatte, war er in guten Händen gewesen, und Herr Feininger hatte lange Geschäfts- oder sonstige Reisen unternommen. Sie war zum Einkauf berechtigt gewesen, und es kam selten vor, daß sie sich über den Wert eines Gegenstandes täuschte. Sie und Herr Feininger ... er würde ihr den Schlüssel wieder aushändigen und sagen: Sybill, Sie wissen Bescheid. Ich fliege nämlich morgen nach Santiago ...

Beinah wäre sie über das Fahrrad gestolpert, das, gegen einen Busch gelehnt, von dessen Blättern fast zur Gänze bedeckt war. Sie hatte sich, den Fotoapparat gegen das Aug gedrückt, zu weit rückwärts gewandt und bemerkte es erst, als sie das Geräusch des Kotschützerblechs, an dem sich ihre Haut schürfte, hörte und einen Schmerz am Bein verspürte. Sie blutete kaum, und an den Rändern des Kratzers, den sie sich zugefügt hatte, hing Haut in weißen Schuppen, die sich kräuselten. Vor Verwunderung und ärgerlich über ihre Ungeschicklichkeit schnalzte sie leise mit der Zunge, drückte aber den Fotoapparat wieder ans Aug und betrachtete das winzige Bild des angeschwemmten Baumstrunks, das sich ihr durchs Objektiv bot. Sie versuchte, die Komposition, die sich ihr zuvor so aufgedrängt hatte, nämlich den Baumstrunk, dessen bizarre Form, verlängert durch seinen Schatten, der sich gegen den weißen Ufersand deutlich abhob, möglichst unverändert in den Blickwinkel der Kamera zu bringen. Sie liebte es, solche Kuriositäten der Natur zu photographieren, und sie hatte zu Hause ganze Kartons voller Aufnahmen, auf denen fast nie ein Mensch zu sehen war, dafür um so mehr Details von Pflanzen, Steinen oder durch Witterung und Umwelt veränderten Gegenständen, obwohl die meisten dieser Aufnahmen nur halb so skurril waren, wie sie sich vorgestellt hatte, daß sie ausfallen mußten, was sie dann auf ihre mangelnde Technik beim Photographieren schob. Doch hatte sie nie damit aufgehört.

Sie hatte den Mann zuerst durchs Objektiv der Kamera erblickt und im selben Augenblick einen solchen Schreck gekriegt, daß sie mit weit aufgerissenen Lidern weiter auf das kleine Bild starrte, anstatt ihre Augen auf natürliche Weise zu gebrauchen. Er lag da, auf dem Rücken, Arme und Beine leicht gespreizt, mit geöffnetem Mund, den Oberkörper nur mit einem Ruderleibchen bekleidet. Ihr erster Gedanke war, daß er tot sein mußte, daß er einem Mord zum Opfer gefallen war und daß nach dem Mörder sie die erste Person war, die die Leiche erblickte. Weniger die Angst davor, daß der Mörder noch in der Nähe sein konnte, als die Angst vor einem Toten an sich, mit dem sie noch dazu allein war, hatte ihr die Gänsehaut aufgetrieben, und sie hatte keine Ahnung, was sie machen sollte.

Als sie die Kamera vom Aug nahm und den Mann, in dessen unmittelbarer Nähe sie stand, sie hatte ihn nur nicht früher bemerkt, ansah, erkannte sie, daß er nur schlief, und ihr fiel ein, daß bei Toten doch meist die Augen offenstanden. Er bewegte sich, während sie ihn betrachtete, schien aber so fest zu schlafen, daß er kein Bewußtsein von ihrer Anwesenheit hatte

Und plötzlich bekam sie Lust, diesen Mann, der weder lachte noch lächelte, sie weder anblickte noch sonst irgendwie dreinsah, der überhaupt nicht dreinsah, sondern einfach schlief, dicht an den Boden angedrückt, als wäre er ein Gegenstand, der sich hauptsächlich durch seine Langgestrecktheit und die Helle seiner Haut von seiner Unterlage abhob, zu photographieren. Sie würde nie wissen, wer dieser Mann war, es auch nie wissen wollen, aber sie würde sich ein Bild von ihm gemacht haben, das Bild eines Ruhenden, der auf nichts, auch nicht auf das Vorhandensein der Kamera reagierte. Und auf dem Bild würde er trotz der geschlossenen Augen etwas von einem Toten an sich haben.

Sie hatte die Kamera wieder hochgehoben, fürchtete aber mit einemmal, der Mann könne durch das Klicken erwachen und sie dadurch in eine ausgesprochen peinliche Situation bringen Sie wich einige Schritte zurück, sah sich nach einem entsprechenden Standort um, konnte aber keinen finden, bis sie an einen verkrüppelten Weidenbaum stieß, dessen Hauptast sich in nicht allzugroßer Höhe über den Boden neigte, bevor er sich aufrichtete. Sie lehnte sich dagegen, versuchte die Kamera so hoch wie möglich zu halten, aber sie bekam den schlafenden Körper nicht so recht in den Blick.

Und da durchfuhr es sie, daß dieser Mann selbst ein Mörder sein konnte, einer, der sich schlafend stellte und darauf wartete, daß sein zukünftiges Opfer nichtsahnend ganz dicht an ihn herankam, der dann plötzlich aufsprang und, das Erschrecken des Opfers ausnützend, es mit bloßen Händen zu würgen begann. Was hatte dieser Mann, der noch dazu Arbeitskleidung trug, an einem Wochentag in dieser entlegenen Gegend zu suchen, wo kam er her, wo fuhr er wieder hin, nachdem er, wenn es stimmte, was er vorzugeben schien, ausgeschlafen hatte? Und was tat er dann?

Sie nahm den Fotoapparat vom Aug und starrte den Schlafenden an. Wenn er nur so tat, wenn er wirklich daran dachte, sie zu töten, würde er nicht warten, bis sie ihn photographiert hatte. Er würde aufspringen, noch bevor sie hatte abdrücken können. Gewiß würde er sich nicht darauf einlassen, von ihr photographiert zu werden, so unvorsichtig war er sicher nicht, wo er doch damit rechnen mußte, daß jemand kommen konnte, daß er dann keine Zeit mehr haben würde, den Film aus der Kamera zu reißen, und wenn, so würde er Fingerabdrücke darauf hinterlassen, und selbst wenn er die Kamera ins Wasser warf, sie konnte wiedergefunden werden und ein wichtiges Indiz abgeben.

Sie schalt sich hysterisch, lächelte sich selbst Mut zu, wich aber merklich immer weiter zurück, so daß sich ihr Rücken am Stamm des Weidenbaums hochzuschieben begann, und überlegte, was ihr zuerst völlig absurd schien, ob sie nicht auf den gebogenen Ast des Baumes klettern sollte.

Sie war schon so lange nicht mehr auf Bäume geklettert, daß sie gar nicht mehr wußte, wie das ging. Sie wunderte sich selbst darüber, daß sie es schaffte, aber der Ast war breit genug und in so geringer Höhe, daß sie nicht befürchten mußte, sich das Genick zu brechen, wenn sie dennoch herunterfiel. Sie legte sich auf den Bauch, mit der Seite gegen einen senkrecht wachsenden Zweig gelehnt, die Ellbogen gegen die Rinde gestützt, und versuchte, das Aug wieder an die Kamera gepreßt, den Schlafenden nun von dieser Höhe aus zu photographieren.

Gleichzeitig mit dem ersten Klicken blieb ihr beinah das Herz stehen, denn der Mann hatte den Kopf in ihre Richtung gedreht, ohne allerdings, wie sie gleich darauf mit Erleichterung feststellte, die Augen zu öffnen. Ein Laut entfuhr ihm, der nicht so sehr nach Seufzen, als vielmehr nach Behagen klang, und sie hatte das Gefühl, der Mann würde sich immer tiefer in seinen Schlaf eingraben, und ihre Sicherheit war wieder im Wachsen.

Sie hatte eine Reihe von Aufnahmen gemacht und lag, den Körper fest gegen die Rinde gepreßt, da, hatte die Kamera über einen Ast gehängt und beobachtete das Wasser, die Bäume und immer wieder den Mann, der sich nun mehrmals im Schlaf über die Schamgegend fuhr, und ihrem angestrengten Blick schien es, als wäre sein Glied, dort wo sie dessen Platz vermutete, kaum ausnehmbar, aber doch angeschwollen. Vielleicht träumt er, dachte sie, und dabei stieg ihr selbst die Hitze auf. Sie bildete sich ein, den Geruch des Mannes aus dem leichten Lufthauch, der von ihm in ihre Richtung wehte, herausspüren zu können, und sie stellte sich vor, daß er trockene, feste Hände hatte und eine lebendige Haut, die nicht von Talgabsonderungen verstopft war und den leblosen Glanz des schlecht Durchbluteten hatte, wie die von Theo zeitweise.

Sie spürte, wie ihre Brustwarzen von der Rinde nach innen gedrückt wurden, und es kostete sie einige Anstrengung, ihre Position so geräuschlos wie möglich dahingehend zu verändern, daß sie halbwegs entspannt liegen konnte Und doch nicht fiel. Und mit einemmal drängte sich ihr die Vorstellung auf, daß dieser Ast und dieser Mann miteinander identisch seien, daß sie auf diesen reglosen Mann gekrochen war, wie sie auf den Baum gekrochen war, von ihm Besitz ergreifend und sich an ihn pressend, ohne daß er eine Möglichkeit hatte, sich zu wehren oder sie abzuschütteln, weil selbst schon gefangen in der Begierde, und wie es in ihrer Hand lag, Befriedigung zu verschaffen, vor allem wann sie es tat, während der Mann wie gefesselt unter ihr lag und sich aufzubäumen versuchte, was nur zu noch größerer Erregung führte, und ihr wurde bewußt, daß sie sich schon die längste Zeit am Baum rieb.

Sie fragte sich, was geschehen würde, wenn sie nun wirklich auf ihm wäre, und durch ihre Vorstellung flimmerte das Bild der Messerwerfer im Zirkus, nur daß dieser Mann von den Messern am Boden festgenagelt sein sollte, daß, wie einst bei Christus, seine Hände und Füße durchbohrt werden, daß er jedoch nicht an einem Kreuz, sondern an der Erde befestigt werden sollte, aber ebenso hilflos und preisgegeben, mit gespreizten Armen und vor Lust übereinandergepreßten Beinen. Ihr Triumph war plötzlich unbändig, und während sie sich mit dem Oberkörper aufrichtete, oh ja, so wollte sie ihm ihre Brüste zeigen, mit geschwollenen Warzen und doch nicht sofort erreichbar, erst im Moment des äußersten Verlangens!, glitt sie mit den Beinen vom Stamm ab und saß nun rittlings auf dem gebogenen Weidenast.

Eine neuerliche Bewegung des Mannes löste in ihr Beschämung und den Wunsch aus, so rasch wie möglich von dem Baum herunterzukommen, sich den Rock glattzustreifen und etwaige Spuren an ihrer Kleidung zu verwischen, bevor jemand sie entdeckte. Wie zum Trotz machte sie, während sie sich rückwärts gehend immer weiter entfernte, noch ein paar Aufnahmen. Selbst wenn er dabei aufwachte, woher konnte er wissen, daß sie ausgerechnet ihn geknipst hatte. Sie würde so tun, als bemerke sie ihn erst in dem Augenblick, als er die Frage an sie richtete.

Auf dem Weg schien ihr die Sonne warm entgegen, und sie dachte daran, sich für eine Stunde ein Ruderboot zu mieten und sich darin treiben zu lassen. Selbst wenn die Sonne nicht mehr richtig bräunte, eine frische Farbe würde sie ihr schon machen. Sie würde ihre Bluse ausziehen, sich auf den Boden des Bootes legen und eine Illusion von Sommer haben, mit einem Himmel, so wolkenlos, daß die Kondensstreifen der Düsenjäger über seine ganze Wölbung zu verfolgen waren.

Sie hatte die Tür ihres Wagens geöffnet und sich unschlüssig, mit heraushängenden Beinen hineingesetzt – sollte sie bis zur nächsten Bootsvermietung gehen und den Wagen hierlassen oder fahren, auf die Gefahr hin, daß sie sich mehrmals im Kreis bewegen und den Wagen dann erst in der Sonne stehenlassen mußte? Sie setzte eine Sonnenbrille mit großen Gläsern auf und wollte wieder aussteigen, als sie einen Radfahrer kommen hörte. Er fuhr pfeifend, mit offenem Hemd über dem weißen Ruderleibchen, den Weg entlang, den sie eben erst gekommen war. Es war der Mann, den sie photographiert hatte, obwohl er nun, wie ihr schien, ganz anders aussah, wie ein Mensch, der, anstatt ein Bier zu trinken, sich hingelegt hatte und nun, frisch ausgeruht, wieder zur Arbeit fuhr. Er sah sie nicht einmal an, als er so an ihr vorbeifuhr, pfiff nur ein wenig leiser, als wolle er vor ihr, der Fremden, wer immer sie auch sein mochte, die Melodie geheimhalten. Als er vorüber war, fiel ihr ein, daß sie vergessen hatte nachzusehen, welche Farbe seine Augen hatten.

Es begann bereits kühl zu werden, als sie sich, in jedem Arm eine Tüte mit Lebensmitteln, das breite Treppenhaus emporkämpfte, mit einer mühselig frei gemachten Hand nach dem Wohnungsschlüssel suchend, den sie dann doch nicht finden konnte, dazu hätte sie die Tüten abstellen müssen. Bevor sie noch klingeln konnte, öffnete Theo die Tür, und die Vorstellung, Theo wäre die ganze Zeit dahinter gestanden und hätte auf ihre Schritte gewartet, befiel sie wie Übelkeit, derer sie nur mit Mühe Herr werden konnte.

Automatisch hielt sie ihm die Wange zum Kuß hin, dann übergab sie ihm die Tüten und stürzte ins Badezimmer. Ihre Scheu, fremde Toiletten zu benützen, führte dazu, daß sie meist als erstes, wenn sie nach Hause kam, ins Badezimmer rannte, was zu Anfang ihrer Ehe Anlaß zu Heiterkeitsausbrüchen und zärtlichen Hänseleien gewesen war, ihr nun aber aus ganz anderen Gründen wichtig schien, nämlich um ein Gesicht aufzusetzen, sich zu fassen, nachdem all ihre geheimen Hoffnungen, daß Theo vielleicht doch ausgegangen sei, zerstört worden waren. Er war da, und wie sie ihn kannte, würde er keinerlei Anstalten treffen, das Haus vor dem nächsten Tag zu verlassen oder, wenn es so weiterging, vielleicht auch den ganzen nächsten Tag im Bett liegen und noch blasser werden.

An den nassen Stellen im Badezimmer merkte sie, daß Theo vor kurzem ein Bad genommen hatte, auch hing der Geruch seines Rasierwassers sowie der Rasierseife noch in der Luft. Da er sich auch am Morgen geduscht hatte, konnte das nur heißen, daß er sich eine gemeinsame Nacht vorstellte. Sie haßte nichts so sehr wie die offensichtlichen Vorkehrungen zum Beischlaf, die da getroffen wurden, damit es nur ja an nichts fehlte. Um gerecht zu sein, mußte sie zugeben, daß es sie früher kaum gestört hatte. daß es ihr nur hin und wieder aufgefallen war.

Bist du sehr hungrig? fragte sie aus dem Badezimmer, da sie ihn an den Tüten rascheln hörte und sich genau vorstellen konnte, wie er sie untersuchte, ein Stück von dem langen weißen Brot abriß oder am Obst naschte.

Nein, sagte er, und sie hörte, wie er sich von der Anrichte, auf die er offensichtlich die Tüten gestellt hatte, wieder entfernte.

Es dauert nicht lange, ich werde mich beeilen.

Mir war den ganzen Tag nicht sehr wohl, sagte er, was weiß ich, was das ist. Jetzt geht es mir besser, fügte er dann, ohne daß sie danach gefragt hätte, hinzu.

Du kannst uns einen Aperitif machen, rief sie, während sie sich das Haar zum Vorbereiten des Essens hochsteckte. Wenn sie etwas trank, war es immer besser, sie kam dann mit allem besser zurecht, selbst auf die Gefahr hin, daß ihr der eine oder andere Gegenstand unversehens aus der Hand glitt, aber es war kein besonderes Geschirr, das sie zum Kochen verwendete.

Am Nachmittag hatte ich einen Schwindelanfall, sagte Theo, ich habe mich an der Vitrine festgeklammert, und da muß es passiert sein.

Was? fragte sie, und sie spürte, wie Zorn in ihr aufstieg, Zorn darüber, daß er seine angebliche Krankheit dazu benutzte, um irgend etwas zu kaschieren, um irgendeinen Mißgriff als Unfall zu tarnen.

Die kleine Glasfigur ... sie ist umgefallen, und eine Zacke ist abgebrochen. Tut mir leid, aber der Schwindel war momentan so stark. Man wird sie reparieren können.

Sie unterließ es, etwas zu sagen, sondern ging, sich mit der einen Hand eine Spange im Haar feststeckend, eine andere Spange zwischen den Lippen, ins Wohnzimmer, öffnete die Vitrine und nahm die Glasfigur heraus. Um besser sehen zu können, drehte sie die Deckenbeleuchtung an, normalerweise brannte nur eine Stehlampe, und betrachtete den Schaden.

Es war ein altes handgeblasenes Figürchen, das sie vor Jahren einmal, günstig, wie sie meinte, bei einer Auktion gekauft und für sich behalten hatte. Man wird es reparieren können, sagte Theo nochmals. Er war ihr nachgekommen, und während auch er sich über das Figürchen beugte, stützte er sich mit den Händen an der Vitrine auf.

Ich bitte dich, Theo! Sie sah ihn vorwurfsvoll an, und er nahm sofort den Arm von der Vitrine.

Ist es schlimm ...? Es tut mir aufrichtig leid, aber ich kam aus meinem Zimmer und wollte zum Fenster, um es zu öffnen, mir war, wie gesagt, nicht wohl, aber bevor ich zum Fenster kam, um frische Luft hereinzulassen, war es schon passiert.

Sie konnte es sich nicht verkneifen, wenigstens einmal kurz aufzuseufzen. Macht nichts, sagte sie, natürlich kann man es reparieren, aber es ist nicht mehr dasselbe.

Ich werde sehen, ob ich ein ähnliches zu kaufen kriege, versuchte Theo einzulenken.

Kriegst du nicht. Ich sage ja, es macht nichts. Es war nicht einmal so besonders wertvoll als günstig gekauft. Sie stellte das Figürchen mit der abgebrochenen Zacke zurück in den Glasschrank und ging in die Küche.

Hast du uns etwas zu trinken gemacht? Sie wußte, daß das gar nicht möglich war, daß die Zeit dazu zu kurz gewesen war, aber sie wollte, daß er sich mit irgend etwas beschäftigte, daß er nicht nur in der Küche herumstand und ihr zusah, wie sie das Gemüse auftaute und die Steaks briet, wie sie die Beeren für den Obstsalat von den Stielen löste und die Melone in Würfel schnitt.

Hast du's schön gehabt? fragte Theo, als er ihr den gemixten Aperitif reichte, den sie ihm mit noch nasser Hand abnahm.

Was meinst du damit? Der leicht wehleidige Ton, in dem er die Frage gestellt hatte, stimmte sie angriffslustig. Oder willst du nur wissen, was ich gemacht habe?

Theo hatte sich auf einen Küchenstuhl gesetzt und begonnen, seine Schläfen abwechselnd mit seinem Puls zu massieren. Du bist gereizt, sagte er. Ich dachte, es würde dir guttun, wenn du dich ein paar Stunden in die Sonne legst. Ich hatte mich auf den gemeinsamen Abend gefreut.

Entschuldige, sie schüttelte die Beeren in einem Drahtsieb, um das Wasser von ihnen abtropfen zu lassen. Es war doch sehr warm heute. Ich habe mir ein Boot genommen, bin ein wenig hinausgerudert und habe mich dann auf den Boden des Bootes gelegt. Dabei muß ich eingeschlafen sein. Ich bin erst wieder aufgewacht, als das Boot gegen ein Ufer stieß, zum Glück ist nichts passiert, ich habe nur Kopfschmerzen. Ich hatte nicht damit gerechnet, daß die Sonne noch so stark wäre. Sie verachtete sich selbst dafür, daß sie nun auch eine Art von Krankheit vor ihre schlechte Laune schob.

Du hast Farbe bekommen, das Wasser und der Wind ... sagte er, ich wollte, ich hätte mich besser gefühlt, dann hätten wir gemeinsam ...

Ja, das hätten wir, sagte sie. Sie hatte sich so weit beruhigt, daß sie das Gespräch durchhalten würde. Sie stellte die mit Zucker bedeckten Beeren, unter die sie die Melonenwürfel gemischt hatte, in den Kühlschrank, nahm einen langen Zug aus ihrem Glas und holte die Bestecke aus der Lade.

Würdest du so lieb sein und den Tisch decken? Theo war, ihre Absicht erkennend, bereits aufgestanden und suchte nach Servietten.

Gibt es keine Servietten mehr? fragte er.

Aber ja, sie drängte ihn von der Lade, in der die Servietten liegen sollten, weg, zog sie ganz heraus und wühlte darin. Die weißen sind ausgegangen, ich habe einfach vergessen, welche zu besorgen. Sie griff nach einem verschlossenen Paket. Nimm die hier, sie sind von Weihnachten. Damals haben wir sie gar nicht verwendet. Sie lachte, froh über den neutralen Anlaß.

Theo war dicht hinter ihr stehengeblieben, und als sie sich umdrehte, um ihm das Paket mit Servietten in die Hand zu drücken, umfaßte er sie mit beiden Armen, bedeckte mit den Händen ihre Brüste und sagte, heut nacht, Liebling, heut nacht!

Es kostete sie einige Überwindung, ihn nicht einfach abzuschütteln, wie einen Hund, der an einem hochgesprungen ist, und um der Situation Herr zu werden, sagte sie in ironischem Ton: Du immer mit deinen Versprechungen! und drängte ihn mit der Hüfte so weit zur Seite, daß sie wieder zum Herd konnte. Sie wußte, sie würde nun den ganzen Abend daran denken müssen, daß er vorhatte, mit ihr zu schlafen, daß er sich die ganze Zeit über darauf vorbereitete wie auf einen Theaterbesuch, und sie dachte mit Entsetzen an das Ritual, das sich in den drei Jahren ihrer Ehe bereits herausgebildet hatte; wie sie sich beide, jeder an seinem Bettrand sitzend, auszogen, wie er die Papiertaschentücher an ihren Platz legte und die Kissen zurechtklopfte, wie er dann das Licht löschte und sie mit seinen von der Erregung bereits feuchten Händen anfaßte, wie sich dabei alles in ihr zusammenzog und sie am liebsten strampeln würde, wie sie sich dann irgendwelche obszönen Bilder vor Augen führen mußte, Szenen unter Leuten mit überdimensionalen Geschlechtsorganen, um schließlich doch auf ihre Rechnung zu kommen, wobei es nicht einmal so sehr der Lust wegen war, die sie dabei wie die mechanische Reaktion auf einen mechanischen Reiz empfand, sondern aus Angst, er könne sie nachher wieder fragen, warum es diesmal nicht geklappt hätte, was er denn falsch gemacht habe, sie solle ihm ruhig ihre besonderen Wünsche anvertrauen, er würde gerne auf sie eingehen, es gäbe nichts, wofür man sich auf diesem Gebiet zu schämen brauche, er jedenfalls habe für alles Verständnis.

Ist Post gekommen? fragte sie, um wieder zu dem neutralen Umgangston zu finden, den sie so häufig verwendete, wenn es galt, nichts zum Ausbruch kommen zu lassen.

Erwartest du etwas? Theo kam vom Eßtisch mit einer überzähligen Gabel zurück.

Nein, nein, sagte sie, ich habe bloß gefragt, und sie dachte daran, wie sie Vormittag für Vormittag auf den Briefträger lauerte, wie sie mehrmals hintereinander auf den bloßen Verdacht von Schritten hin aus der Wohnung stürzte und hinunter in die Einfahrt rannte, um zu sehen, ob er etwas gebracht hatte, dabei war ihr kaum klar, was sie denn mit solcher Sehnsucht und Beharrlichkeit erwartete. Irgendwann würde sie mit Theo darüber reden müssen, daß sie zurück zu Feininger wollte, daß sie nicht einfach dasitzen und warten wollte, bis das geplante Kind, das schon lang genug auf sich warten ließ, unterwegs war. Wenn sie ehrlich war, wollte sie zur Zeit auch gar keines. Später vielleicht, aber wenn sie sich vorstellte, daß es ihr dann noch schwerer fallen würde, von Theo wegzugehen, die geräumige Wohnung und all die Annehmlichkeiten des Stadtzentrums aufzugeben, dann war ihr immer weniger danach. Das einzige, was sie wirklich wollte, war, wieder zu Feininger zu gehen, kostbare Gegenstände mit den Händen zu berühren und lange über ihren Wert zu reden. Es machte ihr Spaß, gut einzukaufen und zu verkaufen, jemanden in seiner Überzeugung zu bestärken oder ihm Unsicherheiten des Geschmacks zu nehmen, indem sie ihn gut beriet.

Es sah Theo ähnlich, daß er glaubte, er könne mir nichts, dir nichts wieder so ein Glasfigürchen zu kaufen kriegen. Er hatte keinerlei Gefühl für diese Dinge. Allein die Art, wie er sich gegen die Vitrine lehnte, ohne sich dessen bewußt zu sein, daß lauter Zerbrechliches in ihr war, Irreparables. Für ihn war nur er selbst zerbrechlich, sein Äußeres wie sein Inneres, er sprach von Schocks, die ihm etwas verursacht, von Zerreißproben, denen er nicht standgehalten, von Anstrengungen, die er nicht verkraftet hatte. Er arbeitete viel, wollte aber dafür auch gelobt und gehätschelt werden, wobei er ihr die Lust dazu nahm, indem er sie dauernd auf seine Leistungen aufmerksam machte. Es war seine Idee gewesen, daß sie zu Hause bleiben sollte, durch ihn, sagte er, hätte sie es nicht mehr nötig, Geld zu verdienen, er hingegen lege Wert auf all die kleinen Gesten der Fürsorglichkeit, zu denen nur eine Frau, die nicht überbeansprucht sei, imstande wäre. Zu Beginn war sie auch ganz froh darüber gewesen, solange sie die Wohnung gesucht und eingerichtet hatte, wobei sie sich genügend Zeit hatte lassen können und von Theo ausgiebig unterstützt worden war. Sie hatte ganze Tage bei Antiquitätenhändlern, Möbelverkäufern, aber auch Trödlern verbracht, um ein Stück nach dem anderen zu erwerben, wobei alle ihre Instinkte hell wach gewesen waren und ständig auf der Lauer gelegen hatten. Sie war von einem Ende der Stadt ans andere gefahren, hatte ihren Kleinwagen gegen einen Kombi eingetauscht, um einen Teil der Sachen selbst transportieren zu können, weil sie befürchtete, es könne beim Transport etwas beschädigt werden. Später dann hatte sie auf der Suche nach geeigneten Bildern oder Drucken all die kleinen Galerien der Stadt abgeklappert, nachdem sie zuerst bei all ihren Freunden und Bekannten, die etwas von Malerei verstanden, Erkundigungen eingezogen hatte. Meist hatte sie erst nach langem Überlegen das eine oder andere Stück erworben und dazwischen immer wieder ausführliche Kaffeehausbesuche eingeschaltet, um über das eine oder andere Bild nachzudenken oder sich mit Irma, die Kunstkritikerin bei einer Tageszeitung war, beraten und dabei gleich die Anzeigen- und Ankündigungsteile der Zeitungen nach neuen Einkaufsmöglichkeiten zu durchsuchen.

Als sie dann alles zu ihrer beider Zufriedenheit eingerichtet hatte und es Barbarei gewesen wäre, die Wohnung mit weiteren Gegenständen vollzustopfen, widmete sie sich einer Beschäftigung, von der sie die ganze Zeit über, als sie noch bei Feininger gearbeitet hatte, nur träumte, die Zeit dazu hatte sie sich nie nehmen können. Sie lag stundenlang auf der Couch in ihrem Zimmer und las in den eingekauften Kunstbüchern über Steine, Schmuck und Porzellane, über all die Dinge, die durch ihre Hände gegangen waren, fand viele ihrer Meinungen, die sie sich in den Jahren bei Feininger mehr aus der Praxis als durch systematisches Studium erworben hatte, bestätigt, andere zweifelhaft, erfuhr eine Menge Neues, das sich sicher auch in der Praxis bewähren würde, und konnte vor allem die Dinge weit besser beim Namen nennen. Sie hatte einen deutlicheren Überblick über die verschiedenen Epochen gewonnen, und im Grunde brannte sie nur mehr darauf, das in ihr angestaute Wissen anzuwenden.

Der Salat schmeckt ausgezeichnet, sagte Theo. Ich weiß nicht, was die in den Restaurants machen, viel jedenfalls nicht. Hast du je in einem Restaurant einen guten Salat gegessen?

In diesem Land wird man das nie lernen. Ist ja auch kein Salatland, sagte sie. Frankreich oder Italien zum Beispiel, das ist ganz etwas anderes.

Sie stießen miteinander an, und sie trank das erste Glas Rotwein ziemlich rasch. Sie spürte förmlich, wie der Alkohol ihr ins Blut fuhr.

Trink nur, sagte Theo. Es war ihm also nicht entgangen. Wir wollen es uns heute abend gemütlich machen. Ihr blieb beinah der Bissen im Hals stecken, und sie nahm einen kräftigen Schluck, um ihn hinunterzuspülen.

Und dann, sagte er, dann wird die liebe Sybill ins Bett gesteckt, und dann ... dann gibt's eine kleine Orgie ... eine klitzekleine Orgie, und dazu stellen wir uns noch eine Flasche Wein ans Bett und machen Musik ... Er hatte ihre Hand genommen, und es sah aus, als wolle er an ihren Fingern naschen, sie aber spürte, wie die Spuren von Speichel, die seine Zunge auf ihren Fingerkuppen zurückgelassen hatte, kühl wurden, und sie wischte sie möglichst unauffällig an ihrer Serviette ab.

Du mit deinen Orgien, sagte sie, und sie gab sich große Mühe, es so klingen zu lassen, als meine sie es zärtlich-ironisch, und Theo glaubte daran.

Wart nur, sagte er, ich habe mich zwar heute den ganzen Tag über nicht wohl gefühlt, aber du wirst schon sehen! und er rückte mit dem Stuhl etwas vom Tisch ab, spreizte beiläufig die Beine, als wolle er sie auf die leichte Erhebung in der Schamgegend als Kostprobe seiner späteren Potenz aufmerksam machen.

Sie fragte sich, was er tun würde, wenn sie nun in die Knie ging, ihm die Hose öffnete, den Gegenstand seines Stolzes herausnahm und mit Salatsauce übergoß. Wahrscheinlich würde er einen Schock erleiden, oder der Schreck würde ihm so ins Glied fahren, daß es augenblicklich in sich zusammenschrumpfte. Diese Vorstellung stimmte sie so fröhlich, daß sie lächeln mußte und daß sie ihr noch weiter nachhing, während Theo das Lächeln auf etwas ganz anderes bezog und: siehst du! sagte, jetzt ist deine Stimmung schon viel besser. Und sie stellte sich vor, wie sie um Theos Glied auch noch ein Salatblatt und eine aufgeschnittene Semmel legte und wie sie Anstalten machte, davon abzubeißen, und da mußte sie hellauf lachen.

Theo begann mißtrauisch zu werden. Was ist? fragte er, du kannst doch nicht von dem Aperitif und den zwei Gläsern Wein … er registrierte es also ganz genau.

Nein, nein, sagte sie, ich habe nur plötzlich an etwas denken müssen. Darf ich mitlachen? Theo rückte wieder an den Tisch, um fertigzuessen. Es ist nichts, gar nichts, nur eine Kleinigkeit, ich könnte es gar nicht entsprechend wiedergeben. Sie griff nach ihrem Glas. O Gott, dachte sie, wenn dieser Abend nur schon vorüber wäre.

Es regnete leicht, und sie schlenderte ohne Schirm, in weiten Hosen und einem wasserdichten Trenchcoat, einen breitkrempigen Männerhut tief ins Gesicht gezogen, unter den Alleebäumen, die zu beiden Seiten der Straße den Fußgänger- und Radfahrerweg überdachten, dahin. Sie hatte den Hut bei einem ihrer Trödlerbesuche erworben, und da er wie ein etwas gewagtes Accessoire zur herrschenden Mode wirkte und ihr außerdem gut zu Gesicht stand, trug sie ihn mit Vorliebe bei trübem Wetter, was den Vorteil hatte, daß sie die Hände lässig in die Manteltaschen stecken konnte, ohne sich mit einem Schirm befassen zu müssen, selbst ihre Taschen trug sie fast ausschließlich an einem Riemen über der Schulter, und während sie so ging, setzte sie mehrmals dazu an, vor sich hinzupfeifen, unterließ es dann aber wieder, weil es, wie ihr schien, im Verein mit ihrer Aufmachung doch zu burschikos wirkte. Sie war bei der zuständigen Behörde gewesen, die ihren Paß verlängern würde, man konnte nie wissen, vielleicht ergab sich eine günstige Gelegenheit, und sie konnte während der unfreundlichen Wintermonate mit Irma oder den Wesselys, die sie schon mehrmals dazu eingeladen hatten, doch irgendwohin ins Ausland fahren. Jedenfalls wollte sie vorbereitet sein, nicht daß es dann an einem leidigen Dokument scheiterte.

An farblosen Tagen wie diesem war von jeher Reisefieber über sie gekommen, und sie stellte sich Exotisches vor, das auffallend aussah, schmeckte und roch. Sie hatte ihren Urlaub fast immer zum Reisen verwendet, obwohl sie dabei nie besonders weit gekommen war, aber auch in den letzten Jahren hatten sie Theos Urlaub im Ausland verbracht, waren die südfranzösische Küste bis an die Pyrenäen entlanggefahren, und sie hatte eine Reihe von Strohhüten und Kochrezepten mitgebracht.

Vor einer Litfaßsäule blieb sie stehen und studierte die Plakate, mehr zum Zeitvertreib als in der echten Absicht, ein Konzert oder ein Theaterstück zu besuchen. Für Konzerte war Theo zuständig, und im Theater waren sie beide schon lange nicht gewesen, ohne das es ihnen besonders abgegangen wäre. Tiefes Rot mit einem Stich ins Lila zog ihren

Blick auf sich. Es war die Ankündigung einer Ausstellung lateinamerikanischer Volkskunst, und von dem als Farbe so anziehenden Hintergrund hob sich eine Maske aus weißer Sackleinwand mit aufgenähten Roßhaaren, gestickten Augenlöchern und einem schwarzroten Kreuz auf der Stirn ab. Sie blickte auf die Uhr, die sie an einer alten Goldkette um den Hals hängen hatte, überlegte eine Weile, war unschlüssig, dachte daran, Irma in der Redaktion anzurufen und sie zu fragen, ob sie die Ausstellung schon gesehen hätte, trank an der nächsten Ecke einen Kaffee im Stehen und ging dann doch zu dem Museum, es hatte wider Erwarten stark zu regnen begonnen.

Im Museum brannte Licht, sie ließ Hut und Mantel an der Garderobe zurück, und ein afrikanischer Museumsdiener wies ihr dem Weg durch die afrikanische Abteilung in Richtung »Sonderausstellung«, wie er es nannte.

Beinah interesselos ging sie an den Elfenbeinmasken und nachgebauten Negerkrals vorbei, ließ Amulette und Regenzauber links liegen, sie wollte nicht wahllos irgendwo anfangen, und außerdem war sie mit einer bestimmten Erwartung hierhergekommen.

Nachdem sie durch mehrere Räume gegangen war, wurde die Beleuchtung mit einemmal stärker, eine ganze Flucht von ineinander übergehenden Räumen erstrahlte in einem grellen Licht, und am Ende dieser Räume war eine Wand als Abschluß, vor der, soviel sie von weitem erkennen konnte, Figuren in Lebensgröße mit bunten Trachten und Kopfmasken standen.

Es waren kaum Leute in der Ausstellung, sie konnte in aller Ruhe an den Vitrinen entlanggehen, Beschriftungen entziffern, den Kopf schief halten, ohne dadurch auch nur das geringste Aufsehen zu erregen. Selbst der Museumsdiener, der in diesen Räumen Dienst hatte, ein älterer Mann, offensichtlich mit Erfahrung, sprach sie nicht an, wollte sie auf nichts aufmerksam machen, warf nur hin und wieder einen

Blick nach ihr, um zu sehen, ob sie nichts mit den Fingern berührte oder nicht doch eine Frage an ihn hatte.

Und sie vertiefte sich in die bemalten und bestickten Stoffe, die geschnitzten und gebrannten Kalebassen, verglich Muster mit Muster und versuchte sich mit immer wacheren Sinnen Farbzusammenstellungen einzuprägen, was sie aber bald wieder aufgab, um das Obermaß an Farbfrische und Gewagtheit auf sich einwirken zu lassen. Es juckte sie an den Händen, zumindest einen Finger an all die Brot- und Keramikfigürchen zu legen, ihre Ballung in den tragbaren Hausaltären abzutasten, über die Federn der Tempeltänzer-Bekleidungen zu streichen oder sich von der Härte glänzender Lackfarben der Papiermaché-Figuren zu überzeugen.

Sie konnte sich nicht satt sehen an all der Achtung, die selbst dem vulgärsten Material entgegengebracht wurde, an der großartigen Sicherheit, mit der aus allem das scheinbar einzig Richtige gemacht wurde, ohne daß den Gegenständen jene Kostbarkeit und Erlesenheit anhaftete, an der ihr sonst so viel lag. Sie wußte, daß einzelne dieser Objekte bereits von unschätzbarem Wert sein mußten, da sie entweder alt oder auf kaum mehr bekannte Weise hergestellt worden waren, trotzdem war es etwas anderes, Handfesteres, von dem man annahm, man könne es unter Umständen selbst machen. Und sie empfand eine heimliche Geborgenheit in den Mustern, von denen sie sich immer mehr umgeben fühlte, Muster, die in ihrer Vorgegebenheit, in ihrer unendlichen Bestimmtheit eine Ruhe übertrugen, die in sie einzusickern schien. Und je länger sie auf und ab ging, desto größer wurde die Heiterkeit in ihr und der Wunsch, sich mit diesen Gegenständen zu identifizieren, in ihnen aufzugehen.

Der Museumsdiener mußte sich mehrmals räuspern, ehe sie auf ihn aufmerksam wurde, und als sie hinsah, zog er eine Uhr aus der Tasche und blickte angestrengt auf das Zifferblatt, da wußte sie, daß sie gehen mußte. Sie stand vor beinahe meterhohen Gebilden aus bemaltem Ton und Keramik, Lebensbäumen, in deren Ästen von Blumen umgebene

Menschen und Tiere hockten. Manche dienten als Kerzenständer, die meisten aber waren einfach für sich als Sinnbilder, zur Freude der Augen hergestellt, Marktbaum, Lebensbaum, Baum des vergessenen Hundes.

Es war bereits dunkel draußen, der Regen hatte aufgehört, dafür wehte ein wider Erwarten warmer Wind, der sich entgegen der Jahreszeit wie Föhn anfühlte. Sie beschloß, zu Fuß nach Hause zu gehen, drückte den Hut tief in die Stirn und spürte, wie der Wind ihr langes Haar, das unter dem Hut hervorschaute, aufhob und waagrecht vom Körper fortblies. Sie hielt sich mit beiden Händen am Schulterriemen ihrer Tasche fest und stapfte immer dem Wind entgegen, durch mehrere aneinander anschließende Parkanlagen, um die Straße zu umgehen. Von den Büschen und Bäumen wehte der Wind die Wassertropfen, so daß sie ein paarmal glaubte, es hätte wieder zu regnen begonnen, aber als sie sich dann doch quer durch die Innenstadt bewegte, hatte der Wind die Straße zur Gänze getrocknet.

Sie ging mit einer seltsamen Beherztheit durch den immer größer werdenden Kontrast von Licht und Dunkel, mit einem auf kein bestimmtes Ziel gerichteten Mut, der sie gewiß laut hätte schimpfen lassen, wenn jemand sie angerempelt hätte. Nach dem langen Stehen im Museum tat ihr das kräftige Ausschreiten ungemein gut, und sie genoß es, wenn die Straße sich plötzlich lichtete und in einen Platz überging, sich gegen den Wind zu stemmen, ohne dabei den Kopf schief zu halten, wie es die meisten anderen taten. Sie blieb auch vor keiner der vielen hellerleuchteten Auslagen stehen, ohne daß sie diese ungewöhnliche Unterlassung überhaupt merkte. Es fiel ihr sogar schwer, vor Kreuzungen haltzumachen und mit all den Menschen, die einem ganz anderen Rhythmus unterworfen waren als sie, zu warten, bis es grün wurde und sie die Straße überqueren konnte. Ein einziges Mal nur kam es ihr kurz in den Sinn, daß sie etwas hätte besorgen wollen, aber sie vergaß es beim nächsten Schritt.

Als sie sich der Brücke, die über den Kanal führte, näherte, schlug ihr feuchtkalte Luft entgegen, und eine riesige Möwe streifte beinah ihren Hut. Sie mußte eine Baustelle umgehen, was sie einigermaßen irritierte, da es ihr Tempo verlangsamte, und als sie bis zur Mitte der Brücke gekommen war, blieb sie ganz stehen, trat ans Geländer, lehnte sich dagegen und starrte ins Wasser, dessen Bewegung sich nur undeutlich ausnehmen ließ. Ihr Herz klopfte, und sobald sie die Augen schloß, sah sie wieder jenes seltsame Rot des Plakats vor sich, dann ein Keramikgrün und ein Pappmaché – Türkis, und die Lider begannen sie zu schmerzen.

Sie fuhr auf, als jemand sie am Arm anstieß. Sie, Fräulein, sagte ein alter, etwas gekrümmt dastehender Herr in einem Gummimantel, geben Sie acht, daß Sie da nicht hinunterspringen. Das Wasser zieht an! und er klopfte mit seinem Bergstock gegen die Stäbe des Brückengeländers, als wolle er durch den Lärm, der dabei entstand, die Kraft des Wassers bannen.

Als sie begriffen hatte, wovon die Rede war, mußte sie hellauf lachen. O nein, sagte sie, nein, nein, im Gegenteil, und sie drehte sich auf dem Absatz um und verfiel regelrecht in Laufschritt. Es mußte kurz nach sechs sein, denn sie kam an einer Reihe von Läden vorbei, die gerade die Rollos herunterließen oder die schmiedeeisernen Türgitter vorhängten. Die zu beiden Seiten der Straße dahinströmende Menschenmenge wurde immer dichter, und sie war froh, daß sie sich bald darauf in die große Toreinfahrt des Hauses, in dem sie wohnte, flüchten konnte. Sie sah noch einmal nach, ob vielleicht auch am Nachmittag Post gekommen sei, fand aber nichts außer der Einladung zur Vernissage eines Malers, den sie während der Zeit, in der sie Bilder und Drucke gekauft, persönlich kennengelernt hatte und von dem sie sogar ein kleines Ölbild besaß.

Während sie die Treppe hinaufeilte, öffnete sie ihren Mantel, ihr war beim Gehen richtig warm geworden, und da fiel es ihr ein. Sie hatte vergessen, für Theo die Kalbsnieren zu kaufen. Er hatte sich für diesen Abend ausdrücklich Kalbsnieren in Rotwein mit grünen Erbsen gewünscht, eine Spezialität von ihr, und sie wußte, was es für ihn bedeutete, wenn sie seine Erwartung enttäuschte. Ich sage einfach, ich habe keine Kalbsnieren bekommen, dachte sie ein wenig erleichtert, aber was dann? Was konnte sie ihm statt dessen anbieten? Es würde eine zu durchsichtige Lüge sein, schließlich hätte sie etwas anderes, Ähnliches kaufen können. Das auch noch, dachte sie, denn ihr war eingefallen, daß sie außer ein paar Tiefkühlpackungen nichts zu Hause hatte. Weil, o Gott, dachte sie, weil ich nicht bloß diese blöde Kocherei im Kopf habe, und ihr Trotz verhärtete sich zusehends.

Theo war bereits zu Hause und lag, mehr als er saß, in dem alten geflochtenen Schaukelstuhl, wie immer, wenn er aus dem Büro nach Hause kam und sich erst einmal entspannen wollte. Manchmal schlief er auch kurz dabei ein, und in besseren Zeiten hatte sie ihn dann mit einem Kuß zum Essen geweckt.

Ich habe die Kalbsnieren vergessen, sagte sie laut und ohne ihn zu begrüßen, während sie ihren Mantel aufhängte, den Hut abnahm und gleich ins Badezimmer ging.

Macht nichts, sagte Theo, vielleicht hättest du gar keine bekommen, man kriegt sie nicht jeden Tag, aber sie merkte ihm an, daß er enttäuscht war.

Er rieb sich die Augen, hob kurz den Kopf, um zu sehen, was sie anhatte, und ließ ihn dann wieder sinken. Wir können auch etwas anderes essen.

Ich habe überhaupt vergessen einzukaufen, sagte sie und fuhr dabei zusammen. Sie merkte, daß ihre Stimme drohend geklungen hatte.

Theo antwortete nicht, aber sie konnte es nicht lassen, obwohl es gegen ihren Willen war.

Du mußt schon entschuldigen, sagte sie, aber ich denke hin und wieder auch an anderes als ans Kochen. Ich war in einer Ausstellung, und dabei habe ich mich so in die Materie vertieft, daß ich auch alles andere vergessen habe. Eine großartige Ausstellung, über lateinamerikanische Volkskunst, einfach umwerfend …

In diesem Augenblick wäre sie bereit gewesen, weiter darüber zu sprechen, ihm, wie sie es früher oft getan hatte, von ihren Eindrücken zu erzählen, ihn teilhaben zu lassen an dem, was sie offensichtlich fesselte. Sie wäre bereit gewesen, sich zu ihm auf die Lehne des Schaukelstuhls zu setzen und ihm die Bemalung der großen Keramikteller zu schildern und ihn dann, nachdem sie ihn mit ihrer Aufgekratztheit angesteckt hatte, dazu zu bringen, mit ihr chinesisch oder italienisch essen zu gehen.

Ach, diese Ausstellung, sagte Theo, den bunten Klimbim, den die Indios machen. Daß dich das Silo begeistern kann. Ich dachte, du magst nur Kostbares. Klimbim? Ihre Stimme hatte einen seltsam hohen Ton erreicht, und sie versuchte, sich zurückzunehmen. Das meinst du doch nicht im Ernst. Mit Klimbim hat das wohl nichts zu tun.

Sie stand vor der Tiefkühltruhe ihres Eisschranks und griff eine Packung nach der anderen heraus, um zu sehen, was darauf stand. Willst du Jägerlaibchen mit Rotkraut oder Germknödel mit Mohn?

Aus der Tiefkühlpackung? fragte Theo, der von seinem Platz im Eßraum aus, in den die Küche überging, alles sehen konnte.

Wie du siehst, sagte sie, wie du ganz genau siehst und weißt. Und plötzlich war ihr klar, daß es heute noch dazu kommen würde.

Du bist gereizt, sagte Theo. Ich wollte dich nicht provozieren. Mach, was du für richtig hältst.

Ich weiß, sagte sie, wenn es keine Kalbsnieren in Rotwein mit Zuckererbsen gibt, ist es dir egal, womit du dich vollstopfst.

Sybill, sagte Theo, ich bitte dich, muß das sein? Du weißt, ich bin um diese Zeit hundemüde, ich möchte ein bißchen ausspannen und dann in Ruhe und Frieden zu Abend essen.

Ich habe einen schweren Tag hinter mir ... und er schloß die Augen.

Also was willst du jetzt, die Jägerlaibchen oder die Germknödel? – Sag schon, damit ich endlich anfangen kann.

Theo öffnete mit einem Seufzer die Augen und meinte, hör zu, Sybill, wollen wir nicht irgendwohin essen gehen. Ich sehe schon, aus dem gemütlichen Abend zu Hause wird nichts, und dabei beugte er sich etwas nach vorn, als sammle er genügend Kraft, um sich endgültig zu erheben.

Nein, sagte sie, gib dir bloß keine Mühe, überanstreng dich ja nicht, wir werden nirgendwohin essen gehen, nur ich gehe, ich werde gehen.

Wohin willst du denn? fragte Theo, scheinbar belustigt, so als glaube er wirklich daran, daß sie nun allein zum Essen ausgehen würde.

Zurück zu Feininger, hörst du, ich gehe zurück zu Feininger, und nichts in der Welt kann mich davon abhalten.

Das ist es also, sagte Theo, darüber läßt sich reden. Gern sehe ich es nicht, aber vielleicht läßt sich eine Möglichkeit für halbtags finden oder bloß ein paarmal die Woche. Er klang nun wie ihr Vater, der sich mit zitternder Stimme selbst zu beruhigen suchte, wenn sie aus der Schule eine schlechte Note nach Hause gebracht hatte und er bitter enttäuscht war. Für ganz möchte ich dich nicht dorthin zurücklassen, du bist dann am Abend genauso abgespannt wie ich und ... und das wäre mir nicht recht.

Ich gehe überhaupt, sagte sie, ob es dir recht ist oder nicht, ich gehe überhaupt ... sie hatte die letzten Worte nur geflüstert. Theo hatte noch nicht begriffen, nur seine Augen weiteten sich immer mehr.

Du meinst, du willst mich verlassen? Er war aufgestanden und kam auf sie zu. Verlassen, verlassen, äffte sie ihn nach, was heißt da verlassen. Ich gehe einfach, ich gehe meiner Wege. Ich halte es nicht mehr aus, ich will nicht mehr, ich will allein sein! und sie trommelte dabei mit dem Kochlöffel, den sie in der Hand hielt, auf den Rand des Abwaschbeckens.

Sybill, sagte Theo, Sybill, bitte ... und er versuchte sie zu umarmen, was sie nicht zulassen wollte, und er drängte sie immer weiter, bis sie auf den Küchenstuhl fiel, sich zwangsweise setzen mußte und er mit seiner Umarmung abrutschte, bis zu den Knien, die er fest an sich preßte und dabei den Kopf in ihrem Schoß vergrub.

Sybill, sagte er immer wieder, das darfst du nicht tun, das ist ungerecht, das ist wirklich ungerecht, du darfst mich nicht im Stich lassen, ich tue alles, du weißt es, die Wohnung und die Reisen, ach Sybill, und er bohrte sein Gesicht in ihren Schoß, als könne er sie so festhalten, während sie stumm und aufrecht dasaß. Was heißt ungerecht, dachte sie immer wieder, was heißt da ungerecht. Und dann fiel ihr Blick auf das Fleischmesser, das von einer Wurstsemmel her, die sie sich zu Mittag gemacht hatte, auf der Anrichte lag, und sie hatte große Lust, das Messer in die Hand zu nehmen und ihm, während er so zu ihren Füßen kauerte, mit einem einzigen Schnitt den Nacken zu durchtrennen, damit es ein für allemal zu Ende war und sie sich und ihn nicht länger quälen mußte.

Sabine Deitmer
Durch dick und dünn

»Was machst du jeden Morgen?«

»Ich gehe ans Fenster und rufe laut: »›Es geht mir in jeder Hinsicht und mit jedem Tag immer besser und besser.‹ «

»Und tut es das?«

»Was?«

»Geht es dir mit jedem Tag und in jeder Hinsicht, oder wie der Quatsch heißt, besser und besser?«

»Ich weiß nicht.«

»Wieso weißt du das nicht?«

»Ich mache es doch erst seit drei Tagen.«

»Gerda, du spinnst!«

»Wieso sagst du, ich spinne? Nur weil du nicht daran glaubst?«

»Liebe Gerda, wir kennen uns seit dreißig Jahren. Da darf ich dir doch wohl offen sagen, was ich von so einem Quatsch halte. Wieviel wiegst du zur Zeit?«

»Zweiundachtzig Kilo.«

»Und was sagt der Arzt?«

»Nichts, was ich nicht selber wüßte. Daß ich unbedingt abnehmen muß, wenn ich meine Herzstiche loswerden will ...«

»Und? Hast du abgenommen?«

»Ich habe drei Pfund zugenommen«

»Warum sagst du nicht jeden Morgen: Ich werde mit jedem Tag immer runder und runder?«

»Du bist gemein.«

»Ich bin nicht gemein. Ich sage dir nichts, was du nicht selber weißt.«

»Erika, ich hab schon so viel versucht. Ich schaffe das nicht allein.«

»Du hast nichts ernsthaft versucht. Nur Bücher gelesen. Davon ändert sich nichts. Auch nicht durch deine frommen Wünsche am Morgen. Schwing deinen Hintern durch die Landschaft. Such dir einen Lauftreff. Mach was!«

»Na, Gerda, wie geht's? Immer noch mit jedem Tag runder und runder?«

»Ich habe mit dem Laufen angefangen. Zweimal wöchentlich beim Lauftreff im Stadtpark.«

»Und, wie gefällt es dir?«

»Ganz schön mühselig, die Pfunde durch die Gegend zu wuchten. Ich schnaube wie eine Dampfwalze. Aber ich bin nicht die einzige.«

»Hört sich gut an. Und was machen die Pfunde?«

»Sie schmelzen, langsam, aber sicher. Seit deinem letzten Anruf vor einem Monat habe ich zwei Kilo weniger. Und weißt du was? Ich esse weniger. Ganz von alleine. Bei jedem Stück Kuchen denk ich dran, daß ich das noch zusätzlich mitschleppen müßte. Da vergeht mir der Appetit.«

»Was sagt Franz dazu?«

»Der merkt überhaupt nichts. Du kennst ihn ja, solange die Wohnung sauber ist und das Essen pünktlich auf den Tisch kommt, ist die Welt für ihn in Ordnung.«

»Müßte er nicht auch ... «

»Klar müßte er. Vor allem wollen müßte er. Er hat ja noch ein paar Kilo mehr drauf als ich. Und wie geht es dir, Erika?«

»Wie soll es schon einer Witwe gehen, deren Ekel von Mann unter der Erde und deren Monster von Kindern aus dem Haus sind. Bestens.«

»Erika!«

»Gerda, sei nicht so prüde. Dir werde ich doch wohl noch die Wahrheit sagen dürfen. Ehrlich, es ist mir noch nie so gut gegangen. Keiner redet mir rein, wofür ich mein Geld ausgebe, wie ich meine Zeit einteile. Wenn ich gewußt hätte, wie gut mir das Witwendasein bekommt, hätte ich Hans eigenhändig mit dem Brotmesser die Kehle durchgeschnitten.«

»Fühlst du dich nicht ein bißchen einsam manchmal?«

»Einsam? Gerda, ich hatte noch nie so viel Kontakt zu Leuten. Und zu so interessanten Leuten. Bei Hans wären die nie ins Haus gekommen. Kein standesgemäßer Umgang, hätte er gesagt. Der Arme, und er hat sich so gelangweilt mit seinem standesgemäßen Umgang.«

»Hast du nicht Lust, uns einmal zu besuchen, Erika?«

»Sei mir nicht böse, Gerda, aber ich bleibe lieber hier. So ein geordneter Haushalt mit Mann deprimiert mich. Erinnert mich zu sehr an meine vertanen Jahre. »

»Hier spricht der telefonische Anrufbeantworter von Erika Thalmann. Frau Thalmann ist zur Zeit verreist. Sie können jedoch eine kurze Nachricht hinterlassen. Sprechen Sie jetzt.«

»Hallo, Erika. Hier spricht Gerda. Ich wollte dir nur sagen, daß ich wieder fünf Pfund leichter geworden bin. Ich schwinge die restlichen Pfunde schon ganz schön locker durch die Landschaft. Du kannst stolz auf mich sein. Und wo treibst du dich rum? Melde dich mal, wenn du wieder zurück bist.«

»*Wo* warst du, Erika? Ich glaube, ich höre nicht richtig ... «

»In Neuseeland. Du wirst doch wohl noch wissen, wo Neuseeland ist. So schlecht war unser Erdkundeunterricht bei Frau Reiser doch auch nicht.«

»Du warst drei Wochen in Neuseeland?«

»Was ist denn daran so komisch? Bei drei Wochen Mallorca würdest du dich nicht so anstellen.«

»Wie bist du denn da hingekommen?«

»Ja lebst du denn hinter dem Mond? Mit dem Flugzeug natürlich. Von Frankfurt aus kann man täglich nach Auckland fliegen.«

»Und wie teuer ist das?«

»Na ja, nicht so ganz billig.«

»Hast du im Lotto gewonnen?«

»Nein, ich habe nur unser Haus verkauft.«

»Du hast was?«

»Ich habe das Haus verkauft. Es war immer zu groß. Viel zu groß. Ich habe es gehaßt, dieses Monstrum, all die Jahre. Nie bin ich mit dem Putzen fertig geworden. Und jetzt habe ich es verkauft. Ich werde in eine kleine Wohnung ziehen, hübsch, pflegeleicht und zentral gelegen. Ein Herr von der Post hat versprochen, daß ich meine Telefonnummer behalten kann.«

»Und wie bist du auf Neuseeland gekommen? Hast du dort Bekannte oder Verwandte?«

»Ganz im Gegenteil. Ich kenne keine Menschenseele dort. Deshalb bin ich ja dort hingefahren, weil ich das Land nicht kenne. Überhaupt nichts von ihm weiß. Ich habe mir einen Wagen gemietet und bin ein bißchen rumgefahren. Ein schönes Land, so grün und so nette Leute überall. Du solltest auch einmal allein verreisen. Das tut gut nach all den Jahren mit Familie.«

»Wir fahren wieder nach Sylt wie immer. Die Kinder wollen uns besuchen.«

»Du Arme!«

»Was machen die Pfunde, Gerda?«

»Ich bin zehn Kilo leichter und fühle mich fit wie seit Jahren nicht mehr.«

»Und Franz?«

»Du kennst ihn ja. Er hockt vor dem Fernseher nach der Arbeit, vertilgt die Erdnußvorräte, die ich für den Besuch angelegt habe, und nimmt weiter zu.«

»Und er merkt nichts?«

»Das wäre das erste Mal, daß er was bemerkte. Er hat noch nicht einmal etwas gemerkt, als seine Tochter im siebenten Monat schwanger war, damals. – Und was machen deine Reisepläne? Wohin geht es das nächste Mal?«

»Im April fahre ich für sechs Wochen nach China. Mit einer Reisegesellschaft diesmal. Ich lerne schon fleißig Chinesisch mit einem Studenten aus Taiwan. Ein interessanter junger Mann.«

»Wenn ich dich so reden höre, dann kriege ich auch Lust. Jedes Jahr Sylt seit zwanzig Jahren, als ob wir Greise wären.«

»Komm doch einfach mit.«

»Als wenn das so einfach wäre ... Na ja, Lust hätte ich schon. Riesengroße sogar!«

»Dann red doch einfach mal mit Franz. Vielleicht läßt er dich ja fahren. Das Geld wäre kein Problem. Da könnte ich was beisteuern.«

»Na, kommst du mit nach China?«

»Nur über seine Leiche, hat er gesagt. Und daß er sich scheiden ließe, wenn ich ihn sechs Wochen allein lassen würde. Das mußt du dir mal vorstellen. Nach fünfundzwanzig Jahren Ehe muß ich mir so was sagen lassen. Und daß er bei einer Scheidung dafür sorgen würde, daß ich keinen Pfennig bekomme, das würde er schon hinkriegen. Und Reisen nach China würde er nie und nimmer unterstützen. Die könnte ich mir aus dem Kopf schlagen. Er wäre auch gern mal nach Bangkok geflogen.«

»Der blanke Neid.«

»Fünfundzwanzig Jahre Ehe. Und was kommt dabei heraus? Kleinliche Mißgunst.«

»Vielleicht möchte er nicht ohne dich sein?«

»Sag lieber, er möchte nicht ohne Köchin und Putzfrau sein. Das kommt der Wahrheit näher.«

»Gerda, entschuldige, aber diese Unterhaltung deprimiert mich. Sie erinnert mich zu sehr an mein altes Leben. Außerdem muß ich noch Chinesisch lernen.«

»Erika, ich kann mit dir nach China fahren!«

»Bist du verrückt?«

»Verrückt nicht, nur lustig.«

»Lustig? Was heißt das denn nun schon wieder?«

»Lustig heißt lustig. Ich bitte um Aufnahme in den Klub der lustigen Witwen. Franz ist tot.«

»Gerda, sei vernünftig. Was ist passiert?«

»Das habe ich dir bereits gesagt. Franz ist tot, ich bin eine lustige Witwe, und wir können gemeinsam nach China fahren.«

»Wie ist das passiert? Hast du ihm mit dem Brotmesser die Gurgel durchgeschnitten, als er von Bangkok schwärmte?«

»Hältst du mich für so dumm?«

»Wie ist es dann passiert?«

»Ich habe mich um die Gesundheit meines Mannes gekümmert, und dabei ist es dann passiert.«

»Was hast du denn nun gemacht?«

»Ich habe ihm immer wieder das gesagt, was unser Doktor ihm schon seit Jahren sagt, daß er abnehmen muß, wenn er noch ein paar Jahre leben möchte.«

»Und wie hat er das aufgenommen?«

»Unwillig, das kannst du dir ja denken. Aber ich habe nicht lockergelassen, und schließlich hatte ich ihn soweit, daß wir ihm einen neuen roten Jogginganzug gekauft haben. Der alte Trainingsanzug paßte ihm ja schon seit Jahren nicht mehr.«

»Und dann?«

»Dann habe ich ihm Mut gemacht, gemeinsam mit mir zum Lauftreff in den Stadtwald zu gehen.«

»Und weiter?«

»Dort haben wir erst mal eine kleine Runde gedreht.«

»Und wie hat er die durchgestanden?«

»Nicht schlecht. Er hat gekeucht und ist rot angelaufen.«

»Und danach?«

»Danach habe ich mich mit ihm auf eine Bank gesetzt, damit er sich ausruhen konnte.«

»Sich ausruhen?«

»Ich habe ihm gesagt, daß er nicht mehr der Jüngste ist und daß er sich schonen müsse. Daß er nicht mehr so loslegen kann wie früher.«

»Und wie hat er darauf reagiert?«

»Weiß vor Wut ist er geworden. Und ist gleich wieder aufgesprungen, obwohl er das bißchen Ruhe dringend nötig gehabt hätte.«

»Und dann?«

»Dann hab ich ihn gescheucht. Wie er das wollte. Puterrot und verbissen ist er neben mir hergelaufen.«

»Wie lange hat er das durchgehalten?«

»Keine zehn Minuten. Ich hab gesehen, wie die Ader an seiner Stirn immer stärker heraustrat.«

»Und was hast du da gemacht?«

»Ich habe mehrmals locker im Laufen gefragt, ob er nicht doch lieber ausruhen will.«

»Und er?«

»Er hat nur verbissen den Kopf geschüttelt, denn Atem zum Sprechen hatte er nicht mehr.«

»Und was dann?«

»Dann ist er neben mir zusammengebrochen. Der Speichel lief ihm aus dem Mund, und die Augen blickten ganz starr. Kein schöner Anblick.«

Gabriele Wolff
Ruhestörung

Sein Arm lag schwer auf ihrem Bauch. Der Mann in ihrem Bett hatte eben erst das Licht ausgemacht, und schon jetzt ging sein Atem langsam. Gleich würde er schnarchen, und sie läge allein im Dunkel, schlaflos. Ihr Herz klopfte noch so heftig, daß es in den Ohren dröhnte. Sie meinte, das Rauschen des Blutes wie die Brandung des Meeres zu hören. Wie konnte er so schnell einschlafen, während sie hellwach war, alle Sinne geschärft, wartend …

Karin sprach diesmal lauter:

»Hörst du das?« fragte Karin.

Werner antwortete nicht. Natürlich antwortete er nicht. Sie konnte sein Gesicht nicht sehen. Werner lag auf dem Bauch, den Kopf abgewandt, genau so, wie er sich von ihr gelöst hatte. Sie schob seinen Arm von ihrem Körper. Ihr Mann seufzte.

»Hörst du das wirklich nicht?«

»Was denn?« Seine schläfrige Stimme.

»Den Lärm von unten. Irgendwann wird mir das zuviel. Die laute Musik, man kann überhaupt nicht einschlafen.«

»Ich höre nichts«, murmelte er.

»Meinst du, ich bilde mir das ein? Diese stampfenden Bässe, die johlenden Typen in der Kneipe, und jetzt, da haut schon wieder einer gegen den Geldautomaten. Wenn du nicht langsam mal was unternimmst … Ich warte nicht mehr lange.«

Ächzend drehte er sich um. Legte seine Hand auf ihre Brust.

»Ist schon gut, Karin. Nicht aufregen. Da unten wird heute gefeiert, Karl hat mich vorgewarnt. Kommt ja wirklich nicht jeden Tag vor. Sei so lieb und schlaf ein, ja?«

»Was meinst du damit? Meinst du etwa, ich schlafe nicht ein, weil ich jemandem den Spaß verderben will? Es ist der Krach, der mich nervt. So kann ich einfach nicht einschlafen …»

Das war typisch für ihn. Sein alter Freund Karl, auf den ließ er nichts kommen. Sie war ihm egal; ob sie ein paar schlaflose Nächte mehr oder weniger hatte, das zählte nicht. Werner knipste das Licht wieder an und griff nach seinen Zigaretten.

»Du erlaubst?« fragte er und zündete sich eine an.

Sie haßte es, wenn er im Schlafzimmer rauchte.

»Also, was ist los? War meine Vorstellung vorhin nicht zufriedenstellend? Kannst es mir ruhig sagen, ich bin Kummer gewohnt. Frauen werden ja immer anspruchsvoller, ist mir zu Ohren gekommen.«

Sie haßte seinen Zynismus.

»Du mußt es ja wissen.«

Sie biß sich auf die Unterlippe, die zu zittern begann. Sie wollte nicht heulen. Heute nicht. Sie zog die Bettdecke hoch, über den Bauch und die müden Brüste bis zum Hals. Am liebsten hätte sie sich die Decke auch über den Kopf gezogen. Sie sah Werner an; er blickte starr an ihr vorbei. Seine Beine waren dünn und behaart, er bekam einen Bierbauch, wenn er so weitermachte, und sein blaßrosa Schwanz wirkte lächerlich. Sie entdeckte eine kahle Stelle hinter Werners rechtem Ohr. Ihre Lippe zitterte nicht mehr.

»Karin, so geht das nicht. Laß uns sachlich bleiben. Nicht immer diese Andeutungen. Kannst du nicht ein einziges Mal sagen, was wirklich los ist?«

In diesem Ton redete er sicher auch mit seiner Schulklasse, unerschütterlich und gnadenlos überlegen. Warum liebte sie ihn eigentlich immer noch?

»Es ist nichts. Nur der Lärm von unten. Kannst du nicht ...«

»Wann wirst du endlich erwachsen, Karin? Sonst kannst du doch auch telefonieren. Wenn ich mir die Rechnungen so ansehe ...«

Er sah selbstzufrieden aus, wie er seine Beine über die Bettkante schwang. Es war schließlich sein Geld, von dem ihre Telefonrechnung bezahlt wurde. Als würde er nicht auch telefonieren. Er telefonierte sogar sehr oft. Mit Karl, seinen

Freunden vom Tennisclub, mit seiner Freundin. Ach nein, die rief er nicht von zu Hause aus an. Soviel Anstand hatte er.

Werner stand jetzt an der Tür. Seine Hinterbacken stachen weiß von dem ansonsten sonnengebräunten Körper ab. Irgendwie komisch. Karin kicherte, als Werner in den Flur ging. Sie hörte, wie er wählte und dann, nach kurzer Zeit, seinen Namen nannte.

»'n Abend, Karl. Du, geht's nicht vielleicht ein wenig leiser? Also, meine Frau, du weißt ja ...«

Er zog die Tür zu. Karin wußte genau, was er jetzt sagte, er hätte es sich sparen können, die Tür zu schließen. Sie ist ein bißchen hysterisch, du kennst sie ja. Prinzessin auf der Erbse, und dich kann sie sowieso nicht leiden. Sie schafft es glatt und ruft die Polizei an. Werner lachte. Karin zog sich die Decke über den Kopf und versuchte, nicht zu lauschen. Aber die Stimmen hörte sie trotzdem. Was die Alte braucht, weißt du ja. Schon mal probiert, oder kriegst du bei ihr keinen mehr hoch? Kein Problem, in dem Alter bin ich noch nicht. Okay, mit Birgit ist es was anderes... Selbstgefälliges Lachen. Unten lief Rockmusik, das Schlagzeug hämmerte nervtötend. Die Vibrationen zielten auf ihren Magen. Es war Karin unbegreiflich, wie man bei dem Krach telefonieren konnte. Sie warf die Decke wieder von sich.

»Alles klar, bis dann!« rief Werner gerade und legte auf.

Nichts war klar. Die Musik war genauso laut wie vorher. Nur Werner wirkte verändert, als er das Schlafzimmer betrat. Er griff nach seiner Unterhose, die auf dem Boden lag, drehte Karin den Rücken zu und setzte sich auf die Bettkante. Als hätte sie ihn nicht tausendmal nackt gesehen.

»Wo willst du denn hin?« fragte sie, obwohl sie es wußte.

Er hob den Hintern kurz an und zog die Unterhose hoch. Das Gummiband schmatzte, als er es gegen die Haut schnellen ließ. Er bückte sich, um seine Jeans aufzuheben.

»Ich gehe kurz nach unten, so was kann man nicht am Telefon klären«, murmelte er abwesend.

Auch die Jeans zog er im Sitzen an. Dann stand er auf, zog

den Bauch ein, so daß die Rippen sichtbar wurden, und knöpfte die Hose zu. Das ratschende Geräusch des Reißverschlusses, das vor einer Diskussion warnte. Werner schnallte den Gürtel ein Loch enger als sonst; sein Bauch hing jetzt über den Hosenbund. Das elegante Sporthemd zerrte er über den Kopf. Einen Moment lang nur war er hilflos, als er nach den Armlöchern suchte.

Was sollte sie jetzt sagen? »Wann kommst du wieder?« Nur um sich Vorträge über Vertrauen und Toleranz anzuhören? Ein giftiges »Viel Spaß beim Saufen« war auch nicht besser. Nicht einmal die Wahrheit konnte jetzt helfen, dabei wollten die Worte heraus: »Laß mich nicht allein!« Ihre Kehle schmerzte.

Werner schlüpfte in die italienischen Slipper, barfuß natürlich. Früher hatte er sich um Mode nicht gekümmert. Er war jetzt fünfundvierzig. Er ging ins Badezimmer. Sie hörte ihn pfeifen, dann das Zischen von Spray. Karin entspannte ihre Gesichtsmuskulatur und probte ein Lächeln. Werner wollte immer ein Lächeln sehen, wenn er ging. Keine vorwurfsvollen Blicke, keine zusammengebissenen Zähne, keine unterdrückten Tränen. Mir kann man nichts vormachen, sagte er immer. Diese Erpressungsmanöver durchschaue ich. Schuldgefühle sind bei mir nicht drin. Also mußte sie ihm doch etwas vormachen. Lächeln, Karin, lächeln. Ein sorgloses »Bis gleich, Lieber«, ein Küßchen auf die Wange. Sie schloß die Augen. Ein herber Duft von After-shave, sein glattrasiertes Kinn an ihrem Hals.

»Bis gleich, Lieber«, flüsterte sie.

Er war so nahe, daß sie nicht zu lächeln brauchte. Sie stellte sich vor, er wäre ein anderer. Dann öffnete sie die Augen. Werner stand vor dem Bett und sah an ihr vorbei. Mit einer verlegenen Geste zupfte er an seinem Hemd, so daß es wieder locker über den Bauch fiel. Jetzt würde er lügen.

»Ich bleibe nicht lange, bestimmt nicht. Aber dieses Problem mit dem Krach müssen wir ja einmal grundsätzlich ansprechen. Das willst du doch auch, oder?«

Sie nickte stumm. Dieser Heuchler. Trinken wollte er, in geselligem Kreis und bei bester Stimmung. Sicher gab da unten jemand ein paar Runden aus, und ein Flirt war auch immer drin. Warum fragte er nicht, ob sie vielleicht mitkommen wolle? Schlafen konnte sie sowieso nicht mehr. Werner spielte mit seinem Schlüsselbund. Nun geh schon, ich sehe ja, daß du weg willst. Hier hält dich doch nichts.

»Ich lese dann noch was«, sagte sie und zwang sich, die Mundwinkel ein wenig anzuheben. Es fühlte sich kaum wie ein Lächeln an.

Sie hatte offensichtlich das Falsche gesagt. Werner zog die Brauen zusammen.

»Du brauchst nicht auf mich zu warten. Ich will zwar nicht lange bleiben, aber ...«

Er sprach den Satz nicht zu Ende, wie immer in der letzten Zeit. Er hatte diesen Satz schon so oft zu Ende gesprochen, daß es nicht mehr nötig war. Aber wenn ich weiß, daß du auf mich wartest, fühle ich mich eingeengt. Nicht frei, das verstehst du doch? Oder sage ich auch nur einen Ton, wenn du mal weggehst? Sie ging nie ohne ihn weg. Aber das war ihr Problem. Sie nickte wieder, immer noch mit diesen krampfhaft angehobenen Mundwinkeln.

»Tschüß dann, bis später.«

Werner war erleichtert.

Schwungvoll drehte er sich um, elastisch sein Schritt, als er das Zimmer verließ. Er konnte es kaum erwarten, unter Menschen zu sein, denen er seine Geschichten erzählen konnte, Geschichten, die sie schon viel zu oft gehört hatte. Werner, die Sportskanone, Werner, wie er eine Klasse pubertärer Lümmel bändigte, Werner, der Frauenheld, Werner, immer nur er ... Karin kam in diesen Geschichten immer nur am Rande vor, gab die Stichworte: Karin, war es nicht in Zermatt damals, als ich ganz allein den Skilift repariert habe? Karin war bei diesem Unwetter auch dabei, du hast doch richtig Angst gehabt, nicht, Liebling? Karin, kannst du dich noch an die Sache mit dem wildgewordenen Bullen erinnern?

Als die Haustür ins Schloß fiel, heulte sie los.

Warum liebte sie diesen verdammten Kerl? Oder konnte sie bloß nicht mehr ohne ihn leben? Vielleicht war sie gar nicht mehr fähig, allein zu leben? Oder war es die Angst, für immer und alle Zeit allein leben zu müssen, wenn sie ihn verließe? Sie konnte ihn gar nicht verlassen, ohne einen Pfennig Geld, mit ihren paar albernen Zeitarbeitsjobs als Sekretärin ... Außerdem, wer würde sich schon in sie verlieben, so, wie sie jetzt aussah?

Karin stand auf und stellte sich vor den Spiegel. Sie stellte sich sonst nie nackt vor den Spiegel. Sie sah sich ihr Gesicht genau an. Blaßgraue, rotgeränderte Augen über geschwollenen Tränensäcken. Krähenfüße in den Augenwinkeln. Zwei, nein drei Falten auf der Stirn. Schlaffe Wangen, die Kinnlinie verschwommen. Zwei tiefe Linien um den Mund. Der Mund war schön. Voll, rot, beweglich. Aber wenn sie ihre Gesichtszüge nicht kontrollierte, verzog er sich zu einem permanenten Schmollen. Eingegrabene Enttäuschung. Ab dreißig ist man für sein Gesicht verantwortlich, fiel ihr ein. Und sie war einundvierzig.

Weiter, nicht aufhören jetzt. Ringe um den Hals, die welke Haut des Dekolletés. Schau die Brüste an, Karin, schau nur hin. Sie hängen, sie hängen ganz eindeutig. Feine weiße Linien, Gewebsrisse in der Haut, wie ein Spinnennetz rund um die rosa Warzen. Blaue Adern, die sich unter der weißen Haut abzeichneten. Wie anders dagegen diese jungen Dinger mit ihren knackigen sonnengebräunten Brüstlein, wie harte Tennisbälle hüpfen die auf und ab beim Volleyballspielen am Strand. Kein Wunder, daß diese Mädchen sich oben ohne sonnten ... Ihr schwerer Busen dagegen ... Werner war einmal hingerissen gewesen, sexy hatte er sie gefunden, aufregend. Ihr Bauch war weich und rund, die Hüften geschwungen. Am schönsten waren ihre Beine, lang und wohlgeformt. Nur ihre Füße waren zu groß, klobige, praktische Füße, die in keine der modischen Sandaletten paßten. Die Oberarme hätten muskulöser sein können. Die Hände verrieten ihr

Alter am grausamsten. Doch die Haare waren jung wie früher, seidig, lang, glänzend. Von hinten war sie alterslos, oder hatte sich ihr Po verändert? Karin drehte sich um und schaute über die Schulter in den Spiegel. Ein plötzlicher Stich im Nakken. Tränen schossen ihr schon wieder in die Augen. Es war eben so, sie wurde alt. Nicht mal gelenkig genug, um …

Müde wandte sie sich vom Spiegel ab und ging ins Badezimmer. Sie öffnete das Schränkchen und holte das Röhrchen mit ihren Schlaftabletten heraus. Wie viele sollte sie nehmen? Eine, zwei, alles, was noch da war? Es reichte sowieso nicht, Werner würde sie nur wieder strafend ansehen. »Liebes, du jagst mir keinen Schrecken mehr ein. Die Ärzte haben gesagt, es war keine tödliche Dosis. Also was soll das, kannst du nicht vernünftig mit mir reden, bevor du solche Dummheiten machst?« Und dann wieder die Klapse, mindestens drei Tage lang, ehe man sie nach Hause gehen ließ. Und Werner hatte sogar recht gehabt, sie hatte sich gar nicht umbringen wollen, damals. Er hatte sich nur ein wenig mehr um sie kümmern sollen; das hatte er dann auch getan, hatte von professioneller Hilfe gesprochen und sie zu einem Psychiater geschleppt. Dabei wäre ein gemeinsamer Urlaub viel preiswerter und wahrscheinlich auch erfolgreicher gewesen. Dieser Psychiater war ein kalter Mensch gewesen, mit stechendem Blick, sorgfältig manikürten Händen und der irritierenden Angewohnheit, ständig »Ich denke« zu sagen. »Ich denke, Frau Märker, wir müssen da etwas aufarbeiten … Ich denke, wir versuchen es noch einmal mit diesem neuen Antidepressivum … Ich denke, wir sollten uns heute einmal über Ihren Vater unterhalten …« Sie dagegen hatte überhaupt nichts gedacht. Der Mann hatte ihr nur Angst eingejagt. Sie hatte ihre Pillen geschluckt und war irgendwann nicht mehr hingegangen. Werner war es recht gewesen, schon weil die Krankenkasse die Rechnungen nicht mehr hatte bezahlen wollen. Und es klappte ja auch wieder, irgendwie. Werner war aufmerksam und freundlich, ihr Chef behandelte sie wie ein rohes Ei, und ihre Eltern hatten nichts mitbekommen. Wahrscheinlich war sie nicht unglücklicher als alle anderen Menschen auch. Karin schüttelte drei Tabletten auf ihre Handfläche und sah sie nachdenklich an. Sonst nahm sie immer nur eine, manchmal auch zwei. Aber bei dem Krach sollte sie wohl eine mehr nehmen … Sie füllte den Zahnputzbecher mit Wasser, ließ die Tabletten in den Mund gleiten und spülte sie herunter. Jetzt noch ein Glas frischgepreßten Orangensaft, ein schönes Buch und dann ins Bett. Karin ging in die Küche und nahm eine Orange aus der Obstschale. Sie zog die Schublade auf und griff nach dem Küchenmesser.

Sie schnitt die Orange in zwei Hälften.

Das Telefon klingelte.

Sie rannte los.

»Ja?« fragte sie atemlos.

Da war keine Musik im Hintergrund, kein Stimmengewirr. Sie wußte, daß es nicht Werner war, noch bevor sich die Frau meldete.

»Entschuldigen Sie die späte Störung, aber es ist … Kann ich bitte Werner Märker sprechen?«

Eine junge Stimme, etwas gehetzt.

»Mit wem spreche ich?«

Es hatte kühl klingen sollen, gelassen, aber Karins Stimme zitterte.

»Birgit Ebert. Ich bin – eine Kollegin Ihres Mannes.«

»Aha.«

Die berühmte Birgit also. Kollegin, für wie dumm hält sie mich? Die Rolle der eifersüchtigen Ehefrau ist erbärmlich, übertroffen höchstens noch durch die der nichtsahnenden betrogenen Ehefrau. Sollte sie dieses Spiel etwa mitspielen? Nein, so viel Stolz hatte sie noch, das wäre ja gelacht.

»Frau Ebert, mein Mann ist nicht da. Er braucht seine Freiräume, wußten Sie das etwa nicht? Oder hat er Ihnen etwas anderes erzählt? Vergessen Sie es, Werner ist … Ich glaube, ich kann uns das ersparen. Sie kennen ihn ja lange genug.«

Schweigen. Warum sagte diese Birgit nichts? Ob sie sich geirrt hatte und Birgit doch nur eine Kollegin von Werner war? Mein Gott, dann hatte sie sich gerade lächerlich gemacht, sich blamiert bis auf die Knochen.

»Sind Sie noch dran?« Karin schrie fast.

»Ja, ich überlege gerade – ob Sie wohl wissen, wo er ist?«

»Nein. Keine Ahnung. Er geht seine eigenen Wege.«

Von unten drang Johlen und Gelächter herauf. Sie meinte, Werners dröhnende Lache deutlich herauszuhören.

»Danke, und entschuldigen Sie nochmals. Ich wollte nicht stören, aber es war wichtig. Bis später einmal, vielleicht.«

Die andere legte auf. Karin warf den Hörer auf die Gabel. Dieser verfluchte Werner, er war es, der sie in solche Situationen brachte. Es konnte einfach keine Einbildung sein, daß er etwas mit dieser Birgit hatte. Warum hätte die ihn sonst um diese Zeit anrufen sollen? Etwa um den Lehrplan für die sechste Klasse mit ihm zu besprechen oder die nächste Notenkonferenz? Und sie war richtig verlegen gewesen am Schluß, das miese Gefühl der Geliebten, ganz eindeutig. Was hatte sie gemeint mit »Bis später einmal vielleicht«? Die große Aussprache von Frau zu Frau, die konnte sie haben …

Karin stand wieder vor dem Spiegel. Sie hatte überhaupt nicht gemerkt, daß sie zurück ins Schlafzimmer gegangen war. Die Frau sah durch sie hindurch, mit rätselhaft leerem Blick. Erhitzte Wangen, herabhängende Schultern. Und sie hielt ein Messer in der rechten Hand, das Küchenmesser, mit dem Karin die Orange geteilt hatte. Sie hob es in einer dramatischen Geste, bereit zum Zustechen. Die Frau im Spiegel hatte blitzende Augen und einen entschlossenen Zug um den Mund. Sie war gefährlich und verrückt. Man konnte Angst vor ihr bekommen. Langsam ließ Karin das Messer sinken und lächelte sich an. Die Fremde lächelte zurück. Karin lehnte sich gegen den Spiegel an der Schranktür und preßte ihre Stirn gegen die kühle Fläche.

Später wußte sie nicht mehr, wie lange sie da gestanden hatte. Es war einfach eine große Ruhe in ihr, als sie zu ihrer Seite des Bettes ging. Wie selbstverständlich legte sie das Messer neben Armbanduhr und Perlenkette auf das Nachttischschränkchen. Sie legte sich ins Bett und löschte das Licht. Sie lag auf dem Rücken und spürte die Vibrationen der Lautsprecher. Stimmengewirr, stampfende Rhythmen. Die Lider wurden ihr schwer. Es war tiefschwarze Nacht, doch sie war nicht allein. Ganz in der Nähe mußten Menschen sein, und bald schon hatte sie das Dorf erreicht. Hütten aus Palmwedeln, kleine Feuerstellen um einen großen Platz. Die Trommel rief, monoton, unaufhörlich. Sie hatte Angst, aber etwas zwang sie, weiterzugehen, einen Schritt vor den anderen zu setzen, in diesem magischen Rhythmus. Der Platz wartete auf sie, auf sie ganz allein. Andere Menschen waren nicht zu sehen, auch der Trommler nicht. Der Klang kam von überall her, es mußten viele Trommeln sein. Je näher sie kam, desto lauter riefen sie. Sie durchschritt den Kreis, den die Feuer bildeten. In der Mitte des Platzes war ein Speer in den Boden gerammt, geschmückt mit Tierfellen und Federn.

Sie faßte ihn an, das glatte Holz, die Schnitzereien. Die Trommeln wurden leiser und verstummten, eine nach der anderen. Auch die Feuer schienen schwächer zu brennen, flakkerten noch einmal auf und verlöschten. Man hörte nichts als die Geräusche des Dschungels, wie aus weiter Ferne. Der Rauch der vielen Feuer verhängte den Sternenhimmel. Sie zog den Speer aus dem Boden und richtete die Spitze ins Dunkel. Sie drehte sich einmal um sich selbst. Sie war bereit. Als der Schatten sich aus der Dunkelheit löste und mit schweren Schritten näherkam, hatte sie keine Angst. Er gab animalische Laute von sich, ein Grunzen, über das sie lachte. Sie hatte den Speer. Sie roch den heißen, stinkenden Atem des Wesens. Sie wollte ihm etwas zurufen, eine Warnung, aber sie hatte ihre Stimme verloren. Das schwarze Untier warf sich auf sie, schlug seine Zähne in ihre Schulter, vergiftete ihre Atemluft. Sie ließ sich geschmeidig zur Seite fallen und umklammerte den Schaft ihrer Waffe knapp unterhalb der Spitze. Dann rammte sie ihm den Speer in den widerlich weichen

Körper, einmal, zweimal, so lange, bis das Wesen nicht mehr heulte und nur noch zuckend dalag. Es sah sie aus blutunterlaufenen Augen an, und dann löste es sich in Nichts auf, war einfach nicht mehr da. Es war zu Ende, und sie wußte, daß ihr nun nichts mehr passieren konnte. Die Erde war warm und weich, eine Mulde, geformt wie für ihren Körper. Sie legte sich hin, und es wurde schwärzer als schwarz.

Karin hörte den Wecker wie durch eine Watteschicht. Ihr Kopf dröhnte, ihre Zunge lag pelzig, wie geschwollen, in ihrem Mund. Ein metallischer Geschmack, ekelhaft wie der Geruch, den sie auszuströmen schien. Der Wecker piepste unaufhörlich, immer schärfer wurde sein Ton. Mit geschlossenen Augen tastete sie nach der Uhr, aber sie war nicht da. Karin sah ihren Arm, wie er vergeblich auf dem Nachttischschränkchen herumsuchte. Da war kein Wecker, nur ein Aschenbecher und die kleine Lampe. Werners Aschenbecher. Sie lag auf der falschen Seite. Dann betrachtete sie ihre Hand, als wäre sie ein Gegenstand, der nicht hierher gehörte. Diese rostbraunen Flecken auf der Haut gehörten auch nicht hierher. Sie schlug die Bettdecke zurück. Klebrige, schwärzlich eingetrocknete Flecken auch hier, auf dem Laken, der Decke, ihrem Körper ... Starr blieb sie liegen.

»Werner«, flüsterte sie.

Werner bewegte sich nicht. Er schlief tief und geräuschlos und ignorierte den Wecker, wie immer. Sie faßte ihn an der Schulter. Seine Haut war kalt. Als sie die Decke langsam, Zentimeter für Zentimeter, von seinem Körper wegzog, sah sie das blutverschmierte Küchenmesser.

»Diese schrecklichen Schreie«, sagten die Nachbarn später. »Davon sind wir wach geworden. Sie hat geschrien, nun, wie soll man sagen, wie eine Verrückte eben.«

Quellenverzeichnis

William Somerset Maugham (1874–1962): Vor der Party (Before the Party)
Aus: William Somerset Maugham, Vor der Party.
Aus dem Englischen von Kurt Wagenseil.

Margery Allingham (1904–1966): Aller guten Dinge sind drei (Three is a Lucky Number)
Aus: Margery Allingham, Der Dank des Einbrechers, Zürich 1993.
Aus dem Englischen von Anne Uhde.

Daphne du Maurier (1907–1989): Ostwind
Aus: Daphne du Maurier, Die großen Meistererzählungen
Aus dem Englischen von Eva Schönfeld.

Richard Deming (geb. 1915): Die zweiten Flitterwochen (Second Honeymoon)
Aus: Noch mehr Morde. Kriminalgeschichten aus England und Amerika. Auswahl und Vorwort Mary Hottinger.
Aus dem Englischen von Günter Eichel.

Hansjörg Martin (geb. 1920): Der Tod in der Thermosflasche
Aus: Hansjörg Martin, Die Lange Große Wut, Rowohlt Taschenbuch Verlag GmbH, Reinbek 1977.

Patricia Highsmith (1921–1995): Wein aus Schottland (The Wine of Scotland)
Aus: Dolly Dolittle's Crime Club 5.
Aus dem Amerikanischen von Anne Uhde.

Ursula Curtiss (1923–1984): Die alte Scheune am Weiher
Aus: Ursula Curtiss, »... und plötzlich war es Mord«, Exquisite Geschichten

über Mord aus Liebe und Leidenschaft, Bern, München, Wien 1987. © alle deutschsprachigen Rechte by Scherz Verlag, Bern, München, Wien.

Nedra Tyre: Rezept für eine glückliche Ehe (Recipe for a Happy Marriage) Aus: Isaac Asimov (Hrsg.), Mords-Menü. © alle deutschsprachigen Rechte by Scherz Verlag, Bern, München, Wien (die Erzählung ist ebenfalls enthalten im zur Zeit lieferbaren Scherz Krimi Band 1604, »Mord aus Liebe«, herausgegeben von Gisela Eichhorn).
Aus dem Englischen von Lia Franken.

Christa Jankowiak (geb. 1928): Kotelett-Karriere
© 1998 by Christa Jankowiak.

Ruth Rendell (geb. 1930): Der Fieberbaum (The Fever Tree)
Aus: Ruth Rendell, Der Fieberbaum, Rowohlt Taschenbuch Verlag GmbH, Reinbek 1992. © 1992 by Rowohlt Taschenbuch Verlag GmbH, Reinbek.
Aus dem Englischen von Ilse Bezzenberger.

Donald E. Westlake (geb. 1933): Häusliche Intrige (Domestic Intrigue)
Aus: Dolly Dolittle's Crime Club 3, Zürich 1978. © der deutschen Übersetzung 1978 by Diogenes Verlag AG Zürich.
Aus dem Englischen von Martha Hackel.

Helga Königsdorf (geb. 1938): Bolero
Aus: Helga Königsdorf, Meine ungehörigen Träume. Geschichten, Aufbau-Verlag 1978.
© Aufbau-Verlag Berlin und Weimar 1978.

Barbara Frischmuth (geb. 1941): Der Baum des vergessenen Hundes
Aus: Barbara Frischmuth, Haschen nach Wind. © 1974 Residenz Verlag, Salzburg und Wien.

Sabine Deitmer (geb. 1947): Durch dick und dünn
Aus: Sabine Deitmer, Bye-bye Bruno, Männermordgeschichten, Frankfurt am Main 1988. © Fischer Taschenbuch Verlag GmbH, Frankfurt am Main, 1988.

Gabriele Wolff (geb. 1955): Ruhestörung
Aus: Gabriele Wolff, Liebhaber und andere Opfer. © Verlag am Galgenberg, Hamburg 1992. Alle Rechte vorbehalten Fischer Taschenbuch Verlag GmbH.